HANNELORE DECHAU-DILL

MARIAS FLUCHTWEGE

Band 1

Hannelore Dechau-Dill

Marias Fluchtwege

Band 1

Roman

freie edition

AAVAA Verlag UG (haftungsbeschränkt)
Quickborner Str. 78 – 80, 13439 Berlin

www.aavaa-verlag.de

1. Auflage 2011

Umschlaggestaltung:
Janina Lentföhr / Hannelore Dechau-Dill

Printed in Germany
ISBN 978-3-86254-346-5

Dieser Roman wurde bewusst so belassen,
wie ihn die Autorin geschaffen hat,
und spiegelt deren originale Ausdruckskraft und
Fantasie wider.

Alle Personen und Namen sind frei erfunden.
Ähnlichkeiten mit lebenden Personen
sind zufällig und nicht beabsichtigt.

Marias Fluchtwege

Maria lebt mit Mutter und Tante in scheinbarer Harmonie und Zufriedenheit in einem Haus in einer idyllischen Kleinstadt.

Jäh wird sie in ihrem Alltagsfrieden aufgestört. Eine unheimliche Autofahrt bei Unwetter setzt eine Kette seltsamer, mysteriöser Ereignisse in Gang. Albträume und unheimliche Visionen verfolgen sie. Maria entdeckt mehr und mehr Lücken in ihrer Erinnerung.

Was war da so Schreckliches in ihrer Kindheit, das sie weit in die entferntesten Winkel ihres Bewusstseins verdrängen musste? Um jeden Preis will sie diesem Geheimnis auf die Spur kommen und begibt sich auf eine Reise in die Vergangenheit.

Unheimliche Begegnungen und beklemmende Erlebnisse begleiten sie auf den Spuren zurück in ihre Kindheit. Der einzige Lichtblick in dieser Zeit ist die unerschütterliche Liebe eines Mannes, der sie auch in ihren schlimmsten Stunden nicht allein lässt.

Hannelore Dechau-Dill

Marias Fluchtwege

Band 1

Roman

Mai 1996

„Es wird Regen geben!“

Maria schaute beunruhigt zum Himmel hinauf, als sie auf die Straße trat. Auftürmende Wolken kündigten Sturm an. Aprilwetter - dabei war es doch schon Mai.

Als sie am Morgen das Haus verlassen hatte, schien sich ein leuchtender Frühlingstag anzukündigen. Maria liebte diese Tage, an denen ein Wind, dessen Frische man riechen kann und der die Wärme des nahenden Sommers ahnen lässt, am blassblauen Himmel kleine zarte Wölkchen vor sich herjagt. Der überraschende Wunsch war in ihr erwacht, tief Atem zu schöpfen und loszurennen, nach Herzenslust über die Wiesen hinterm Haus zu laufen bis hin zum Bach, der sich wie ein glänzendes Band durchs hohe Gras wand.

Fast glaubte sie, sein leises Murmeln zu hören. Ob die gelben Speere der Schwertlilien an seinem Ufer schon aufgeblüht waren?

Ach, einmal keine Pflichten zu haben! Einfach alles hinter sich lassen können, auf niemanden Rücksicht nehmen müssen! Wie gern hätte sie sich ins Gras geworfen, zum blauen Himmel emporgeschaut und auf den morgendlichen Gesang der Vögel gelauscht – wie in Kindertagen.

Wie in Kindertagen? Maria schüttelte unwillig den Kopf angesichts dieser ungewohnten, selt-samen Ideen.

Wann hatte sie je so einen Wunsch verspürt? Sie konnte sich nicht einmal daran erinnern, als Kind im Gras gelegen und in den Himmel hinauf geblickt zu haben!

Dann hatte sie all diese Gedanken kurzerhand abgeschüttelt, hatte die Haustür hinter sich geschlossen, ihren Blick zu einem der oberen Fenster des Hauses empor gewandt und dem ernsten, blassen Gesicht hinter der Scheibe einen letzten Gruß zugewinkt, so wie sie es immer tat – seit vielen Jahren an vielen Morgen.

Sie war in ihr Auto gestiegen, um zum Dienst in die 20 km entfernte Kreisstadt Bad Bernburg zu fahren, ebenfalls wie an vielen anderen Morgen. Und während die Mutter nach dem kurzen Gruß durch die Scheibe ins Zimmer zurücktrat, begab sich Maria zu ihrem Arbeitsplatz, um ihren Arbeitsalltag in Angriff zu nehmen.

Maria arbeitete seit fast 2 Jahren als Geschäftsführerin und Sekretärin in Bad Bernburg im Vorzimmer des Amtsarztes beim Gesundheitsamt der Kreisverwaltung. Ihr unmittelbarer Chef, der Amtsarzt Obermedizinalrat Dr. Marcus Sydon, war ein freundlicher, verständnisvoller Mann von 50 Jahren, der es gern hatte, wenn Maria ihm unliebsame und unbequeme Menschen und Angelegenheiten vom Halse hielt.

Er liebte außer seinen Kindern das Segeln und Angeln über alle Maßen und war stets bestrebt, seinen Arbeitstag zugunsten dieser zeitaufwendigen Freizeitgestaltungen abzukürzen.

Das war durchaus möglich, da hin und wieder Hausbesuche anstanden und niemand – außer wahrscheinlich Maria - so recht nachforschen konnte, ob, wann und wie viele denn davon nötig waren. Im Übrigen hatte auch niemand im Amt ein besonderes Interesse daran, herauszufinden, wie viele Stunden täglich der Chef im Hause weilte und wie viele er tatsächlich mit Arbeit verbrachte.

Außer vielleicht sein Stellvertreter, Dr. Martin Scheffler, dem die laxe Handhabung aller Dienstgeschäfte zuwider war. Außerdem waren beide Ärzte – wenn auch nicht im üblichen praktizierenden

Sinne - und ihm schien, als sei diese Einstellung des Chefs den Menschen und der Arbeit gegenüber absolut nicht in Ordnung. Ganz abgesehen davon, dass er oft das Gefühl hatte, einen Teil dessen Arbeit mit erledigen zu müssen.

Ob das nun wirklich so war, ließ sich schlecht nachweisen. Maria bemühte sich nach Kräften, alle Untersuchungen und Gutachten, die anstanden, gerecht auf beide Ärzte zu verteilen. Da aber der Amtsarzt außer seinem Arbeitsgebiet auch Leiter der Abteilung war und somit alle Chef- bzw. Leitungsangelegenheiten ihm oblagen, war und blieb die ganze Sache eben doch undurchschaubar.

Hin und wieder rauschte dann noch die überaus elegante und aufwendig gestylte Gestalt der Gattin desselben Nachmittags herein, gewaltige Wolken von Parfumduft um sich verbreitend, um ihr wichtig erscheinende Vorkommnisse ihres Tagesgeschehens mit ihrem Mann durchzusprechen.

Der Chef hatte es in all seinen Dienstjahren nicht zustande gebracht, seiner Frau diese mitunter doch sehr unpassenden Besuche, die den Dienstplan störten und durcheinanderbrachten, abzugewöhnen. Er war wohl ihr und ihrem Temperament nicht recht gewachsen.

So wurde hinter seinem Rücken gutmütig gemunkelt, dies sei wohl Grund und Ursache für seine aushäusigen Hobbys, denn auf den ausgedehnten Segel- und Angeltouren begleiteten ihn stets nur seine heranwachsenden Söhne, niemals aber seine Frau. Diese Sportarten waren ihr zu unbequem oder zu rau, wurden aber trotz all ihren Nörgelns nicht eingestellt. Das war die einzige Angelegenheit, in die ihr Mann sich nicht hineinreden ließ.

Saß die duftende Dame erst einmal im Besuchersessel des Chefs, so verließ sie diesen selten, bevor sie losgeworden, weswegen sie gekommen war. Wenn es bisher überhaupt gelungen war, sie schnell hinauszukomplimentieren, so war das nicht dem Durchsetzungsvermögen ihres Mannes zu verdanken, sondern einzig und allein Marias Erfahrung, Diplomatie und Geschicklichkeit.

All diese Vorkommnisse erfüllten seinen Stellvertreter mit anfänglich leisem Missmut, der sich im Laufe der Zeit zu einem heftigen Groll auswuchs und in gelegentlichen Wutausbrüchen auf die Häupter seiner Untergebenen entlud.

Maria kannte deren Ursache wohl als Einzige zur Genüge und wusste damit umzugehen, zumal Dr. Scheffler ein ausgeprägtes Gerechtigkeitsgefühl besaß und ihm seine Ausbrüche sofort leidtaten. Auf rührend ungeschickte Weise und ohne viele Worte zu verlieren, versuchte er diese seine „Ausrutscher“ wieder gutzumachen, indem er Maria Konfekt oder Lilien aus seinem eigenen Garten brachte, die leider schlimmer noch rochen als das Parfum der Chefgattin.

Er hatte zu Hause niemanden, der ihm in diesem Dingen raten konnte, denn er lebte seit seiner Scheidung vor zwei Jahren allein mit seinem studierenden Sohn und einer Haushälterin, die ein paar Mal in der Woche kam.

Maria fühlte sich sehr wohl auf ihrem Arbeitsplatz, kam mit allen Kolleginnen und Kollegen gut aus. Sie galt als zuverlässig, gleichbleibend freundlich, überaus tüchtig und jeder Situation gewachsen, jedoch war bisher niemand mit ihr richtig vertraut geworden.

Zwar hielt man sie nicht gerade für abweisend und unnahbar, so doch für recht ernst und zurückhaltend. Auch ihr Äußeres trug dazu bei. Die weißen Kittel, die sie im Dienst trug, waren stets hochgeschlossen. Das glatte schwarze Haar, in der

Mitte streng gescheitelt, war zu einem Knoten im Nacken zusammengenommen.

Kühle grüne Augen blickten unter dichten, sehr dunklen Brauen forschend, oft sogar misstrauisch, in die Welt; der etwas zu breite Mund wirkte allzu beherrscht und farblos und verzog sich fast nur zu einem freundlichen, kaum einmal zu einem herzlichen Lächeln.

Niemand im Amt hatte sie in all den Jahren mit geschminkten Lippen, geschweige denn mit Make-up, gesehen.

Und doch täuschte der äußere Eindruck bis zu einem gewissen Grad. Hinter aller Ernsthaftigkeit verbarg sich eine gute Portion Humor und hinter ihrer ruhigen Sachlichkeit und Zurückhaltung menschliche Wärme und Herzlichkeit. Vor allem aber eine große Scheu, sich anderen Menschen zu öffnen!

♦♦♦

Am späten Nachmittag nun, als Maria Feierabend hatte und nach Hause fahren wollte, in ein – hoffentlich friedliches - Wochenende hinein sah der Himmel völlig anders aus als am Morgen. Besorgt musterte sie die heraufziehenden düsteren Wolken. Eine leise Unruhe verscheuchte ihre Müdigkeit.

Vielleicht würde es sogar ein Unwetter geben. Maria hasste das Autofahren bei Regen und Sturm, zumal es bereits dunkel zu werden begann. Von plötzlicher Angst erfasst, erledigte sie so schnell es eben ging ihre wichtigsten Einkäufe für das Wochenende, während vereinzelt die ersten schweren Tropfen fielen. Es war später geworden, als sie gedacht hatte! Voller Eile machte sie sich auf den Heimweg.

Während ihre Gedanken anfangs noch bei der Arbeit weilten, wurde ihre Aufmerksamkeit zunehmend mehr vom Autofahren in Anspruch genommen. Sturm und Wolken schienen ihr auf den Fersen zu folgen.

Kaum war sie aus der Stadt heraus, schlug der Regen bereits prasselnd gegen die Scheiben. Es war nun fast dunkel. Maria konnte nur sehr langsam fahren. Der Sturm trieb die Regenmassen schräg üben den schwarzen Asphalt des Fahrdamms. Die Lichter des Scheinwerfers spiegelten sich in der dunkeln Nässe und der helle Schein entgegenkommender Fahrzeuge blendete sie.

Nach wenigen Kilometern musste sie von der Schnellstraße auf eine schmalere, wenig befahrene Landstraße einbiegen, die zumindest den Vorteil hatte, dass niemand ihr entgegen kam. Angespannt und mit verkrampften Schultern saß sie hinter dem Steuer und versuchte angestrengt ihren Weg zu erkennen.

Das saugende Geräusch der Scheibenwischer, die kaum eine Sichtfläche klärten, zerrte an ihren Nerven. Unvermindert strömte das Wasser an den Scheiben herunter, die Luft im Wagen war stickig, das Auto dampfte förmlich. Maria fühlte sich wie in Regenmauern eingeschlossen. Ihre Schultern schmerzten. Mühsam zwang sie sich zur Ruhe.

„Ich habe Zeit genug! Ich könnte anhalten und den stärksten Regen abwarten," sagte sie sich, aber dann würden sie sich zu Hause Sorgen machen.

„Das tun sie sowieso," dachte sie müde.

Langsam im Schritttempo nur kam sie voran.

Es kam ihr vor, als kauerte sie, blind und taub von donnernden Kaskaden, hinter einem herabstürzenden Wasserfall. Als sei sie gefangen in einem Albtraum aus Dunkelheit, Dampf und Wassermassen und da draußen lauerte etwas Unbekanntes, Schreckliches auf sie.

Maria glaubte, ersticken zu müssen. Die Wände des geschlossenen Wagens schienen auf sie einzudrängen.

„Es gibt gar keinen Grund, Angst zu haben“, suchte sie sich zu beruhigen.

„Es sind nur Wind und Wasser da draußen. Weiter nichts.“

Sie fuhr an den Straßenrand, das Auto geriet ins Rutschen, aber schließlich kam es zum Stehen. Minutenlang saß sie ganz still, die kalten Hände verkrampft im Schoß.

Sie wischte sich über die schweißnasse Stirn und lockerte Schultern und Arme.

„Mein Gott, was ist nur mit mir?“ Maria hätte gern das Fenster geöffnet. Ihr war übel und sie fühlte sich verschwitzt. Ein vertrautes Hämmern hinter den Schläfen kündigte sich an.

„Nur das nicht!“ Sie schloss die Augen und atmete tief ein und aus. Das Hämmern wich einem dumpfen Schmerz, der sich gnadenlos hinter ihrer Stirn ausbreitete. Vor ihren geschlossenen Augen begann es in Streifen und Zacken zu flimmern und die Übelkeit verstärkte sich. Und dann war da noch etwas anderes! Sie hörte Musik! Fetzen einer Melodie drangen an ihr Ohr, seltsam vertraut und schwermütig.

Mit einer klammen Hand tastete sie blind nach dem Schaltknopf des Radios, aber es war ja gar nicht eingeschaltet!

Sie hob lauschend den Kopf. Woher kam diese Musik? Von draußen? Das war unmöglich. Da war weit und breit nichts außer Landstraße, Büschen, Bäumen und Feldern! Oder war sie in ihrem Kopf? Wurde sie nun tatsächlich verrückt?

Panik wollte in ihr aufsteigen. Am ganzen Leibe zitternd, presste sie ihre kalten Hände auf beide Ohren, dann an ihre glühend heißen Wangen. Ruhig, nur ruhig! Es ist nichts! Nur die rasenden Kopfschmerzen und dieses entsetzliche Donnern und Getöse da draußen!

Auf einmal verstummte die geisterhafte Musik, so plötzlich und unerklärlich, wie sie aufgetaucht war.

Sie legte die Arme auf das Steuerrad und den schmerzenden Kopf darauf.

So blieb sie eine ganze Weile regungslos sitzen. Jegliches Gefühl für die Zeit war ihr verloren gegangen.

Was war das eben gewesen?

Nichts, gar nichts! Nur ihre Kopfschmerzen, die sie doch schon hundertmal in allen Variationen erlebt hatte, und dieses schreckliche Unwetter da draußen!

Schließlich hob sie den Kopf und blickte nach draußen. Es schien ihr, als ob die Dunkelheit immer schwärzer würde, aber war der Regen inzwischen nicht etwas schwächer geworden?

Sie machte sich klar, dass sie auf keinen Fall hier im Auto übernachten wollte.

Mühsam raffte sie sich auf und fuhr langsam weiter. Dabei spähte sie angestrengt nach einem Anhaltspunkt aus, der ihr anzeigen könnte, wo sie sich befand, aber sie sah nur schwankende Büsche und windgepeitschte Bäume am Straßenrand.

Sie kam nur Meter um Meter voran, kämpfte gegen die Dunkelheit, den Sturm, die Regenmassen und die nasse, schwarze Straße, die in den Lichtkegeln der Scheinwerfer undeutlich vor ihr flimmerte. Und außerdem gegen den hämmernden Schmerz und eine aufkeimende, atembeklemmende Furcht, die ihr den Nacken herauf kroch.

Es war, als würde sie niemals heimkommen.

Nach langer, langer Zeit aber sah sie durch die Regenschleier hindurch doch Lichter von Häusern auf sich zukommen. Sturm und Regen waren endlich schwächer geworden.

Aufatmend erreichte Maria die ersten Häuser von Waldhagen. Angst und Schmerz ließen etwas nach, die Übelkeit verschwand. Sie fühlte sich wie befreit, als sie in die vertraute Straße einbog. Schon von Weitem erblickte sie die hellerleuchteten Fenster ihres Hauses, auch der Vorplatz lag in hellstem Lampenlicht. Sie wusste, Mutter und Tante wollten sie nach einem langen Tag und dieser entsetzlichen Fahrt im Regen auf diese Weise willkommen heißen, und ein warmes Gefühl der Geborgenheit stieg in ihr auf.

Als sie auf den Hof einbog, fegten die mächtigen Zweige der Fichten an der Einfahrt im Vorbeifahren die Wagenfenster, sodass das Regenwasser verstärkt daran herunterströmte.

Kaum hatte sie den Hof erreicht, wurde mit Schwung die Hintertür aufgerissen. In ihrem warmen Lichtschein erschien die zierliche Gestalt ihrer Mutter. Einen aufgespannten Regenschirm in beiden Händen schickte sie sich an, Maria bis zum Auto entgegen zu stürzen.

Maria hatte ihre Taschen ergriffen und kämpfte sich aus dem Wagen. Wind und Regen schlugen ihr ins Gesicht. „Bleib nur da. Der Schirm hat ja gar keinen Sinn!“ schrie sie und rannte auf das Haus zu.

Die Tante tauchte aus der Küche auf, als die Tür hinter ihnen zuschlug.

Wie auf Kommando begannen beide zu lamentieren und umständlich um Maria herum zu tanzen. Die Mutter griff nach ihrem Mantel, die Tante erschien mit einem Handtuch, um ihr das Haar zu trocknen. Maria unterdrückte ihre Ungeduld und schob beide lachend zur Seite.

„Lasst nur, ich mach das schon selbst. Nehmt ihr nur die Einkäufe! Mein Gott, war das eine Fahrt! Ich hoffe, ihr habt Euch keine Sorgen gemacht!“

Und nun setzte sich das Zetern und Jammern fort, mit dem Unterschied, dass jetzt sie beide Gegenstand und Mittelpunkt aller Sorgen und Ängste waren, die in den letzten Stunden ausgestanden werden mussten, und dass nun Maria beruhigen und trösten musste.

Nach einem großen Becher heißen Kaffees konnte sie endlich in ihr Zimmer flüchten. Unter der heißen Dusche umfing sie ein Gefühl von Stille und Frieden. Sie meinten es gut, Mutter und Tante, und doch waren sie alle beide so anstrengend – und meistens unglaublich ichbezogen! Sofort verscheuchte Maria schuldbewusst diesen unfreundlichen Gedanken.

Im Zimmer war es stickig heiß.

Sie drehte die Heizung aus und öffnete das Fenster einen Spalt. Der Mond war aufgegangen. Nur noch sanfter Regen rauschte in silbrigem Schleier vor ihrem Fenster herab. Maria wusste, man erwartete sie unten, um den Abend gemeinsam zu verbringen. Also musste sie sich anziehen und hinunter gehen!

Während sie ihr glattes langes Haar mechanisch mit dem Föhn bearbeitete, schweifte ihr Blick gedankenverloren durch den Raum.

Die Einrichtung ihres Zimmers war eher unharmonisch, die Möbel allesamt alt und schienen wie zufällig hier gelandet zu sein.

Maria konnte sich gar nicht erinnern, wer diese plumpen, altmodischen Sessel mit dem Glastischchen davor einmal ausgesucht oder gekauft hatte. Ebenso verhielt es sich mit dem schweren Kleiderschrank und der Vitrine in der Fensternische.

Wahrscheinlich stammten diese Sachen noch aus dem Hause der Großeltern und waren beim Umzug der Familie mit hierher genommen worden. Die

Großeltern hatten Unmengen von Möbeln auf ihrem Bauernhof gehabt, sodass diese Möglichkeit unbedingt denkbar war. Oder man hatte sie zusammen mit dem Haus vor Jahren erworben. Sie hatten jedenfalls hier gestanden, solange Maria denken konnte.

Eigentlich war ihr nie bewusst gewesen, dass sie weder schön waren, noch ihrem eigenen Geschmack entsprachen. Das alte Bett mit dem verrosteten Messingrahmen – weiß der Himmel, wo es einst hergekommen war – hatte sie vor kurzem erst hinausgeworfen und durch ein schmales Französisches Bett ersetzt.

Die einzigen wirklich schönen Stücke waren ein Bücherschrank und ein Sekretär; beides hatte Maria vor zwei Jahren in einem Antiquitätengeschäft aufgestöbert. Monatelang hatte sie dafür einen Kredit abzahlen müssen – sehr zum Ärger von Mutter und Tante, die noch heute gelegentlich in Gezeter ausbrachen, wenn sie Marias Zimmer betraten und ihnen vielleicht gerade einfiel, wie viel die Sachen gekostet hatten.

Inzwischen war ihr Haar fast trocken und sie schaltete den Föhn aus. Die plötzliche Stille summte seltsam in ihrem Kopf und auf einmal beschlich sie

– sicherlich bedingt durch Müdigkeit und Abgespanntheit – ein seltsames Gefühl von Unwirklichkeit.

Sie blickte um sich, als spürte sie plötzlich die Schatten der Vergangenheit, die sich hier für alle Ewigkeit eingenistet zu haben schienen. Das Licht der Stehlampe, die sie beim Heimkommen angeschaltet hatte, warf ihren bizarr verzerrten Schatten bis hoch zur Decke hinauf.

Sie versuchte das eigenartig beklemmende Gefühl abzuschütteln, ging ans Fenster und blickte in den Garten hinaus. Der Mond tauchte hin und wieder hinter einer Wolke auf, und zwischen den im Wind schwankenden Zweigen fiel sein weißes Licht mit huschendem Strahl über Büsche und Gartenwege.

Während sie hinabstarrte, glaubte sie schemenhafte Gestalten in den zitternden Schatten zu erkennen, sah sie ihr zuwinken, um dann mit der Dunkelheit zu verschmelzen. Sie schauderte und legte beide Hände auf die Stirn.

„Mein Kopf ist immer noch nicht in Ordnung. Diese Fahrt durch den Regen bei Dunkelheit hat mir scheinbar doch zugesetzt," dachte sie und wandte sich ab.

Sie ließ die Lampe brennen, als sie nach unten ging, und beschloss, alle Misshelligkeiten dieses Tages abzuschütteln, aber einige der Schatten folgten ihr und legten sich auf ihre Seele wie eine bange Vorahnung.

♦♦♦

Winter 1969 (November)

Niemals hatte er geglaubt, dass ihm dieses passieren könnte! Und doch war es so! Nichts war mehr rückgängig zu machen. Könnte er doch die Zeit zurückdrehen und alles wäre wie gestern um diese Zeit, wie einfach wäre das: Er wäre ruhig und zufrieden und wüsste nicht, dass es noch ein ganz anderes Leben geben könnte für ihn – und für sie! Jetzt aber war es zu spät! Er fühlte sich aufgestört in seinem Alltag wie ein glattes Wasser unter einem plötzlichen Windstoß.

Und doch: Er könnte immer noch handeln wie er es gestern um diese Zeit getan hätte, aber etwas Entscheidendes hatte sich verändert: sein Gefühl! Und heute wollte er nicht mehr handeln wie gestern. Es gab plötzlich Wünsche, die stärker waren als alles, was vorher für ihn wichtig gewesen war.

Als Maria die Treppe hinunterging, erfasste unvermutet eine bleierne Müdigkeit all ihre Glieder und sie wäre am liebsten umgekehrt und hätte sich in ihr Bett verkrochen. Die Kopfschmerzen meldeten sich wieder. Sie hoffte sehr, die beiden da unten hätten sich bereits vor dem Fernsehapparat niedergelassen, um irgendeine Show oder einen Film anzusehen anstatt all ihre Aufmerksamkeit auf sie, auf Maria, zu lenken. Sie hätte dann ungestört in einem bequemen Sessel vor sich hindösen können.

Ihre Hoffnung erfüllte sich nicht. Beide Frauen saßen im Wohnzimmer und sahen ihr erwartungsvoll entgegen. Die Mutter saß wie stets auf dem hochlehnigen Stuhl in ihrem bevorzugten Eckchen nahe dem Fenster, eine Handarbeit auf dem Schoß – eines ihrer unzähligen Häkel- oder Stickdeckchen, die bereits in ganzen Stößen in irgendwelchen Schubkästen vor sich hin lagerten und darauf warteten, als Präsent für einen besonderen Anlass, etwa zu einem Geburtstag in der Nachbarschaft, hervor geholt zu werden.

Die Tante ließ von ihren Tarotkarten ab und wuselte beflissen herbei, als sie Marias Schritt auf der Treppe vernahm.

„Komm nur, mein Kind, und mach es dir gemütlich." Sie folgte Maria zu dem Tischchen vor Marias Lieblingssessel, wo ihr Abendessen bereitstand: ein Teller mit appetitlich zurechtgemachten Broten, Obst und ein Glas Milch. Sie tätschelte Marias Arm und führte sie wie eine Schwerkranke zum Sessel.

Plötzlich erschienen Maria die kommenden gemeinsamen Stunden wie eine einzige große Anstrengung, der sie sich kaum gewachsen fühlte. Während sie sich in den alten Sessel fallen ließ, griff sie unwillkürlich mit der Hand in ihren Nacken, eine Gebärde, die Mutter und Tante sehr wohl zu deuten wussten. Es hieß, dass Maria wieder einmal Kopfschmerzen, ihre Migräne, hatte. Zu ihrer Müdigkeit gesellte sich eine sonderbare Mischung von Überdruss und Auflehnung, aber sie bezwang sich und lächelte die Tante an.

„Lasst mich bitte nur ein wenig in Ruhe hier sitzen. Dann geht es mir wieder gut. Essen möchte ich im Augenblick gar nicht", wehrte sie ab. Die Tante wich zurück. Ihre magere Gestalt straffte sich, ihr Kopf zuckte überrascht zurück, während sie die schmalen Lippen zusammenzog und mit eingezogenem Kinn gekränkt vor sich hinsah.

♦♦♦

Tante Henrike war noch nicht einmal 50, wirkte aber älter mit ihrem grau melierten, stets zerzausten Haar, das in der Jugend einmal so schwarz wie das von Leonore und Maria gewesen war, ihrem pergamentfarbenen Teint und ihrem altjüngferlichen Gebaren. Aus einem kecken hübschen Mädchen war ein spitznasiges, verdrossenes Geschöpf geworden, dünn wie ein Stock und meistens sich und das Leben im allgemeinen bejammernd. Sie brauchte stets jemanden, der geduldig ihren rührseligen Klagen lauschte, ohne sogleich mit ganz unerwünschten Vorschlägen für Abhilfe zu kommen.

Sie hatte nie eigene Kinder gehabt. Ihr Mann, Bernhard Sarnow, hatte sie nach kurzer Ehe verlassen, angeblich wegen einer jüngeren Frau.

Maria war da nicht so sicher. Sie vermutete eher, dass er es nicht länger mit ihr ausgehalten hatte. Sie war schon immer ein wenig schwierig gewesen, eigensinnig, intolerant und eifersüchtig auf jedes andere Wesen in seiner Nähe, das einen Rock trug. Vielleicht war Bernhard fortgegangen in der Blüte seiner Jahre, um noch einmal sein Leben unbeschwert und fröhlich zu genießen.

Als dann vor 9 Jahren Marias Vater fortging, zog Henrike zu ihnen ins Haus. Nun waren die Schwestern wieder beieinander. Und scheinbar hatten sie etwas, das sie auf alle Zeiten verband: ihre Enttäuschung, ihre schlechten Erfahrungen mit Ehen und Männern.

Nur gingen die Frauen unterschiedlich damit um. Während Henrike ihren Groll auf ihren Mann hegte und pflegte, hatte Leonore sich eine Schein-Vergangenheit zurecht gelegt, die nur in groben Zügen der Wirklichkeit entsprach. Sie sah ihre Ehe und ihren ehemaligen Mann in einem von ihr verliehenen, tragischen Licht. Niemand – außer vielleicht ihr selbst - trug an irgend etwas die Schuld und niemand hätte etwas verhindern können, alles war vom Schicksal vorher bestimmt!

Marias Vater war nicht so stilvoll verschwunden wie Onkel Bernhard, mit Erklärungen, Abschiedsdiskussionen, Scheidung und großzügigem Unterhalt für die Zurückgebliebene, sondern hatte sich sang- und klanglos von heute auf morgen aus dem Staub gemacht. Da gab es keinen Abschied, keine Scheidung und keinen Unterhalt – soweit Maria wusste. Tränen und Dramatik allerdings – die gab es danach auch, und das nicht zu knapp.

Maria hatte davon nicht mehr allzu viel in Erinnerung. Sie wusste fast alles nur aus den Schilderungen der Mutter. Eines Tages kam der Vater von seinem Dienst nicht nach Hause. Er war in den letzten Jahren Polizist in den umliegenden Gemeinden gewesen, hatte für Recht und Ordnung auf den Straßen, in den Gasthöfen, auf den Tanzsälen zu sorgen, und was sonst noch so zu den Aufgaben eines „Dorfpolizisten“ gehörte.

Die Mutter hatte sich zunächst keine allzu großen Sorgen gemacht. Clemens Cornelius war nie der pünktlichste und zuverlässigste Gatte gewesen, war immer seine eigenen, geheimen – oft vielleicht auch krummen - Wege gegangen. Er hatte so allerlei Interessen außer Haus, von denen seine Frau nicht viel wusste. Er hatte mit Glücksspielen und Wetten zu tun und wer weiß, was sonst noch so alles. Leonore wollte es gar nicht so genau wissen.

Geld hatte er immer, von dem er Leonore reichlich gab. Seine Geschäfte außerhalb seines Berufes – so wenig sie auch davon wusste - machten ihr ein wenig Angst, als ahnte sie, dass viele davon sich am Rande der Legalität bewegten. Sie beruhigte sich dann stets selbst, denn er war immerhin Polizist, also konnten nicht allzu krumme Touren dahinter stecken.

Andererseits – wer konnte das so genau wissen! Schließlich war er schon einmal in Schwierigkeiten geraten. Damals war er noch als Polizeibeamter in der Kreisstadt angestellt. Als Maria fast 11 Jahre alt gewesen war, hatte es im Dienst Probleme gegeben, irgendwelche Übergriffe, möglicherweise wegen seines Jähzorns, vielleicht auch wegen Alkohol. Leonore war angeblich nie dahinter gekommen, was da seinerzeit vorgefallen war.

Nach jenen Vorfällen war dann seine Versetzung „aufs Land" erfolgt und er wurde Polizist in Waldhagen und für die umliegenden Gemeinden, hatte dort „für Recht und Ordnung zu sorgen" – wie er sich gern und wichtig ausdrückte. Er hatte dann das alte Haus gekauft und sie waren umgezogen. Von da an musste Maria mit dem Bus in die Stadt aufs Gymnasium fahren, aber das hatte sie ganz gern getan.

Maria hatte sich immer gefragt, was ihn und Leonore einmal verbunden haben mochte. Sie waren in Wesen und Lebensauffassung so verschieden wie zwei Menschen nur sein konnten. Das Sprichwort „Gegensätze ziehen sich an" könnte anfangs zutreffend gewesen sein. Ihre Schüchternheit und Unsicherheit mochten mädchenhaft und reizvoll auf einen Mann gewirkt und möglicherweise seine Beschützerinstinkte geweckt haben. Außerdem war Leonore in ihrer Jugend eine schöne Frau gewesen, zierlich und schlank, mit prachtvollem schwarzem Haar und dunklen Augen.

Zwar war das Haar noch immer schwarz, die Augen aber blickten ein wenig wässrig und resigniert drein mit einem vorwurfsvollen Ausdruck darin, als sei das Leben ihr etwas schuldig geblieben.

Als sie Clemens kennen lernte, musste er ihr imponiert haben. Vielleicht hatte sie seinem unbekümmerten, etwas leichtfertigen Charme nicht zu widerstehen vermocht. Er sah gut aus mit seinem blonden Lockenkopf, den breiten Schultern, den blauen Augen. Leider neigte er zur Unbeherrschtheit und seine gelegentlichen Ausbrüche von Jähzorn versetzten Leonore in Angst und Schrecken. So war es ihr nur recht, wenn er oft – sei es aus dienstlichen Gründen, die er oft als Entschuldigung anführte, oder wegen seiner vielen „privaten Geschäfte" – außer Haus war.

Maria konnte sich nicht mehr daran erinnern, wie die Mutter es hingenommen hatte, als er vor 9 Jahren verschwand. Sie wusste es nur aus Erzählungen. Maria selbst war es damals gar nicht gut gegangen. Wegen ihrer verstärkten Ohnmacht- und Migräneanfälle hatte sie wochenlang in einer Psychiatrie zugebracht. Solange Maria denken konnte, hatte sie unter Kopfschmerzen und Schwindelanfällen gelitten.

„Das hast du von deiner Urgroßmutter geerbt," war der knappe Kommentar ihrer Mutter auf Marias Fragen, warum denn ausgerechnet sie von all ihren Freundinnen und Mitschülerinnen so oft und so schreckliche Kopfschmerzen hatte. Aber irgendwann akzeptierte sie es und die „Zustände" – wie Mutter und Tante die Schmerzattacken nannten - gehörten zu ihrem Leben und ihrem Alltag.

So gab es Zeiten, da sie stunden-, manchmal auch tagelang in verdunkeltem Zimmer lag, nicht essen konnte, und nur aufstand, um ins Badezimmer zu wanken und qualvoll wieder und wieder zu erbrechen, schließlich nur noch würgend den hämmernden Schädel mit beiden Händen zu halten.

Bereits mit zehn Jahren war Marie zu einer stationären Behandlung wegen dieser Probleme fort gewesen. Danach ging es ihr besser. Die Anfälle waren seltener und schwächer. Maria lernte damit umzugehen. Sie trieb Sport, machte Entspannungsübungen.

Im Laufe der folgenden Jahre jedoch wurden sie wieder häufiger und steigerten sich schließlich derart, dass ein weiterer Klinikaufenthalt nötig wurde, als Maria 17 Jahre alt war.

Das war fast genau zu dem Zeitpunkt, als der Vater die Mutter verließ. Leonore glaubte fest, dass Clemens das Leben zu Hause mit einem kranken, schwierigen Kind wie Maria es war, und einer Frau, die so gar nicht zu ihm passte, zu reizlos und eintönig geworden war. Sie war davon überzeugt, dass er eine jüngere und flottere Frau gefunden hatte, mit der er auf und davon ging.

Als Maria aus der Klinik heimkam, hatte ein völlig neuer Alltag in ihrem Heim Einzug gehalten. Die Tante war zu ihnen gezogen. Das schien naheliegend, da beide Schwestern nun allein waren und das Haus groß genug für alle drei. Im Grund war es eine Notgemeinschaft, da beide Frauen nicht allein sein konnten. Sie hingen aneinander auf eine säuerliche, widerspruchsvolle Art, die manch einem unverständlich gewesen wäre.

Maria konnte sich nicht erinnern, den Vater vermisst zu haben. Sie gewöhnte sich rasch an das Leben mit Mutter und Tante, zumal sie mit den Fahrten in die Stadt zum Gymnasium, der Arbeit für Schule und Abitur genug zu tun hatte. Dazu kamen ihre zeitweiligen krankheitsbedingten Ausfälle, die immer wieder mit zusätzlicher Arbeit ausgeglichen werden mussten.

Nachdem Maria endlich das Abitur geschafft hatte, begann sie gegen den Willen der Mutter ein Psychologiestudium, das sie nach 4 Semestern aus gesundheitlichen und finanziellen Gründen abbrach.

Mutter und Tante waren froh, als Maria, die während des Studiums in der 60 km entfernten Großstadt ein möbliertes Zimmer bewohnt hatte, wieder nach Hause kam.

Sie begann eine Lehre als Krankenschwester in Bad Bernburg, die sie ohne Komplikationen mit Erfolg abschloss.

Die Arbeit im Krankenhaus strengte sie jedoch körperlich und seelisch derart an, dass sie diese nach Beendigung der Lehre aufgab, obwohl man ihre Tüchtigkeit und ihr freundliches, hilfsbereites Wesen schätzen gelernt hatte und sie gern als Krankenschwester behalten hätte.

Aufgrund einer Anzeige in einer Fachzeitung bewarb sie sich für die Anstellung im Vorzimmer des Gesundheitsamtes, die sie sofort bekam. Dort war sie nun seit fast 2 Jahren und die Arbeit gefiel ihr gut. Auch gesundheitlich ging es so leidlich. Sie lebte mit den gelegentlichen Kopfschmerzen und deren Begleiterscheinungen, die etwa ein- bis zweimal im Monat auftraten. Damit hatte sie sich abgefunden. Andere Leute hatten andere Probleme; das war nun einmal so.

♦♦♦

Maria saß mit geschlossenen Augen in ihrem Sessel.

Ihr Abendessen hatte sie kaum angerührt. Mutter und Tante saßen auf der Couch und starrten auf den Bildschirm. Hin und wieder warfen sie ihr einen scheuen Blick zu.

„Geht's schon besser?" wagte schließlich die Mutter zu fragen.

Maria öffnete die Augen. Sie war in Gedanken weit fort gewesen.

Sie nickte. „Viel besser. Ich bin nur müde. Der Tag war anstrengend und in der vorigen Nacht hab ich auch nicht viel geschlafen."

Im gleichen Moment bereute den letzten Satz. Schon waren auch zwei besorgte Mienen auf sie gerichtet.

„Hattest du wieder Albträume?" kam es auch schon.

„Nein, nein. Zumindest weiß ich nichts davon," beeilte sich Maria zu versichern.

„Es war weiter gar nicht. Ich habe nur unruhig geschlafen." Das stimmte zwar nicht, aber sie verspürte nicht die geringste Lust, endlose und ermüdende Diskussionen über ihren Gesundheitszustand zu führen.

Sie war aufgestanden und schickte sich an, das Geschirr ihres Abendessens aus dem Zimmer zu tragen. Die Tante wuselte herbei und nahm es ihr aus der Hand.

„Das kann ich doch machen. du musst dich ausruhen." Sie legte Maria den Arm um die Schultern.

„Setz dich noch ein bisschen zu uns. Morgen kannst du doch ausschlafen. Sicher kommt Ronald morgen?“

„Er wird mich irgendwann anrufen. Wir haben bisher nichts verabredet. Entschuldigt mich, ich möchte mich lieber schon hinlegen.“

Sie ging schnell zur Tür, um dem zu entgehen, was nun kommen musste.

„Wenn Du ihn heiraten würdest, könntest du es dir leichter machen,“ ertönte die Stimme der Mutter hinter ihrem Rücken, und die Tante fiel ein: „ Ich weiß gar nicht, warum du immer noch warten willst. Er ist so ein tüchtiger, gut aussehender Mann, und er mag dich sehr. Ihr passt doch so gut zueinander. Was willst du noch? Schließlich bist du kein Teenager mehr und wenn du noch Kinder willst ...“

Maria zwang sich zu Ruhe und Freundlichkeit und schluckte alles hinunter, was es dazu zu sagen gab. Es war auch längst alles hundertmal gesagt worden.

„Ja, ich weiß,“ sagte sie müde. „Und ich weiß auch alles, was ihr noch dazu sagen könntet: dass ich mir keinen besseren Mann als ihn wünschen könnte, dass er fast zu gut für mich ist, dass ich bald 30 bin...und..... ach, und was noch alles! Aber schließlich – wir kennen uns noch nicht einmal ein Jahr. Ich bin einfach noch nicht soweit. Lassen wir doch das Thema für heute, ja?“ Marie rieb sich mit den Fingern beide Schläfen.

Die Mutter sah erschrocken in Marias abgespanntes, blasses Gesicht.

„Du hast Recht, mein Kind. Geh und schlaf dich aus,“ sagte sie begütigend.

„Mach dir keine Gedanken. Es ist nur - du weißt ja, wir sorgen uns um dich.“

Mutter und Tante folgten Maria in den Flur und sahen ihr sorgenvoll nach, während diese die Treppe hinauf nach oben flüchtete.

In ihrem Zimmer jedoch konnte sie trotz der Müdigkeit lange nicht zur Ruhe kommen.

Wie widersinnig war es doch, dachte sie. Da betonten Mutter und Tante ständig, wie sie sich um sie, Maria, sorgten, wie sie sich verantwortlich fühlten, was für ein Stein ihnen vom Herzen genommen wäre, wenn Maria endlich verheiratet und „versorgt“ wäre.

Dabei war es eher anders herum. Beide Frauen klammerten sich in einer Art und Weise an Maria, die ihr mitunter die Luft zum Atmen nahm. Zwar wurde für sie gesorgt, was die häuslichen Dinge anbelangte, man kochte, wusch und putzte für sie.

Alle übrigen Angelegenheit des täglichen Lebens jedoch schob man bereitwillig Maria zu, angefangen bei den Einkäufen bis hin zu den Dingen, die Haus, Handwerker, Finanzen, Versicherungen und dergleichen betrafen. Es war ihnen gar nicht recht bewusst.

Maria war der Dreh- und Angelpunkt der beiden Frauen. Um sie drehte sich ihr ganzes Leben. In ihrer „Sorge" um sie verbarg sich ein großer Teil Sorge um die eigene Person. Was sollte aus ihnen werden, wenn Maria nicht mehr für sie da wäre?

Leonore und Henrike waren sich in dieser Hinsicht sehr ähnlich. Beide erwarteten von anderen, dass sie ihnen den Alltag, das Leben im allgemeinen, lebenswert machte. Früher hatten ihre Männer diese Aufgabe übernommen, davor die Eltern. Nun war es Maria.

Zwar war ihnen das nicht so klar und sie hätten es vehement abgestritten, wenn es ihnen jemand direkt ins Gesicht gesagt hätte. Taten sie nicht alles für das Kind?

Insgeheim hofften beide, Maria würde Ronald Simon heiraten. Ronald war stets zuvorkommend und galant zu beiden Frauen.

Sie mochten ihn und hegten die nicht ganz unberechtigte Hoffnung, dass er ihnen Maria nicht fortnahm, sondern dass er beide Frauen in das zukünftige Familienleben einbeziehen würde.

Ronald war Fahrlehrer und besaß eine eigene, ausgezeichnet florierende Fahrschule mit einigen Angestellten. Über den Geschäftsräumen hatte er seine geräumige, komfortabel und modern eingerichtete Wohnung, in der Maria ihn hin und wieder besuchte.

Wiederholt hatte er erwähnt, ein Haus für Maria zu bauen, sobald sie sich entschließen könnte, mit ihm zusammen darin zu leben.

Das hatten Mutter und Tante mit Genugtuung vernommen. Er hatte schließlich Geld genug und wer weiß – vielleicht hätten Leonore und Henrike ebenfalls in diesem Haus Platz - oder ganz in ihrer Nähe.

Für beide Frauen stand unverrückbar fest, dass Maria sie niemals allein lassen würde – und dürfte! Und wenn Ronald das Mädchen heiratete, übernahm er automatisch die Verpflichtungen für die allein stehende Mutter und deren Schwester. Das war ihre unangefochtene Meinung.

Leonore arbeitete zwar stundenweise als Stenotypistin in einer ortsansässigen Holzhandlung und war somit sehr stolz darauf, Geld ins Haus zu bringen, aber es war im Grunde so wenig, dass sie davon allein nicht hätte leben können. Henrike dagegen war gut versorgt und trug ihren Teil zum Haushalt bei.

Es ging jedoch nicht nur um die finanzielle Unterstützung, um die beide Frauen in der Zukunft bangten. Vielmehr ging es um ihre Einsamkeit, ihre Unfähigkeit, ihr eigenes Leben zu führen. Beide ahnten, dass eine Lücke in ihrem Leben entstehen würde, die sie nicht in der Lage wären, aus eigener Kraft zu schließen – sollte Maria einmal nicht mehr für sie da sein.

Ihnen wäre ihr Lebenszweck genommen.

Sie hätten dann weiter nichts als einander. Das war für beide Frauen unvorstellbar und die unbestimmten Ängste, die diese Vorstellung bei beiden herauf beschwor, wollten sie gar nicht genauer untersuchen.

Maria stand am Fenster und dachte an Ronald.

Sie kannte ihn seit Monaten; im Sommer wurde es bereits ein Jahr. Also noch gar nicht einmal so lange, um es mit einer Heirat so eilig zu haben. Überhaupt – Heirat!

Maria schüttelte den Kopf. Für sie gab es immer noch den Begriff „alte Jungfer“. Ein Mädchen, das über 25 Jahre alt war, gehörte längst „unter die Haube“. Sonst stimmte etwas nicht mit ihr!

Und im Grunde war es genau das, was Mutter und Tante von ihr dachten: mit Maria stimmte etwas nicht! Sie mit ihren Macken, die sie schließlich sogar bis in die Psychiatrie gebracht hatten!

Es war richtig, dass Ronald sie liebte und dass er sie lieber heute als morgen heiraten würde. Maria verstand eigentlich gar nicht, warum auch er so zu einer Heirat drängte. Und sie war auch gar nicht davon überzeugt, dass sie so gut zueinander passten. Sicher, sie verstanden sich gut, hatten gemeinsame Interessen und Ansichten.

Aber war das genug?

„Liebe ich ihn denn überhaupt?“, ragte sie sich zum ersten Mal. Sie hatte nie ernsthaft darüber nachgedacht.

„Ich weiß es nicht," dachte sie überrascht. „Ich weiß es wirklich nicht. Und ich will auch noch nicht heiraten. Wenn überhaupt – und vielleicht auch gar nicht Ronald."

Zum ersten Mal wurde ihr klar, dass sie gar nicht bereit war für eine feste Bindung.

Ihr wurde recht unbehaglich zumute, wenn sie daran dachte, wie Mutter und Tante diese neue Eröffnung auffassen würden. Sie spürte die Erwartungen und Hoffnungen der beiden Frauen auf ihren Schultern wie eine Last, der sie sich nicht zu entziehen wusste.

Es war nicht nur ein starkes Verantwortungsgefühl für beide, das sie empfand - verbunden mit einem schlechten Gewissen, wenn sie sich dem entziehen würde - es war, als wäre sie ihnen etwas schuldig.

Sicher war sie der Mutter und der Tante auch etwas schuldig. Aber was? Doch nicht, dass sie ihr ganzes Leben auf die beiden ältlichen, lebensuntüchtigen Frauen ausrichtete! Sie hatte doch auch ein Recht auf ihr eigenes Leben. Aber wie sollte das eigentlich aussehen?

Diese unvermittelte Frage warf Maria jählings aus der Bahn. Sie war aus dem Nichts ganz plötzlich aufgetaucht und versetzte sie in einen erstaunlichen Schrecken.

Sie ließ sich auf den Sessel am Fenster sinken, stützte die Ellbogen auf die Fensterbank und legte ihr Kinn auf die gefalteten Hände. Sie starrte in den mondbeschienenen Garten hinaus ohne etwas wahrzunehmen.

„Warum habe ich nie darüber nachgedacht? Immer nur so in den Tag hinein gelebt! Als hätte ich mein Leben „immer so vor mir hergeschoben!“ Sie staunte über diese seltsame Formulierung, die ihr da eingefallen war. Hinter den Schläfen meldete sich das vertraute Hämmern. Es war doch **ihr** Leben! Sie musste doch wissen, was sie mit ihrer Zukunft anfangen wollte.

„Ihr“ Leben – das war immer ein „Später“ gewesen. Später würde es beginnen – später! Aber wann? Und wie? Hatte sie bisher gar nichts hinterfragt, weder ihre Gefühle noch ihre Gedanken oder Pläne? Oder hatte sie es vergessen? Sie hatte ja schon so vieles vergessen! Immer wieder musste sie das feststellen.

Sicher hing es mit den Migräneanfällen zusammen, die sie in Abständen überfielen. Eine beklemmende Unruhe breitete sich in ihr aus. Plötzlich stieg aus ihrem Innern ein ebenso überraschender wie inbrünstiger Wunsch auf.

„Ich wünsche mir einfach nur Ruhe, Frieden und Sicherheit,“ dachte sie und begriff nicht, woher dieses Bedürfnis auf einmal gekommen war..

„Frieden? Mein Gott, ich habe doch Frieden! Und Sicherheit auch!“ Im gleichen Augenblick aber tauchten Zweifel auf, beängstigend und rätselhaft.

Schließlich – es gab vielleicht noch einen anderen Frieden, nach dem sie sich unbewusst sehnte! Einen „inneren Frieden“?

Und wie stand es mit der Sicherheit?

Ihr war, als würde eine kalte Hand sie berühren.

Gleichzeitig krochen Ärger auf sich selbst und ein merkwürdig ungewohntes Hadern mit dem Schicksal in ihr hoch. Es war unglaublich! Da war sie - eine junge Frau im schönsten Alter, müsste eigentlich Pläne machen, mit Freundinnen ausgehen, mit Männern flirten, Reisen machen, sollte in vollen Zügen ihr Leben genießen! Und sie konnte sich nicht einmal recht vorstellen, wie es wäre: „das Leben genießen!“

Sie hätte gar nicht gewusst, wie sie es anstellen sollte, dieses „Leben genießen“. Außerdem - sie hatte gar keine Lust dazu! Und wenn dieses alles für sie schon nicht infrage kam, so sollte sie doch wenigstens verheiratet sein und Kinder haben! Aber auch danach stand ihr absolut nicht der Sinn! Sie wollte nichts von alledem!

Sie hatte das Gefühl, als wollte ihr der Kopf platzen von all dem zähen Gewirr trübsinniger Gedanken, die da unvermutet aufgetaucht waren.

„Mein Leben ist in Ordnung so wie es ist! Ich muss heute nicht mehr darüber nachdenken und ich muss heute auch nichts entscheiden, weder ob ich Ronald heirate, noch was ich sonst will. Ich habe alle Zeit der Welt ," sagte sie sich energisch und verbannte alles Bedrängende aus ihrem Sinn.

Ihr Blick glitt über den Garten im Mondlicht. Es war so schön und still draußen. Sie lauschte den Geräuschen der Nacht, die aus dem geöffneten Fenster hereindrangen. Ein leichter Windhauch trug den Geruch von Erde ins Zimmer. Und dann war da noch ein anderer Geruch, ein Duft nach irgendwelchen Blüten, die ihr vertraut vorkamen, die sie aber nicht erkannte.

Und von irgendwoher wehten ein paar Töne einer melancholischen Melodie zu ihr herauf, die sie an etwas lang vergessen Geglaubtes erinnerte. Maria schreckte auf.

Da waren sie wieder, diese eigenartigen Melodienfetzen. Vor wenigen Stunden erst waren sie aus dem Nichts in ihrem Kopf aufgetaucht – im Auto in der tosenden Dunkelheit.

Ihr Herz begann schwer zu schlagen und sekundenlang fühlte sie sich wie in zwei Wesen gespalten.

Für den Bruchteil eines Augenblicks war ihr, als hätte ein sehr heller Blitz ihren Augen etwas gezeigt, das im nächsten Moment wieder ins Grau geglitten war; wie eine Blitzlichtfotografie an einem dunklen Tag. Als hätte sie einen Blick auf eine nur sekundenlang beleuchtete Szene geworfen, die einer anderen Zeit angehörte und sogleich wieder verschwand. Eine Szene aus einem Traum, aus der Vergangenheit?

Maria fuhr sich über die Augen. Sie kam sich vor wie eine Schlafwandlerin.

Sie versuchte, die Bruchstücke der mysteriösen Melodie zu erfassen, sich zu erinnern, aber sie war fort! Wie weggeblasen aus ihrem Kopf. Was war das nur für ein Lied? Sie mühte sich, sie in ihr Gedächtnis zurück zu zwingen, aber es gelang ihr nicht.

„Morgen ist ein neuer Tag und ich bin wieder in Ordnung," dachte sie und warf einen letzten Blick in den nächtlichen Garten. Der Regen hatte aufgehört. Morgen würde die Sonne aufgehen über einer gereinigten, neu ergrünten Landschaft.

Sie würde die Wasserpfützen in den ausgewaschenen Gartenwegen in allen Regenbogenfarben schillern lassen und den Tau auf Hecken und Gräsern in einen zarten, nebligen Dunst verwandeln.

Und vielleicht würde Maria über die nassen Wiesen zum Bach laufen, um an seinem Ufer im Schilf gelbe Irisblüten zu entdecken. Da stieg aus der Tiefe ihrer Seele ein ganz starker Wunsch empor: „Wie ein Kind sein möchte ich – fröhlich und ganz und gar unbeschwert!"

♦♦♦

Winter 1969 (November)

Nicht nur seine Gefühle hatten sich gewandelt! Nein, die ganze Welt schien ihm verändert seit heute Nacht. Er stand am Fenster und blickte hinaus in die Dunkelheit, in der sie soeben verschwunden war. Fichten und Unterholz standen dicht und düster in den Schatten des weißen Mondlichts. Erst wenige Augenblicke war sie fort und er sehnte sie sich bereits zurück mit all seiner Kraft. Aber sie würde ja wiederkommen – hierher in diesen Unter-

schlupf, den er für sie beide gefunden hatte. Ihr Liebesnest – für wie lange?

♦♦♦

Maria erwachte, es war es Nacht. Sie spürte ihr Herz schwer und dumpf gegen die Rippen schlagen, ihre Stirn war feucht. Sie horchte in die Stille des Hauses hinein. Sie blickte zum Fenster und sah den Mond durch das Spitzengewebe der Äste scheinen, eine helle Scheibe auf dem Himmel, der schwarz war wie Tinte.

Was hatte sie nur geweckt? Am Rande ihres Bewusstseins huschten schemenhafte Bilder vorüber, die ihr sofort entglitten, sobald ihr Geist sie fassen wollte.

Plötzlich schien es ihr, als senke sich die Decke auf sie herab und als rückten die Wände immer näher. Sie spürte den gespenstischen Drang zu schreien und sprang so hastig aus dem Bett, dass sie gegen einen Stuhl taumelte, der polternd zu Boden fiel. Sie ließ ihn, wo er war, rannte ans Fenster und stieß es auf. Während sie lange und tief atmete, versuchte sie sich zu erinnern. War es wieder der alte Traum gewesen?

Seit langer Zeit gab es diesen Traum, der sie in unregelmäßigen Abständen heimsuchte. Er war banal genug und dennoch versetzte er sie immer wieder in größte Angst und Schrecken. Darin wurde sie von einem Unbekannten im Dunkeln verfolgt, während sie über regennasse, schwarze Asphaltstraßen rannte und im strömenden Regen kaum ihren Weg erkennen konnte. Sie lief so schnell sie konnte, die Luft drohte ihr auszugehen. Irgendwann wurde der Zwang, sich umzudrehen, übermächtig, sie wandte den Kopf – und erwachte.

Manchmal schien in dem Traum auch die Sonne und sie lief über die Wiesen zum Bach. Und dann ganz plötzlich verdunkelte sich der Himmel, Wolken schoben sich vor die Sonne, ein schiefergraues Licht zog über den Horizont. Und während die Wolken sich zusammen ballten und auftürmten, kam Sturm auf.

Sie rannte und wusste, dass jemand sie verfolgte, wagte aber nicht, sich umzudrehen. Dann tat sie es doch, strauchelte und fiel, und zwar gerade in dem Moment, als sie in den Augenwinkeln den Schatten des Verfolgers wahrnehmen, ihn jedoch nie erkennen konnte.

Maria fröstelte in der kühlen Nachtluft. Eine leichte Brise schob von Zeit zu Zeit die Regenwolken vor das Mondlicht, warf unregelmäßige, bizarre Schatten über Wand und Decke. Der dunkle Garten unter ihrem Fenster wirkte wie eine fremde Landschaft und sie glaubte ein Wispern und Raunen zu hören. „Es ist der Wind," dachte sie. „Vielleicht habe ich geträumt, vielleicht auch nicht. Es ist ja ganz gleich."

In der Ferne vernahm sie den Ruf einer Eule wie einen Widerhall unter der dunklen Kuppel des Nachthimmels. Die Laken und Kissen waren angenehm kühl, als sie sich niederlegte. Sie schlief traumlos bis zum Morgen.

Beim Erwachen spürte sie die Wärme der Sonnenstrahlen auf den geschlossenen Lidern. Der Morgen war voll von Vogelgezwitscher, das aus dem zarten Grün der Birke vor ihrem Fenster ertönte, der Himmel ganz ohne Wolken. Eine goldene Sonnenbahn zog sich quer durchs Zimmer. Es würde ein schöner Tag werden.

Maria stand am offenen Fenster und lauschte den Küchengeräuschen, die von unten herauf drangen. Die Mutter war sicher dabei, das Frühstück herzurichten, das sie zusammen in der geräumigen Wohnküche einnehmen würden. Sie würde duschen, Jeans und einen Pulli anziehen und hinunter gehen. Alles würde harmonisch und friedlich sein.

Später würde Ronald kommen und vielleicht könnten sie an den Bernburger See fahren.

„Es müsste schön sein, am Wasser zu wohnen," dachte sie plötzlich. „Ein kleines Haus am See mit einem großen alten Garten dabei!"

Immer schon hatte sie das Wasser geliebt, sie war auch eine gute Schwimmerin.

Nur mit Teichen hatte sie nichts im Sinn! Teiche waren ihr unheimlich! Das Wasser ist nicht klar und man weiß nie, was auf seinem Grund verbogen ist! Außerdem lebten Blutegel in Teichen. Ekel erfasste Maria und sie schüttelte sich.

Irgendwann hatte es da mal eine Geschichte mit Blutegeln gegeben – früher, als sie Kind war. Sie waren mit mehreren Kindern zum Baden gewesen an irgend einem Teich. Sie konnte sich nicht erinnern, wann und wo das gewesen war. Sie wusste nicht einmal, ob sie auch ins Wasser gegangen war. Wahrscheinlich nicht, denn sie hatte da so eine widerliche, graubraune Brühe in Erinnerung, die ihr heute noch Ekel verursachte.

Aber die Jungens waren ins Wasser gegangen. Und dann mit den Blutegeln am Körper wieder herausgekommen! Ihnen hatte es nicht so viel ausgemacht, sie hatten gelacht und sich das scheußliche, schwarze Gewürm von der Haut gepflückt. Maria aber hatte sich, verborgen vor den Blicken der anderen, im hohen Schilf wiedergefunden, wo sie sich übergeben musste.

Das alles hatte sie ganz vergessen gehabt. Jetzt war es wieder da. Ganz deutlich ertönten die Kinderstimmen von damals in ihrem Kopf und sie spürte wieder die heiße Sonne auf dem nackten Rücken, während sie im Schilf kniete und würgte.

Und heute wie damals spürte sie unbeschreiblichen Ekel bis hin zu diffusen Angstgefühlen, wenn sie an Teiche dachte, deren Wasser undurchsichtig war wie eine ekelhafte braune Brühe. Es könnten Blutegel und andere Gräuel dort verborgen sein und auf seinem schlammigen Grund lauern!

In den letzten Tagen hatte Maria hin und wieder an die Zukunft gedacht. Sie tat es ungern und stets beschlich sie dabei ein Gefühl von Beklemmung, die sie sich nicht erklären konnte. War es die Angst, Entscheidungen zu treffen, oder Angst vor Veränderungen? Sie fühlte sich bedrängt, ja geradezu in die Enge getrieben, als müsse sie irgendwelche Erwartungen erfüllen, die sie nicht erfüllen konnte – oder wollte.

Und auf einmal wurde ihr klar: sie sah nicht Ronald an ihrer Seite, wenn sie an die Zukunft dachte. Sie sah sich nur ganz allein ohne andere Menschen, vielleicht in diesem Häuschen am See mit dem großen Garten, in dem sie frei schalten und walten konnte. Ein alter Garten müsste es sein, mit alten Obstbäumen, Hecken und Rosen.

Ronald hatte in diesen Zukunftsträumen gar keinen Platz, ebenso wenig wie Mutter und Tante.

Sie taten ihr alle beide leid und sie fühlte sich für sie verantwortlich. Sicher hatten sie nicht das vom Leben bekommen, das sie sich gewünscht und erhofft hatten. Und sie erwarteten selbstverständlich, Maria würde alles in ihrer Macht stehende tun, um ihnen das zu verschaffen, die armen alten Seelen, vom Leben so stiefmütterlich behandelt!

Nach altgewohnter Weise unterdrückte Maria ihre hässlichen Gedanken und schämte sich dafür.

Aber dann tauchten erstaunlich rebellische Gedanken in ihr auf und sie erkannte plötzlich, dass beide Frauen schließlich noch im besten Alter standen, und dass sie ja alle beide nicht allzu große Mühen auf sich genommen hatten, um zu erreichen, was sie haben wollten. Sie hatten sich keineswegs angestrengt, immer nur alles von anderen erwartet. Immer hatten sie sich auf andere verlassen. Es war so am bequemsten gewesen.

Und heute und gestern und jeden Tag auf sie, auf Maria!

Sie fühlte sich ganz überrumpelt von diesen ungewohnten Gedanken, die ihr nie zuvor in den Sinn gekommen waren. Verblüfft überdachte sie diese neuen Erkenntnisse.

„Es macht ja nichts," dachte sie. Sie hatten es nie anders gekannt, sie waren dazu erzogen worden, andere für sich sorgen zu lassen.

„Ich bin denn wohl dazu erzogen worden, die Erwartungen anderer zu erfüllen," dachte sie bitter. Ein warnendes Klopfen in den Schläfen stellte sich ein.

Sie ertappte sich dabei, dass sie auf der Bettkante saß und den Kopf auf ihre kalten Hände stützte.

Was war nur los? Warum nur gingen ihr auf einmal so verquere Gedanken durch den Kopf? Es war doch alles in Ordnung gewesen bisher.

Im Gesundheitsamt war alles gut gelaufen, wie immer, mit dem Chef war alles o.k., mit den Kolleginnen und Kollegen ebenso.

Sie hatte sogar ein nettes Erlebnis mit Dr. Scheffler gehabt. In der Mittagspause hatte er sie ganz unerwartet zum Essen in ein nahegelegenes Restaurant eingeladen. Er hatte begonnen, Maria versteckte Komplimente zu machen. Unter anderem hatte er ihre Tüchtigkeit, Zuverlässigkeit und ihr Einfühlungsvermögen gelobt.

Maria hatte schließlich begriffen, dass er nicht zu ihr als Kollegin sprach, sondern von Mann zu Frau. Dann hatte er von sich erzählt, von seiner ersten Ehe und seinem Sohn. Auch sein Alter hatte er erwähnt. Er war 15 Jahre älter als Maria.

Weiter war er nicht gekommen. Er hatte es wohl auch nicht vorgehabt, noch nicht.

Sollte dies etwa der Beginn einer vorsichtigen, ernsthaften Werbung um sie sein? Maria sah ihn im Geist vor sich, sein dunkles Gesicht unter dem ungebärdigen schwarzen Haarschopf. Er war ganz anders als Ronald, nach dem sich die Frauen umsahen, der stets elegant und nach neuester Mode gekleidet daher kam.

Martin Scheffler würde neben ihm recht salopp, eher nachlässig wirken in Kleidung und Auftreten. Er wirkte meistens so, als sei ihm gar nicht recht bewusst oder auch gleichgültig, was er gerade anhatte.

Er war groß, breitschultrig und muskulös, wirkte eher massig, nicht so mager und drahtig wie Ronald, der streng auf Diät achtete und seine Fitnessprogramme nie vernachlässigte.

Das schwarze Haar war an den Schläfen bereits leicht ergraut. Ein schmaler, sensibler Mund, dessen Mundwinkel sich zuweilen in Ironie und Spott nach unten verzogen, braune Augen unter dunklen Brauen.

Er hatte etwas an sich, das Maria manchmal verlegen und unsicher werden ließ, besonders, wenn er auf private Dinge zu sprechen kam.

Trotz Ruhe und Gelassenheit, die er in der Regel ausstrahlte, schlummerte unter dieser Oberfläche ein unvermutetes Temperament, das gelegentlich hervorbrach, wenn ihm der Kragen platzte, fast einem Jähzorn gleich. Geduld gehörte nicht unbedingt zu seinen Tugenden.

Er würde sicher in allen Lebenslagen ein guter Kamerad und zuverlässiger Freund sein, dachte

Maria. Sie seufzte. Hoffentlich würde sich das nicht zu kompliziert entwickeln, so dass ihr gutes kollegiales Verhältnis darunter leiden müsste.

Marias Gedanken kehrten zu ihrem Ausgangspunkt zurück.

Was gingen ihr für seltsame Dinge durch den Kopf!

Und zeitweise fühlte sie sich so durcheinander!

Sie dachte an die letzte Nacht. Sie hatte am Fenster gestanden und in den Himmel geblickt. In einen sehr hellen Himmel, der wie eine elfenbeinfarbene Vision über den Feldern geleuchtet hatte. Sie hatte sich gewundert über sein seltsames Licht und die Helligkeit am Horizont. Deutlich entsann sie sich der bleichen Mondbahnen, die sich über das schwarze Feld jenseits der Häuser und Gärten zogen.

„Kann es denn in der Nacht so hell sein?" überlegte sie. Warum nicht, es war Mondschein gewesen, oder war es ein Frühlingsmorgen bei Sonnenaufgang im Mai? Diesen Himmel hatte sie gesehen, das wusste sie genau. Oder war das vorher gewesen, an einem anderen Morgen oder in einer anderen Nacht? Oder in einem Traum?

Sekundenlang hatte sie das Gefühl, dass sich da Erinnerungen an verschiedene Nächte übereinander schoben.

Etwas in ihr erinnerte sich, warf einen sekundenlangen Blick auf eine verschwommene Szene, die ihr Herz schneller schlagen ließ und sie auf unerklärliche Weise mit Furcht erfüllte.

Bedrohliche Bilderfetzen, die genau so schnell aus ihrem Kopf verschwanden, wie sie aufgetaucht waren.

Sie fühlte sich ganz benommen und hatte Mühe, sich in den hellen Tag der Gegenwart zurückzufinden.

Eine Tür klappte demonstrativ im Erdgeschoss. Man wartete auf sie mit dem Frühstück, das an den Wochenenden gemeinsam eingenommen wurde, einem Ritual, das seit Jahren fortbestand in seiner mehr oder weniger aufgesetzt harmonisch-herzlichen, aber schließlich doch nett gedachten Atmosphäre.

Maria fuhr erschreckt zusammen, als das Telefon im Flur unten klingelte. Ronald! Sicher, das musste er sein. Alles in ihr sträubte sich. Sie wollte keine gemütlichen Spaziergänge zu zweit, auch keine gewollt fröhlichen Plauderstündchen zu viert und genau so wenig ein gemeinsames Abendessen in einem Restaurant oder am häuslichen Herd mit der Familie.

Sie schlüpfte in den Morgenrock, lief in den Flur hinunter und griff nach dem Telefon.

Es war Ronald, unbeschwert und fröhlich wie fast immer. Maria gab sich Mühe, ungezwungen und heiter zu erscheinen. Er würde am Nachmittag kommen. Gut! Dann hatte sie den Vormittag für sich. Mutter und Tante standen hinter der halb geöffneten Küchentür und gaben sich den Anschein, mit ihrer Arbeit zu tun zu haben, aber das Frühstücksgeschirr klirrte nur verhalten und ihre Stimmen waren verstummt.

Sie waren gut informiert über alles, was sich tat, zwischen Ronald und Maria am Telefon. Sie mussten sich über gar nichts Sorgen machen – Maria war scheinbar wieder in Ordnung!

Und da schob sie auch schon die Küchentür auf und rief ihnen ein fröhliches „Guten Morgen" zu.

Nach dem Frühstück lief sie in langen Hosen und leichter Jacke durch die Hintertür nach draußen.

Endlich! Wie schön war der Tag! Die frühe Sonne lag strahlend über den nassen Hecken und Knicks.

Das Gras der Wiese hinter dem Haus war hoch und glänzte vom Tau, der so dicht an seinen Halmen hing wie Raureif.

Maria lief durch das nasse Gras zum Bach hinunter, der sich träge durch die grünen Wiesen wand.

Sie hielt ihr Gesicht den wärmenden Sonnenstrahlen entgegen, blauer Himmel und Sonne über sich, in der Ferne rief ein Kuckuck. Für eine Weile hatte sie alles andere vergessen.

♦♦♦

Winter 1969 (November)

Voller Ungeduld wartete er auf sie!

Das Knistern des Feuers im Kamin übertönte das Rauschen des Regens draußen und verschluckte das Geräusch ihrer nahenden Schritte.

Würde sie kommen? Da öffnete sich leise die Tür, sie trat ein und all seine Sorgen und Bedenken schwanden dahin wie Rauch, der durch den Schornstein entweicht.

♦♦♦

Er stand am Fenster - eine Hand locker in der Hosentasche - und blickte ihr entgegen, als sie den Raum betrat. Sonnenschein durchflutete das Zimmer, sein Gesicht lag im Schatten.

Überrascht blieb Maria in der geöffneten Tür stehen.

„Ach, du bist schon da!"

Ronald war das, was man einen sehr gut aussehenden Mann nennen konnte. Er war groß und sehr schlank, hatte blondes, glattes Haar und blaugraue Augen. Ein schmales bartloses Gesicht, helle Haut, die sich auch in der Sonne kaum bräunte, und ein schmallippiger, verschlossener Mund, der auf Wachsamkeit und unerschütterlich Selbstbeherrschung schließen ließ.

Er wirkte selbstsicher, zuverlässig und tüchtig, als würde er auch als Geschäftsmann stets einen kühlen Kopf bewahren und durchaus jeder Lage gewachsen sein. Er war gekleidet, als ginge es zu einem Essen in ein gepflegtes Restaurant. Hemd und Krawatte waren in auf einander abgestimmten Grautönen gehalten. Über der Stuhllehne hing ein taubenblauer Blazer. Ein Mann, der wusste, was er wollte. Und er wollte Maria.

Als er sie erblickte, machte er ein paar rasche Schritte auf sie zu, seine Hände schlossen sich um ihre. Er war einen Kopf größer als Maria und sah nun forschend in ihr Gesicht hinunter.

„Hallo, mein Schatz! Wie schön, dich zu sehen! Deine Mutter sagte mir, du wärst spazieren gegangen. Geht es dir wieder besser?"

Er zog sie an sich und küsste sie. Maria ließ es geschehen, ohne ihm entgegen zu kommen. Dann lächelte ein wenig gezwungen zu ihm empor und trat einen Schritt zurück, so dass seine Arme herabfielen.

„Haben sie dir vorgejammert, wie schlecht es mir wieder einmal ging?" Sie musterte seine gepflegte Erscheinung.

Ronald überhörte den Ärger, der in ihrer Stimme klang, und ignorierte ihre kühle Haltung. Er kannte Maria und „ihre Launen".

Er machte es sich in dem alten Lehnstuhl bequem und zog ein Zigarettenetui hervor. Gelassen steckte er sich eine Zigarette an und blies den Rauch vor sich hin.

„Nicht sehr. Nur dass du gestern einen anstrengenden Tag und eine scheußliche Heimfahrt hattest, die dir etwas zu schaffen machte.“ Seine Stimme klang ruhig und sachlich.

„Im übrigen schienen sie sich zu freuen, mich zu sehen.“ Maria legte beschämt eine Hand auf seinen Arm.

„Entschuldige, Ronald. Ich freu’ mich ja auch, dass du da bist. Und sie hatten Recht, es ging mir nicht so besonders. Aber nun ist alles o.k.“

Sie setzte sich neben ihn auf die Kante eines Stuhls.

Besorgt musterte er ihr ernstes Gesicht, das unter dem schwarzen Haar sehr blass aussah. Behutsam legte er eine Hand auf ihre im Schoß verkrampften Hände.

„Wollen wir irgend wohin fahren, wo es schön ist und wir miteinander allein sein können? Meinst du nicht, dass es uns beiden gut tun würde, ein paar Stunden gemeinsam zu verbringen? Wir könnten irgendwo übernachten, morgen früh zurückkommen und danach zum Segeln gehen.“ Ronald besaß eine kleine Segeljacht, die in einem eigenen Bootsschuppen am Bernburger See lag.

Sie zögerte nur kurz. Möglicherweise erwartete die Mutter, dass sie alle zusammen zum Essen gehen würden. Aber – zum Kuckuck! Außerdem –

ein Gespräch und ein Zusammensein zu zweit wären vielleicht das, was sie beide brauchten. Auf jeden Fall besser als ein gemeinsamer Tag mit Mutter und Tante!

Kurz entschlossen stand sie auf. „Ja, lass uns das tun. Es ist so schön draußen. Bitte warte einen Moment. Ich zieh' mich schnell um und packe ein paar Sachen zusammen."

Im Flur stieß sie fast die Tante um, die ein wenig erschrocken zurückfuhr.

„Wir machen einen Ausflug und kommen wahrscheinlich erst morgen Abend zurück." sagte sie kurz.

Die Tante folgte ihr bis zum Fuß der Treppe.

„Aber – wo wollt ihr hin? Ihr habt ja gar nichts geplant."

Maria unterdrückte den Ärger, der in ihr hochschoss.

„Nein, wir brauchen auch nichts zu planen. Wir fahren einfach ins Grüne oder ins Blaue – wenn du so willst. Und morgen gehen wir segeln."

Ironisch setzte sie hinzu: „Die Nacht verbringen wir entweder irgendwo unterwegs – oder bei Ronald. Ein Ausflug, wie ihn zwei Verliebte hin und wieder unternehmen." Sogleich schämte sie sich. Sie blieb stehen, wandte sich um und sagte herzlich. „Seid mir nicht böse, aber das versteht ihr doch sicher."

Inzwischen war die Mutter aus der Küche gekommen. Sie hatte die letzten Worte gehört und atmete erleichtert auf. Es war doch ein gutes Zeichen, dass die beiden miteinander fortfahren wollten. Maria hatte ihre Laune überwunden. Nun kam sicher endgültig alles in Ordnung zwischen den beiden!

„Aber natürlich verstehen wir das! Macht euch recht schöne Tage!"

„Viel Spaß! Um uns beiden Alten müsst ihr euch gar nicht sorgen. Wir – machen es uns halt zu zweit gemütlich." Die Tante zog wie üblich, wenn sie sich beiseite geschoben fühlte, gekränkt ihr Kinn ein und kniff die Lippen zusammen.

Aber das sah Maria nicht mehr. Sie war bereits die Treppe hinauf geeilt und in ihrem Badezimmer verschwunden.

Als Maria in einem sportlichen Hosenanzug wieder unten erschien, eine vollgepackte Reisetasche in der Hand, sahen drei Augenpaare ihr beifällig entgegen. Das schwarze Haar war wie immer zu einem strengen Knoten im Nacken verschlungen, das Gesicht gänzlich ohne Make up, ihr einziger Schmuck ein farbenfrohes Tuch um den Hals, ein Geschenk Ronalds.

„Hübsch siehst du aus," sagte die Mutter. „Aber so blass," kommentierte die Tante. „Vielleicht solltest du etwas Lippenstift nehmen."

Maria schüttelte den Kopf und sah Ronald an. „Damit käme ich mir ganz fremd vor. Ich hoffe, ich gefalle dir auch so." Ronald nahm ihren Arm. „Du bist hübsch wie immer. Ob mit oder ohne Schminke."

Ich bin nicht hübsch, dachte Maria. Ich weiß sehr gut, wie ich aussehe. Aber es tat gut, es zu hören.

Mutter und Tante standen am Fenster und sahen winkend und mit sorgenvollen Gesichtern hinter ihnen her, als Maria und Ronald im Wagen davon fuhren.

„Sie sollten sich wenigstens endlich verloben," klagte Leonore im Gedanken an die Nächte, die das junge Paar hin und wieder gemeinsam verbrachte.

„So ist das nun einmal, man verlobt sich heutzutage nicht mehr," sagte Henrike forsch. „Man heiratet heute ja nicht einmal mehr. Man lebt so zusammen!"

Leonore zuckte resigniert die Schultern.

„Du wirst wohl Recht haben."

♦♦♦

Sie verbrachten einen unbeschwerten, fröhlichen Tag miteinander, wie sie schon lange keinen erlebt hatten. Das herrliche Wetter hatte viele Ausflügler hinaus gelockt, so dass ein rechter Betrieb auf den Straßen herrschte. Aber davon ließen die zwei sich nicht stören. Sie waren an den Bernburger See gefahren und hatten in der sonnendurchfluteten Veranda eines kleinen Restaurants köstlichen frischen Fisch gegessen.

Danach waren sie eine weite Strecke am Strand entlang spaziert. Es war ein Tag wie mitten im Sommer. Nichts Bedrückendes und Schweres hatte da Platz gehabt. Ernste Gespräche waren nicht aufgekommen. Alles war hell und unbelastet zwischen ihnen. Sie hatten gleiche Neigungen, liebten beide das Wasser und lange Spaziergänge. Gesprächsstoff gab es immer für sie.

Als der Nachmittag zur Neige ging, zog ein leichter Nebel vom Wasser herauf, durch den die erblassenden Sonnenstrahlen anfangs noch hindurch fanden, bis er sich schließlich wie ein weißer Vorhang auf den Strand herabsenkte. Da traten die den Heimweg an.

♦♦♦

Winter 1969 (Dezember)

In dem schwachen Schimmer des Morgenlichts, der durch das winzige Fenster des Häuschens hereinfiel, war ihr Gesicht nur als heller Schein auf den Kissen zu erkennen. Er schlief nicht, saß nur da und betrachtete sie. Nur einen Augenblick noch, dann würde er sie wecken. Sie würde ihn verlassen, wie in den Nächten zuvor und er würde zu der Anderen zurückkehren – wie in allen anderen Nächten vor dieser.

Eines Tages . . . . eines Tages würde sie vielleicht nicht mehr kommen!

Oder würden sie irgendwann für immer zusammen sein?

♦♦♦

Sie rannte durch den Regen und es war schwarze Nacht. Ein fahler Mond beleuchtete nur spärlich ihren Weg, der gesäumt war von windgepeitschten Sträuchern, deren kahle Äste wie Klauen nach ihr zu greifen schienen. Durch das Rauschen des Regens hindurch vernahm sie eilige Schritte hinter sich, scheinbar angepasst den ihren. Wasser rann ihr übers Gesicht, ihre Kleidung war so schwer von Nässe, dass sie das Gefühl hatte, sie würde von ihr zu Boden gezogen.

Namenlose Angst hatte sie gepackt, sie konnte im Dunkel kaum etwas erkennen und glaubte fast nicht mehr atmen zu können. Wer war es, der da hinter ihr herrannte und sie verfolgte?

Sie wusste es nicht, sie wusste nur, dass er Schlimmes im Schilde führte. Sie wollte schneller laufen, stolperte und stürzte nach vorn. Gleichzeitig wandte sie den Kopf und sah die hohe Gestalt ihres Verfolgers wie einen schwarzen Schatten ganz nah hinter sich. Irgendwie erschien er ihr seltsam vertraut. Sie wollte um Hilfe schreien, aber kein Laut kam über ihre Lippen.

Und während sie keuchend nach Luft rang, spürte sie, wie eine Hand sie grob von hinten packte. Ein Schrei kam aus ihrer Kehle, sie stolperte erneut und stürzte nach vorn auf den nassen schwarzen Asphalt – und erwachte!

Ronald saß neben ihr auf der Bettkante und hielt sie im Arm.

„Maria, wach auf! Du bist in Sicherheit und niemand verfolgt dich. Ich bin ja hier bei dir. Wach auf, Maria!"

Langsam kam sie zu sich. Ronald wischte ihr mit einem Tuch über die feuchte Stirn.

Sie klammerte sich aufatmend an ihn.

„Oh, Gott sei Dank, es war nur ein Traum! Hab ich wirklich geschrien?"

Ronald nickte. „War es wieder der alte Traum?"

„Ja, ich bin im Dunkeln durch den Regen gerannt und jemand lief hinter mir her und wollte mich packen."

„Und du hast ihn wieder nicht erkennen können?"

Maria atmete tief ein, fast erleichtert, wie es Ronald schien.

„Nein, ich habe sein Gesicht nicht erkennen können."

Ronald kannte inzwischen Marias Träume. Sie erschreckten ihn nicht mehr.

„Es war anders diesmal. Er war viel näher gekommen, ich spürte seine Hand an meinem Arm – wie er mich packte. Und sein Schatten – ich konnte seinen großen Schatten hinter mir sehen." Ihre Stimme zitterte.

„Irgendwie kam er mir bekannt vor", fuhr sie grübelnd fort.

„Eigenartig! So nah war er mir noch nie. Vielleicht kann ich ihn irgendwann tatsächlich erkennen." Sie schauderte, als würde diese Vorstellung ihr Angst einflößen.

„Möchtest du denn wirklich wissen, wer – oder was dich ständig verfolgt?"

Sie sah ihn stirnrunzelnd an. „Was meinst du damit?"

Ronald zuckte die Schultern.

„Ich weiß nicht recht. Es fiel mir nur so ein. Ich denke, wenn du wirklich wissen willst, was dir da im Nacken sitzt, sollte es doch möglich sein, das heraus zu finden. Vielleicht ist es gar kein Mensch, der dir übel will. Vielleicht sind es Dinge, die dir Angst machen."

Ronald stand auf, ging zum Tisch und ergriff seine Zigarettenpackung. Der gelbe Schein der Nachtlampe bevölkerte das Zimmer mit unruhigen, bis an die

Decke lang gezogenen Schatten, während er hin und herging, zwei Gläser mit Wasser füllte und eines davon Maria brachte. Dankbar griff sie danach und trank in kleinen Schlucken.

„Dinge, die mir Angst machen," wiederholte sie. „Was sollte das sein?"

Ronald streifte sie mit halb forschendem, halb spöttischem Blick.

„Nun, vielleicht fürchtest du dich vor Entscheidungen - vor Konflikten, Konfrontationen, Veränderungen – etwas in der Art."

Maria hatte sich aufgesetzt und schlang die Arme um ihre Knie. War ihr Ähnliches nicht schon selbst durch den Kopf gegangen? Sie schwieg und sah ihn abwartend an. Sie konnte sich denken, was nun kommen würde: Willst du mich heiraten oder mit mir zusammen leben? Aber das kam nicht.

Ernst und forschend erwiderte er ihren Blick

„Hast du dir jemals Gedanken über diese Träume gemacht – und was deren Ursache sein könnte?"

Sie zuckte gleichmütig mit den Schultern. „Was soll es schon sein? Meine Fahrt durch den Regen bei Dunkelheit wird dieses Mal der Auslöser gewesen sein."

Er ließ nicht locker. „Darauf kommen wir gleich. Du hast meine Frage nicht beantwortet. Es ging mir dabei nicht um den Auslöser, sondern um die Ursache. Irgend etwas muss doch für all das die Ursache sein – in der Vergangenheit, vielleicht in deiner Kindheit."

Ronald sah, wie sie zusammen zuckte.

Flüchtig fuhr ihre Hand in den Nacken, sank herunter und blieb als Faust geballt auf ihren Knien liegen.

„Was soll das werden? Ein Verhör? Ich habe schon oft geträumt, das weißt du. Gehe ich dir inzwischen damit auf die Nerven? Bisher hast du es nie für nötig gehalten, mich derart - analytisch auszuhorchen."

Ronald hatte sich einen Sessel ans Bett gezogen und ließ sich hineinfallen.

„Siehst du das so – ich horche dich „analytisch" aus?"

Maria schwang mit einem Ruck die Beine aus dem Bett und ging zum Tisch. Sie griff nach der Weinflasche. Ronald hielt ihren Arm fest. Er bemühte sich, seine Stimme ruhig und sachlich klingen zu lassen.

„Lass das jetzt und lenk nicht ab! Hast du nicht auch ein Interesse daran, endlich den Dingen auf die

Spur zu kommen? Deinen Schmerzattacken, diesen Verfolgungsträumen, den gelegentlichen Stimmungsschwankungen und wer weiß was noch alles? Möchtest du nicht ohne das leben können, unbelastet und frei?"

Maria spürte ihr Herz heftig klopfen, kalte Wut stieg in ihr hoch.

„Aha, da kommt's! Und dabei hast du bisher stets so getan, als würde dich dieses alles nicht stören! Ich habe mich schon lange gewundert, warum du mich eigentlich heiraten willst – mit all diesen Macken! Aber natürlich – wie sollte es einen Mann nicht stören, wenn seine Zukünftige sich mitunter wie eine Irre aufführt!

Da haben wir doch endlich Klarheit! Nun weiß ich auch, warum ich mich nicht zu einer Heirat entschließen konnte! Instinktiv muss ich gespürt haben, dass du mich nicht akzeptierst wie ich bin."

Mit zornig flackernden, fast schwarzen Augen im weißen Gesicht, stand sie vor ihm, eine schmale Gestalt im gestreiften Pyjama, das lange Haar zu einem Pferdeschwanz im Nacken zusammen gebunden.

Ein paar schwarze Strähnen hatten sich gelockert und hingen wirr zu beiden Seiten ihrer Wangen herab. Schweiß glänzte auf ihrer Stirn. Ihre Hände zitterten, während sie nach ihrem Morgenrock griff und ungeschickt versuchte, in einen der Ärmel hinein zu schlüpfen.

Sie hatte plötzlich das Gefühl, in ihrem Kopf herrsche ein beklemmend verflochtenes, bedrohliches Gewirr von Stimmen und Bildern, denen sie unbedingt entkommen musste!

Als drehten sich flackernde Bilderfetzen wie in einem Kaleidoskop vor ihrem inneren Auge.

Ronald war erschrocken über ihre heftige Reaktion. Das war etwas Neues an ihr. Eine Maria, die derart die Beherrschung verlor, kannte er bisher noch nicht.

Während sie wie blind am Gürtel ihres Morgenrocks zerrte, war er mit zwei Schritten bei ihr und nahm sie tröstend in die Arme, ein zitterndes, hilfloses Bündel.

Mit schreckgeweiteten Augen sah sie ihn an, als sei er ein Fremder und ihr ärgster Feind. Sie schlug um sich, als hätte sie den Verfolger aus ihren Träumen vor sich. Verblüfft ließ er sie los und trat einen Schritt zurück.

Sie blickte mit starren Augen in sein Gesicht und schien ihn kaum zu erkennen. Nach einer Weile klärte sich ihr Blick. Ihre Arme sanken herab und sie schwankte leicht, als hätte ein plötzlicher Windstoß sie zum Wanken gebracht.

Beruhigend redete er auf sie ein. „Was um Himmels willen hat dich denn so aus der Fassung gebracht? Du bist ja völlig verstört! Und drehst mir die Worte im Munde herum!“

Ronald ließ sich in den Sessel fallen und zog Maria auf seinen Schoß. Wie betäubt hing sie in seinem Arm, die Augen aufgerissen und blicklos, als lausche sie einem fernen, nur für sie hörbaren Klang.

Seine Stimme schien irgendwo aus der Ferne zu kommen, sich unter die Geräusche und Stimmen in ihrem Kopf zu mischen, um diese dann bis an den Rand ihres Bewusstseins zurück zu drängen.

Und dann war plötzlich alles still!

Eine wunderbare Stille umgab sie!

Einen Augenblick lang blickte sie verstört um sich, dann atmete sie tief und richtete sich auf. Ruhig und gelassen schob sie sich von seinem Schoß, ging zum Tisch und schenkte sich mit aller Gemütsruhe ein Glas Wein ein. Vor Ronalds Augen ging eine verblüffende Wandlung vor. Er beobachtete Maria schweigend und wartete. Was würde nun kommen?

Sie setzte sich auf die Bettkante, das Glas in der Hand, die nicht länger zitterte.

„Entschuldige, dass ich so die Beherrschung verloren habe," sagte sie ruhig.

Ronald nickte friedfertig. „Schon o.k.," sagte er. „Aber was hat dich denn so schrecklich aufgeregt? Kannst du mir das sagen?"

Er musterte sie verstohlen, während er sich eine neue Zigarette anzündete. Sie sah aus, als tastete sie sich mühsam zum Ausgangspunkt ihres Gesprächs zurück.

„Ich weiß nicht, was du von mir erwartest," sagte sie zögernd.

Sie tat ihm leid, wie sie mit aller Kraft Ruhe und äußeren Schein aufrecht zu erhalten versuchte. Trotzdem beschloss er einen zweiten Frontalangriff zu wagen. Es hatte doch keinen Sinn, stets zu tun, als sei alles in Ordnung und völlig normal.

„Warum willst du nicht mit mir über deine Ängste und Träume reden und was eventuell dahinter stecken könnte? Wer dieser Mensch sein könnte, der dich verfolgt; warum er hinter dir her ist, ob es überhaupt ein Mensch ist, und ob die Träume mit den Migräneanfällen zu tun haben. Warum können wir nicht ganz sachlich und ruhig darüber reden?"

Fast rechnete er auf einen neuerlichen Ausbruch und musste zu seinem grenzenlosen Erstaunen feststellen, dass sie ihn verständnislos ansah.

„Aber das können wir doch," sagte sie. „Ob es gerade jetzt in der Nacht sein muss, ist eine andere Sache."

Ronald begriff, dass sie das vorige Gespräch und ihre unbeherrschte Reaktion vergessen hatte. Zumindest erinnerte sie sich im Augenblick nicht daran.

„Aber du glaubst eigentlich nicht, dass es einen Sinn hat, darüber zu reden?"

„Was meinst du damit?" Sie sah ihn fragend an.

Ronald hatte das Empfinden, als habe er jemanden vor sich, der überaus vorsichtig und Schritt für Schritt über eine glatte Eisschicht zu entkommen versuchte.

Ihm und seinen forschenden Fragen zu entkommen versuchte!

Er machte noch einen Vorstoß. „Ich meine damit, ob du dir etwas davon versprichst, über deine Probleme zu reden?"

„Welche Probleme meinst du? Denkst du an meine gelegentlichen Träume oder an die Kopfschmerzen?" Ein Schritt auf dem Eis!

„Ja, genau das meine ich. Und?“

„Was „und“?“ Noch ein vorsichtiger Schritt über das Eis - von ihm fort!

„Ich möchte wissen, ob du es hilfreich und sinnvoll für dich finden würdest, wenn wir über diese Träume und die Kopfschmerzen reden?“ fuhr er geduldig fort.

„Sinnvoll für mich oder für dich?“ Ein langer Schlenker auf der Eisschicht!

Ronald musste an sich halten, um die Ruhe zu bewahren. Sehn wir doch mal, wer den längeren Atem hat!

„Sinnvoll für uns beide!“

„Gibt es denn noch ein „uns“ und ein „wir“?“ Eine ganze Drehung auf dem Eis in anderer Richtung!

„Aus meiner Sicht gibt es durchaus eine gemeinsame Zukunft! Warum auch nicht? Ich habe nie daran gezweifelt. Ich liebe dich und will dich heiraten, nach wie vor. Träume oder Kopfschmerzen hin oder her. Das hat damit gar nichts zu tun!“

Er hatte vorgehabt, nur präzise Fragen und Antworten zu äußern, um das Gespräch in eine bestimmte Richtung zu lenken, aber es schien nicht möglich zu sein.

„Es hat unbedingt damit zu tun! Ich denke, wir sollten mit einer Heirat noch warten. Wir kennen uns noch nicht einmal ein Jahr. Wir haben doch Zeit," fuhr sie fort, unbeirrt den eigenen Gedankengängen folgend, die ihr geläufig und weniger bedrohlich erschienen. Ronald erkannte deutlich, was da vor sich ging.

„Natürlich," antwortete er besänftigend. „Sicher warten wir noch, wenn du es möchtest. Mich würden im Moment andere Dinge viel mehr interessieren?"

„Und das wäre?" Wieder kleine vorsichtige Schrittchen auf dem Eis.

„Ich möchte wissen, ob du mich liebst."

„Was für eine Frage! Schließlich – wir sind immerhin fast ein Jahr zusammen."

Ein einziges Tänzeln auf dem Eis – Schrittchen für Schrittchen fort von ihm! Gleich hatte sie es geschafft!

„Die andere Frage habe ich dir heute Abend schon zweimal gestellt und du bist ihr jedes Mal erfolgreich ausgewichen. Ich formuliere sie einmal anders: Möchtest du etwas gegen deine Träume und die Kopfschmerzen tun und wenn ja, welche Möglichkeiten siehst du?"

Maria erhob sich von der Bettkante und sah ihn misstrauisch an. Sie stand vor ihm, kontrolliert und selbstbewusst, keine Ähnlichkeit mehr mit dem vor Angst zitternden Geschöpf von vorhin.

„Ich denke, ich lebe so gesund und vernünftig wie nur möglich, kann mir mit Entspannungsübungen helfen, wenn die Migräne einsetzt. Alles in allem finde ich, dass ich das Problem ganz gut im Griff habe."

Sprachs, drehte sich mit elegantem Schritt auf dem Eis herum und glitt mit beachtlichem Tempo über die blanke Eisschicht davon! Die Flucht war gelungen! Fort war sie!

Eins zu Null für dich, dachte Ronald bitter. Sie war ihm also wieder einmal erfolgreich ausgewichen!

Auf einmal war da eine Art Schmerz in ihm, wie er ihn bisher nicht gekannt hatte. Ein beklemmendes Gefühl von Wehmut und Trauer.

Trauer um Maria und ihn, um die Zukunft, die sie beide haben könnten und vielleicht nie haben würden!

♦♦♦

Die Tage des Maies reihten sich aneinander, strahlend, sonnig, wie Perlen auf einer Schnur, und nichts Besonderes geschah.

Fast war wieder eine Woche vergangen seit jenem Wochenende mit Ronald.

Maria stand am Fenster des Vorzimmers, in dem sie täglich ihre Arbeit machte. Ihr Blick ging auf den Parkplatz hinaus, auf dem auch ihr Wagen stand. Es war noch früher Morgen. Ihr Arbeitstag hatte gerade begonnen.

Soeben erblickte sie unten das Auto des Chefs, das langsam auf den Platz gefahren kam. Es war Freitag und Maria vermutete, dass er sich nicht lange im Amt aufhalten würde. Er hatte darum gebeten, seinen Terminkalender für heute weitgehend frei zu halten.

Das hieß, eine Segeltour war geplant, denn das Wetter versprach wieder schön und sonnig zu werden - mit der entsprechenden Portion Wind, die für sein Vorhaben nötig war.

Maria hoffte nur, dass Martin Scheffler milder Laune war und sich nicht allzu sehr darüber aufregen würde.

Voller Schrecken fuhr ihr durch den Sinn, dass er sie möglicherweise zum Mittagessen einladen würde. Die Einladung könnte sie ihm nicht gut abschlagen, wenn er schon allein heute die Stellung im Amt halten müsste. Sie seufzte und trat vom Fenster weg.

Da wurde die Tür aufgerissen und herein stürmte in blendender Laune der Chef persönlich. Er strahlte Maria an und reichte ihr die Hand über den Schreibtisch hinweg.

„Nun, wie sieht der Vormittag aus?“ Er zwinkerte ihr zu. „Ich denke, Sie haben in meinem Sinne geplant?“

Maria musste lachen. Er war unwiderstehlich.

„Es ist alles geregelt. Ich konnte die vorgesehenen Termine verteilen, manche auf die nächste Woche. Zwei musste ich leider bei Dr. Scheffler unterbringen. Keine aufwendigen Untersuchungen, nur ein paar Sachen fürs Arbeitsamt.“

Sie hielt die Unterschriftenmappe in die Höhe. „Möchten Sie die gleich oder später.“ Er nahm sie ihr aus der Hand. „Nehm’ ich gleich mit, Mädchen. Und besten Dank. Sie wissen schon...Und das Wetter... da musste ich doch...“ Er zwinkerte nochmals und verschwand hinter der Doppeltür in seinem Zimmer. Maria sah amüsiert hinter ihm her.

Das Telefon klingelte, der erste Patient auch. Der Arbeitstag hatte begonnen.

♦♦♦

Sie saß ihm gegenüber in einer gemütliche Nische des kleinen griechischen Restaurants „Kreta" in unmittelbarer Nähe des Gesundheitsamtes. Hier hatten sie auch beim ersten Mal miteinander gegessen. Es war aber so ganz anders als damals!

Bisher hatten sie nur wenig gesprochen, ein bisschen von der Arbeit, über das Wetter. Maria hatte keinen Hunger. Ihr war unbehaglich zumute. Er saß ihr schräg gegenüber, beängstigend nah. Seine massige Gestalt schien ihr die ganze Nische einzunehmen.

Überhaupt erschien ihr diese Nische viel zu eng für zwei Personen, oder jedenfalls für sie und diesen schwarzhaarigen, riesigen Fremden, zu dem er plötzlich geworden war.

Er war auf einmal nicht mehr der stellvertretende Leiter des Gesundheitsamtes, der Arzt Dr. Scheffler, mit dem sie täglich zusammenarbeitete. Auf wunderliche Weise war er zu einem Mann geworden, der sehr dicht neben ihr saß. Ihr Herz klopfte und ihre Hände wurden feucht. Sie wollte nach dem Glas Wasser auf dem Tisch greifen, aber sie unterließ es. Bestimmt zitterte nun auch noch ihre Hand, da war sie sicher.

Was machte sie nur hier mit ihm? Wäre sie doch jetzt ganz allein am See und könnte in Ruhe ihren geplanten Spaziergang machen!

Stattdessen saß sie hier, würgte verlegen an ihrem Salat und unterdrückte den Ärger über sich selbst, dass sie seine Einladung überhaupt angenommen hatte.

Sie war nicht für diese Verquickung von Dienst und Privatleben! Sie wusste ohnehin nie, wie sie sich ihm gegenüber verhalten sollte, wenn er über private Dinge mit ihr sprach. Er war doch fast so etwas wie ihr Chef!

Maria war über alle Maßen verwirrt. Sie fühlte sich geradezu bedroht und in die Enge getrieben. Was wollte er von ihr?

Vielleicht war es doch etwas Dienstliches! Hatte sie irgend etwas verbockt, was er ihr nun hier und in Ruhe sagen wollte? Fast erleichtert erwog sie diese Möglichkeit als rettenden Strohhalm. Das musste es sein! Sie hätte jeden Fehler ihrerseits begrüßt, den er ihr vorzuhalten gedachte, wenn es nur nichts Privates war, was er im Sinn hatte!

Sie zuckte zusammen, als sie seine Hand auf ihrem Arm spürte.

„Mir scheint, Sie sind in Gedanken gar nicht hier. Es tut mir leid, dass ich Sie überredet habe, mit mir zum Essen zu gehen. Sie hätten mir ruhig sagen können, wenn Sie etwas Besseres vorhatten. Und Hunger scheinen Sie auch nicht zu haben."

Seine schwarzen Augenbrauen zogen sich missbilligend zusammen. Er musterte ihren noch fast vollen Teller und das aufgespießte Salatblatt, das vor ihrem Gesicht auf der Gabel hing. Maria fühlte sich ertappt und fuhr schuldbewusst zusammen.

„Aber ich bin sehr gern mit Ihnen hergekommen. Allerdings - Hunger habe ich wirklich nicht," sagte sie entwaffnet. Ihr wurde noch unbehaglicher unter seinem prüfenden Blick.

Er sieht mich an wie ein Arzt seine Patientin, bevor er die Diagnose stellt, dachte sie unwillig, ärgerlich über sich selbst.

Schnell legte sie die Gabel aus der Hand, damit er nicht sah, dass ihre Hand zitterte.

Verflixt, was hatte das alles zu bedeuten?

Krampfhaft suchte sie nach dienstlichem Gesprächsstoff, um das Gespräch in unverfängliche Bahnen zu lenken, da sagte er:

„Aber wie wäre es, wenn wir noch einen kleinen Spaziergang am See machten. Das Wetter ist so schön! Wir haben noch Zeit."

Maria wäre lieber allein gewesen. Aber wie konnte sie ihn jetzt loswerden, ohne unhöflich zu sein? Sie starrte auf ihren Teller, als sie auf einmal seine Hand auf ihrer fühlte, die neben seiner auf dem Tischtuch gelegen hatte.

Sie hob ihren Blick und sah geradeswegs in seine dunklen Augen, die sie seltsam eindringlich und prüfend musterten.

„Gern, ja warum nicht," stotterte sie und zog schnell ihre Hand zurück. Sie hatte das Gefühl, dass sie über und über rot wurde.

Aber sie wurde niemals rot, eher blass, das wusste sie aus Erfahrung. Er hatte ihre hastige Bewegung sehr wohl registriert, das sah sie an seinem Blick. Seine Mundwinkel zuckten belustigt.

Es reizte ihn sehr, sie noch mehr aus der Ruhe zu bringen. Er wollte sie herauslocken aus ihrer Reserve, die sie besonders ihm gegenüber an den Tag legte.

Er winkte eilig der Bedienung und wenige Minuten später standen sie draußen vor der Tür im Mittagssonnenschein.

Schweigend spazierten sie im Schatten der alten Kastanien am Seeufer dahin. Sonnenstrahlen fielen wie durch ein buntes Glasfenster durch die belaubten Äste.

Am Ufer ließen Weiden ihr Laub ins Wasser gleiten, im Schilf blühten die Schwertlilien. Der leichte Wind trug den Geruch feuchter Erde zu ihnen herüber, vermischt mit dem Duft des Weißdorns am Wegesrand.

Weit draußen auf dem See blähten sich die weißen Segel einiger Boote im Wind. Ein paar Möwen schossen mit lautem Gekrächze über die Wasseroberfläche, in dem sich weiße Wölkchen spiegelten und in silbern flimmernden kleinen Wellen zerflossen.

Martin Scheffler musterte Maria unauffällig. Langsam schien sie sich zu entspannen. Sie warf ihrem Begleiter von der Seite einen scheuen Blick zu. Seine Miene war undurchdringlich. Was ging ihm durch den Kopf? Sie konnte nicht länger annehmen, dass er aus dienstlichen Gründen hier mit ihr spazieren ging.

Aber was dann?

Er wollte wohl einfach mal aus purer Freundlichkeit mit seiner Sekretärin zum Essen gehen, dachte sie, plötzlich seltsam ernüchtert. Die Enttäuschung, die sie bei dieser Erkenntnis empfand, ärgerte und erstaunte sie.

Mein Gott, was bin ich für ein Wirrkopf, dachte sie. Ich muss ihm wohl sehr dämlich vorkommen!

„Sie gehen oft mittags hier spazieren?"

Insgeheim musste er über sich selbst grinsen.

Er hatte wirklich nicht vorgehabt, hier neben ihr her zu wandern und so eine blödsinnige Konversation zu führen. Es lag ihm gar nicht in Bezug auf Frauen und er kam sich unglaublich albern dabei vor.

Maria nickte. „Ja, recht oft. Sogar wenn es regnet. Und später im Sommer schwimme ich dann auch dort drüben in der Bucht."

Er spähte über den See. „Da bin ich noch nie gewesen," sagte er dann. „Ich kenne dieses Fleckchen Erde kaum."

Maria lachte. „Na ja, Sie kommen täglich 50 km von außerhalb hereingefahren, mittags gehen sie nur kurz zum Essen und verbringen den Rest der

Pause arbeitend in Ihrem Büro. Abends geht's dann gleich heimwärts."

Martin Scheffler blickte sie mit gerunzelter Stirn an. Ihre Unsicherheit schien verflogen. Vorhin beim Essen war sie ihm viel näher gewesen. Jetzt hatte sie sich von ihm entfernt, sich in ihren Kokon von Kühle und Unnahbarkeit geflüchtet. Er war gereizt und ärgerlich.

„Ja, so ist es wohl. Aber das kann sich schnell ändern, " sagte er leicht anzüglich, aber sie ging nicht darauf ein.

„Haben Sie Lust, mal mit mir zusammen zum Schwimmen zu gehen?"

Maria blieb erstaunt auf dem Weg stehen, eine schmale, schlanke Gestalt. Unwillkürlich stellte er sie sich im Bikini vor. Ein unwiderstehliches Verlangen packte ihn, auf sie zuzutreten und die Nadeln aus ihrem strengen Knoten zu ziehen. Im Geist sah er das schwarze Haar wie einen Mantel über ihre Schultern fallen.

Ein paar andere Bilder tauchten gleichzeitig in seinem Kopf auf, die er sich jedoch sofort verbot. Diese sich selbst auferlegte Geduld machte ihm zu schaffen.

„Wenn Sie nicht wollen, brauchen Sie es nur zu sagen! Oder glauben Sie, weil ich so etwas wie ein Chef bin, müssten Sie höflich sein?" Das klang so grimmig, dass Maria erschrocken zusammen fuhr.

Gerade hatte sie gedacht, wie schön es wäre, wenn er sie wieder mal einladen würde, auch wenn er sie verlegen und unsicher machte.

„Ich würde sehr gern mit Ihnen schwimmen gehen," sagte sie und war froh, dass sie ihre Stimme unter Kontrolle hatte.

Inzwischen hatten sie den Rückweg angetreten und wanderten wieder schweigend nebeneinander her.

Martin Scheffler hatte sich inzwischen beruhigt. Ihm war so einiges durch den Kopf gegangen. Was war mit Maria los? War sie nicht seit einiger Zeit ein wenig seltsam in ihrem Verhalten? Vielleicht hatte sie Probleme, bei denen er ihr helfen konnte.

„Leiden Sie noch hin und wieder unter Schwindelanfällen und Kopfschmerzen?"

Maria fuhr erschrocken zusammen. Was war das für ein seltsamer Übergang zu ihrer Privatsphäre! Alles hatte sie jetzt erwartet, das jedoch nicht.

Er sah sie forschend an und – wie es Maria schien – mit einer eigenartigen Besorgnis.

Maria überlegte fieberhaft, woher er davon wusste. Hatte sie irgendwann ihre Anfälle erwähnt? Wusste er aus ihrer Personalakte von ihrer stationären Unterbringung? Stand diese überhaupt darin? War sie irgendwann einmal krank gewesen? Sie konnte sich nicht erinnern. Ihr Kopf war völlig leer. Mühsam riss sie sich zusammen. Mein Gott, warum regte die einfache Frage sie so auf!

„Manchmal – ja manchmal habe ich noch Kopfschmerzen. Zum Beispiel am vorigen Freitag, als ich durch den Regen und Sturm nach Hause fuhr -." Maria verstummte.

Verdammt! Was erzähle ich ihm da. Es geht ihn nichts an und ich will auch gar nicht davon sprechen.

Aber sie hörte sich bereits reden und reden, bis sie ihm die ganze entsetzliche Heimfahrt geschildert hatte.

„Entschuldigen Sie, dass ich Sie mit dieser Geschichte so überfallen habe. Ich weiß auch nicht, was in mich gefahren ist." Mit plötzlichem Erstaunen fuhr sie fort: „Es ist das erste Mal, dass ich das jemandem erzähle."

Sie wirkte so verwirrt und trostbedürftig, dass er an sich halten musste, um sie nicht in die Arme zu nehmen.

Er verschränkte die Hände auf dem Rücken und fragte:

„Sind es immer ähnliche Situationen, in denen Ihre Kopfschmerzen auftreten?“

„Ich kann mich kaum erinnern, wann es vorher das letzte Mal war. Es geht mir gut. Wissen Sie, im allgemeinen gehöre ich nicht zu den Menschen, die viel über sich reden. Ich mache eigentlich lieber alles mit mir selber ab.“

Ja, das ist mir klar, dachte er sarkastisch. Verdammt, wie konnte er nur an sie herankommen!

Maria fühlte sich überrumpelt, so als hätte sie ganz unnötigerweise etwas preisgegeben, was sie eigentlich für sich behalten wollte. Wie entblößt kam sie sich vor, und Ärger darüber kroch in ihr hoch.

Er hatte ihren Worten und ihrer Stimme entnommen, wie unbehaglich sie sich fühlte.

Er sagte herzlich:

„Es muss Ihnen nicht leid tun, mit mir darüber gesprochen zu haben! Vielleicht sollten Sie öfter über sich reden. Mit einem Menschen, der Ihnen nahe steht. Das kann mitunter helfen."

„Helfen? Wobei?" Maria bemerkte erschrocken, dass ihre Stimme zitterte.

„Um klarer zu sehen! Der Mensch neigt manchmal dazu, Mauern und Barrieren in sich selbst aufzubauen, die ihn davon abhalten, bestimmten Dingen ins Auge zu sehen."

Er blieb mitten auf dem Weg stehen und nahm ihren Arm.

„Maria, könnten Sie mich nicht einfach als Freund ansehen, der jederzeit für Sie da ist, wenn Sie Hilfe brauchen?"

Er sah ihr ernst und liebevoll in die Augen und trat noch ein wenig näher auf sie zu.

Maria nahm sich zusammen, um nicht hastig ein paar Schritte zurück zu weichen. Sie hatte das Gefühl, als ob seine Augen wie Speere bis in ihre Seele hinein stachen. Aufs Äußerste bedrängt, spürte sie feine Schweißperlen zwischen ihren Schulterblättern hinunter rinnen.

Was ist nur mit mir, dachte sie voller Panik und versuchte mühsam ein Zittern zu unterdrücken, das sich in ihrem Innern ausbreitete. Eben habe ich mir gewünscht, er möge mich ganz einfach in die Arme nehmen. Und nun plötzlich das!

Es flimmerte ihr vor den Augen. Sie konnte nur immer denken: Ich habe Angst. Ich muss hier weg! Nur weg von ihm!

Inzwischen waren sie von dem baumüberschatteten Seeweg zurück auf den belebten Fußweg gelangt. Maria sah erleichtert das Verwaltungsgebäude vor sich auftauchen.

Sie sagte ein wenig kläglich: „Ich danke Ihnen, Herr Dr. Scheffler. Ich - es war ein schöner Spaziergang."

Seine Miene war vollkommen glatt und undurchdringlich.

Dann sah er ihr in die Augen und sagte ernsthaft: „Ja, das finde ich auch."

Während Martin Scheffler in seinen Arztkittel schlüpfte, ging ihm sein Gespräch mit Maria durch den Sinn. Wie merkwürdig sie reagiert hatte, als er sich nach ihren Kopfschmerzen erkundigte! Als sei sie erstaunt, dass er überhaupt davon wusste! Zwar hatte sie sich nicht oft krank gemeldet, aber einige Male war es schließlich doch vorgekommen, dass sie nicht zur Arbeit erschienen war.

Und sie hatten nicht zum ersten Mal darüber gesprochen! Sie konnte das unmöglich vergessen haben! Fast schien es ihm, als sei ihr das Ganze peinlich. Als handelte es sich sogar um etwas äußerst Anrüchiges, über das man besser nicht spricht!

Schließlich ging es doch nur um Migräneanfälle, so unangenehm sie auch sein mochten.

Irgend etwas war los mit ihr! Was konnte das sein?

Martin Scheffler war so in seine Grübeleien versunken, dass er zusammen fuhr, als es an der Tür klopfte. Maria steckte den glatt frisierten Kopf durch den Türspalt. „Kann ich die Patientin schon zu Ihnen schicken?"

Er nickte hastig und ein wenig schuldbewusst, als hätte sie ihn bei etwas Verbotenem ertappt. Sie wirkte sachlich und gelassen, als könne absolut nichts sie aus der Ruhe bringen.

Wie immer, wenn es nicht um sie selbst, um etwas Persönliches geht, dachte er mit neu erwachtem Scharfsinn und beschloss, sie künftig noch besser im Auge zu behalten. Vielleicht trug sie irgendeinen Kummer mit sich herum. Er wusste so wenig von ihren häuslichen Verhältnissen und sie interessierte ihn doch brennend!

Ich muss mir Zeit lassen, dachte er. Aber er wusste schon jetzt, wie schwer ihm das fallen würde. Geduld hatte nie zu seinen Stärken gehört. Und in Bezug auf Maria erschien es ihm nahezu unmöglich!

„Nur herein mit der Patientin," sagte er heiter und lächelte sie aufmunternd an.

Irgendwie brachte Maria auch den Rest des Arbeitstages hinter sich. Es war ihr ganz unverständlich, was sie so aus der Fassung gebracht hatte. Als sie nach Hause fuhr, grübelte sie unentwegt darüber nach, was ihn zu diesem Gespräch bewogen haben könnte. Sie ließ sich wieder und wieder seine Worte durch den Kopf gehen und beleuchtete sie von allen Seiten, aber sie wurde nur umso verwirrter.

♦♦♦

Winter 1969 (Dezember)

Er stand am Fenster ihres Häuschens und schaute auf die kahlen schwärzlichen Äste der Kastanie, die in das blassgoldene Licht des Abends ragten. Noch war es zu früh, sie zu erwarten.

Er war jedoch vor der Anderen geflüchtet, um ihren vorwurfsvollen, wissenden Blick nicht länger ertragen zu müssen! Sie ahnte es längst! Aber wie viel wusste sie?

Endlich wurde es dunkel. Ihr leichter Schritt auf der hölzernen Veranda drang an sein Ohr und noch bevor er die Tür öffnete, schlüpfte sie herein. Ihr Mantel glitt achtlos zu Boden und sie direkt in seine Arme.

♦♦♦

Tante Henrike wanderte im Zimmer hin und her. Sie bemühte sich um eine eindrucksvolle und würdige Haltung, wie sie es immer tat, wenn sie dem, was sie zu sagen hatte, besonderes Gewicht verleihen wollte.

Den Kopf trug sie hoch, mit eingezogenem Kinn, so dass sie ebenso überrascht wie gekränkt aussah, nur nicht so würdig, wie sie sich vorkam und wie sie es gern gehabt hätte.

Auch das schwarz-grau melierte Haar, das ihr zerzaust um den Kopf stand wie ein zerrupftes, ausrangiertes Vogelnest vom vergangenen Sommer, wollte nicht so recht zu der angestrebten Würde passen.

Sie schritt auf und ab und sprach salbungsvoll wie ein Richter. Die Mutter hockte steif auf ihrem Stuhl - die Handarbeit war zu Boden gefallen - und sah sorgenvoll und bestürzt drein. Hin und wieder hob sie beschwichtigend eine Hand, als wollte sie den Redestrom der Tante stoppen, der da hervor gebrochen war wie ein zu lange gestauter Fluss.

Maria stand mit gleichmütigem Gesicht am Fenster. Die fortwährend plätschernde Stimme in ihrem Rücken schien kaum bis zu ihr vorzudringen.

Sie hatte sich vorgenommen, ruhig zu bleiben und bis jetzt war ihr das auch gelungen. Begonnen hatte diese ganze ungemütliche Angelegenheit, als Maria der Mutter und der Tante erklärt hatte, an eine Heirat wolle sie vorerst nicht denken. Sie wisse noch gar nicht recht, was sie mit ihrer Zukunft tun werde.

Zunächst hatte es beiden die Sprache verschlagen. Sie waren über die Maßen verblüfft gewesen und hatten diese Eröffnung ungläubig aufgenommen. Dann hatte Gejammer und Gezeter eingesetzt.

Gejammer von der Mutter, Gezeter von der Tante. Maria hörte aus allem die Enttäuschung heraus, auch die Angst um ihrer aller Zukunft, denn im Geiste sahen die beiden Frauen Maria bereits als sitzen gebliebene, schrullige alte Jungfer, die vielleicht sogar irgendwann in der Klapsmühle landete, und sich selbst in einem muffigen, drittklassigen Altersheim, nichts anderes mehr vor sich als den Tod. Ronald war ihnen stets wie eine Lebensversicherung für sie alle erschienen.

Marias Einwände, dass Ronald einverstanden sei mit diesen neuen Plänen, waren ungehört an ihnen vorüber gerauscht.

Nun erging sich die Tante in langen Ergüssen über den Sinn des Lebens, nämlich Hochzeit und Kinderkriegen, über Unvernunft und Undankbarkeit der Jugend - bis hin zur Dummheit - im allgemeinen und im Besonderen von Maria, über die Pflichten der jüngeren gegenüber der älteren Generation.

In welchem Jahrhundert leben die beiden eigentlich! Und warum tu' ich mir das an? dachte Maria. Aber sie wusste die Antwort bereits. Um mir hinterher nichts vorwerfen zu müssen, um kein schlechtes Gewissen zu haben, wenn ich Dinge gesagt habe, die ....

Sie legte ihre Hände flach an die Schläfen, ein bekanntes schmerzhaftes Klopfen dahinter kündigte sich an. Sie drehte sich zu Mutter und Tante um.

„Ich habe mir nun alles angehört, was Ihr zu sagen habt. Ich kenne Eure Meinung. Die kannte ich übrigens schon vorher! Mehr kann und will ich nicht hören. Es geht immerhin um **meine** Zukunft und um **meine** Entscheidung. Ich bin erwachsen und möchte von Euch endlich auch so behandelt werde. Im übrigen tue ich künftig, was ich für richtig halte."

Mit diesen Worten verließ sie kurzerhand das Zimmer, ohne sich noch einmal umzusehen.

♦♦♦

Maria fühlte sich wie benommen vor Erschöpfung, aber dennoch konnte sie nicht einschlafen. Worte und Satzfetzen geisterten durch ihren Kopf wie ein Schwarm Fliegen. Es hämmerte und dröhnte unaufhörlich hinter den Schläfen, als sei etwas darin, was heraus wollte.

Sie dachte an Martin Scheffler. Sie hatte ihm gesagt, es sei so lange her, dass sie Schwindel und Migräneanfälle gehabt habe – vor jener Fahrt im Sturm. Sie hatte ganz bewusst gelogen.

Niemand wusste, dass die Schmerzattacken häufiger geworden waren, seit Wochen schon. Sie hatte von ihrem Hausarzt ein Medikament bekommen, das ihr meistens über das Schlimmste hinweg half. Das Problem würde auftreten, wenn er sich weigerte, es ihr wieder und wieder zu verschreiben.

Er hatte bereits von einem neuerlichen Aufenthalt in einer entsprechenden Klinik gesprochen und das war etwas, was Maria auf gar keinen Fall wollte. Ihre Gedanken landeten bei Dr. Scheffler. Er hatte ihr Hilfe angeboten. Würde er ihr notfalls auch ein Rezept für ihr Medikament ausstellen?

Maria verbot sich alle nutzlosen Grübeleien. Noch war es nicht soweit. Sie schwang entschlossen die Beine aus dem Bett. Der Mond warf eine breite Lichtbahn auf den Fußboden. Sie tappte in ihrem Schein auf bloßen Füßen ins Bad. Sehr bald fand sie, was sie suchte, füllte ein Glas mit Wasser und nahm zwei Tabletten. Dann ging sie ins Zimmer zurück.

Sie hätte gern ein Weilchen am Fenster gestanden und hinunter in den Garten gesehen, aber ein plötzliches Angstgefühl hielt sie zurück. Es war ihr, als würde dort unten in den schwarzen Schatten irgend etwas lauern, das sie lieber nicht sehen wollte.

Schnell ging sie ins Bett zurück, zog die Decke bis ans Kinn und wartete darauf, dass endlich Stille in ihren Kopf einkehren möge.

♦♦♦

Maria lief über die Wiesen zum Bach, die Sonne schien warm und golden von einem blauen Himmel herunter. Sie wusste auf einmal, alles war gut und es war schön zu leben! Was war denn geschehen, dass sie so fröhlich war? Sie sah an sich herunter und entdeckte plötzlich, dass sie barfuß durch das Gras lief.

Ach, und ihre Füße waren klein! Sie war noch ein Kind!

Sie warf die Arme in die Luft, hielt ihr Gesicht der Sonne entgegen und ein heißes, fast vergessenes Glücksgefühl durchströmte ihre Seele.

Gerade in dem Moment, als sie einen Luftsprung machen wollte, verdunkelte sich der Himmel. Wolken zogen herauf und ballten sich in bedrohlicher Schwärze. In wenigen Sekunden war die Sonne hinter ihnen verschwunden, der Himmel hinter der Wolkenwand färbte sich gespenstisch grün, eine unheimliche Nacht schien herauf zu ziehen.

Das Kind Maria wurde von panischer Angst gepackt und rannte blindlings über die Wiese davon, denn es wusste auf einmal: Da ist jemand, der mich gleich holen wird. Sie blickte um sich und da sah sie in der wachsenden Finsternis einen hohen Schatten, der schnell näher kam! Sie lief und lief, den Verfolger auf den Fersen, aber er war groß und mächtig, und sie so klein! Seine Schritte konnte sie nicht hören, die weichen, moosigen Graspolster verschluckten sie.

Maria wusste, sie hatte keine Chance zu entkommen! Und da war er schon und packte den Zipfel ihres Kleides! Maria schrie gellend auf und warf einen einzigen kurzen Blick zurück auf ihren Verfolger!

Und trotz der nächtlichen Schwärze erkannte sie es: sekundenlang erhellte ein einzelner Blitz die Dunkelheit, um ihr sein Gesicht zu zeigen.

Maria erwachte von ihrem eigenen Schrei. Sie saß aufrecht im Bett, schweißüberströmt und mit rasendem Herzklopfen. Mühsam kämpfte sie sich ins Bewusstsein, aber die Traumbilder verfolgten sie bis in die Wirklichkeit und wollten nicht verblassen.

Sie sprang aus dem Bett, rannte ans Fenster und riss es auf. Ein kühler Nachtwind fuhr herein und sorgte dafür, dass sie langsam zu sich kam.

Aber es war nicht möglich, dass sie bereits wach war! Sie musste sich immer noch in einem merkwürdigen, verrückten Traum befinden! Eine andere Erklärung konnte es nicht geben!

Maria zwang sich zur Ruhe und zu klarem Denken. Und sie stellte fest: Ich bin jetzt wach. Das Gesicht, das ich soeben sah, gehörte in meinen Traum. Aber wie kam es dahin? Ich war ein Kind, ich lief vor meinem Verfolger davon. Ich sah ihn an und ich erkannte ihn! Es war sein Gesicht, Ronalds Gesicht.

♦♦♦

Als Maria erwachte, waren die Kopfschmerzen verschwunden. Sie lag mit geschlossenen Augen da und lauschte dem Lärmen der Spatzen in der Birke vor ihrem Fenster. Es war Samstag. Sie konnte sich Zeit lassen mit dem Aufstehen. Die Sonne schien in den Raum bis hin zu ihrem Bett. Ein Gefühl von träger Friedlichkeit erfüllte sie, das sie unbedingt festhalten wollte, solange es ihr beschieden war.

Doch da lauerte bereits etwas am Rande ihres Bewusstseins, das tückisch ihren Tag zu verderben drohte, wenn sie es nur herankommen ließe. Maria wollte ihren trügerischen Frieden ein wenig länger genießen, aber es war schon zu spät. Jäh war dieses lauernde Etwas mit seinem ganzen Schrecken in ihr Bewusstsein gedrungen. Mit einem Schlag war der nächtliche Traum wieder da und mit ihm das Neue, das er mit sich gebracht hatte: Sie hatte das Gesicht ihres jahrelangen Verfolgers erkannt.

Wie oft hatte sie darüber nachgedacht, wer es denn sein könnte, aber niemals wäre sie auf den Gedanken gekommen, es könnte Ronald sein! Es ist auch gar nicht möglich, grübelte sie. Ronald bedrohte sie in keiner Weise. Die Möglichkeit einer „Bedrohung" durch Heirat war ja lächerlich! Sie rief sich das Gefühl im Augenblick der Verfolgung wieder ins Gedächtnis.

Das war Angst gewesen, panikartige Angst! Dann versuchte sie nachzuempfinden, was sie gefühlt hatte, als sie Ronalds Gesicht erkannte. Sie konnte sich jedoch nur an die wahnsinnige Angst erinnern, nichts anderes war da gewesen.

Maria verbot sich für den Moment alle weiteren Grübeleien. Sie duschte und kleidet sich an, eine leichte lange Hose, ein Pulli, das Haar zum Knoten geschlungen, wie üblich, und fertig war sie für den Tag.

Sie war bereits aus der Tür, um nach unten zu gehen, als es sie jäh überkam! Sie blickte die steilen Stufen zum Erdgeschoss hinunter und Schwindel erfasste sie. Ein fast physisches Gefühl von unglaublichem Überdruss und Widerwillen packte sie wie eine große Übelkeit. Sie taumelte benommen ins Zimmer zurück und blieb erschrocken mitten im Zimmer stehen. Was war das nun wieder! Langsam ging sie ins Bad, drehte den Wasserhahn auf und hielt ihr heißes Gesicht darunter. Nach einer Weile wurde ihr besser und sie setzte sich ans offene Fenster.

Ganz ruhig! Nur ruhig, sagte sie sich. Es ist alles wie immer. Nichts ist geschehen. Gleich wird alles in Ordnung sein.

Gewaltsam versuchte sie ihre Gedanken auf angenehme Dinge zu lenken, aber es wollte nicht gelingen. Ihr fielen ums Verrecken keine angenehmen Dinge ein! Vielmehr hatte sie das Gefühl, als drehten sich in ihrem fiebernden Kopf neue seltsame Bilder, ein Kaleidoskop voller Farben und Geräusche, scheinbar ganz ohne Sinn und Zusammenhang. Es war ihr nicht möglich, diese Schrecknisse zu unterdrücken oder abzuschütteln, die irgendwo aus ihrem Innern zu kommen schienen.

Ein verzweifelter, nebelhafter Wunsch nach einer sicheren Zuflucht wurde übermächtig in ihr, aber es schien keine für sie zu geben, und keine Möglichkeit, dem zu entkommen, was sie eingeholt hatte. Dieses schreckliche Etwas hatte sich in ihrem Kopf breitgemacht wie ein grauenhaftes Alien aus einer anderen Welt!

Maria saß da und wieder überkam sie das Gefühl, als hätte sie sich in zwei Wesen gespalten: die eine Maria konnte klar und nüchtern denken und die andere, die da von unerklärlichen Schreckensbildern heimgesucht wurde, staunend beobachten.

Und dann urplötzlich packte sie eine riesige Traurigkeit, wie ein großer Schmerz, der alle Schreckensbilder in ihrem Kopf auslöschte. Ihr Herz begann wild zu klopfen und ein Weinkrampf schüttelte sie dermaßen, dass sie sich aufs Bett warf und in ihr Kissen hinein schluchzte.

Eine lange Zeit schien vergangen, als sie sich endlich beruhigte. Reglos lag sie auf ihrem Bett, Augen und Gesicht vom Weinen verquollen. Nun fühlte sich ihr Kopf dumpf und leer an, ohne einen Gedanken oder Schlimmeres. Ach, könnte sie doch noch ein Weilchen in diesem Frieden und in dieser Stille bleiben!

Aber sicher kriechen gleich alle Schrecknisse aus ihren Winkeln hervor! Maria fühlte es mehr als dass sie es dachte. Ihr Blick schweifte wie benommen durch den Raum, als lauerte in seinen Ecken jenes Entsetzliche.

Aber da war nur das Licht eines wunderbaren sonnigen Vormittags, das wie zuvor in breiten Strömen durch das weitoffene Fenster fiel.

Irgendwie hatte Maria das Empfinden, als habe sich etwas verändert. Ich bin traurig. Ich bin so traurig, dass es wehtut, dachte sie überrascht, und erneut liefen ihr Tränen übers Gesicht.

Mein Gott, wie lange habe ich nicht mehr geweint, dachte sie staunend.

Was ist nur mit meinem Leben geschehen?

Dann dachte sie staunend: Gar nichts! Gar nichts ist mit meinem Leben geschehen! Das ist es ja gerade! Mit mir ist was passiert. Irgend etwas! Ich weiß nur noch nicht, was! Ich weiß nur, dass ich jetzt **will,** dass etwas mit meinem Leben geschieht.

Wie Schuppen fiel es ihr von den Augen. Jener Überdruss und Widerwille, den sie am Morgen empfunden hatte - es war wie Lebensekel gewesen. Mit einmal wurde ihr klar, dass sie so auf keinen Fall weiterleben wollte. Ihr Leben hing ihr einfach zum Halse heraus. Diese beiden alten Frauen da unten! Wie die beiden sie im festen Griff hatten! All diese Zwänge, in denen sie feststeckte!

Da aber wurde Maria noch etwas anderes klar: es gab weitaus schlimmere Zwänge, die sie in ihren Klammern hielten! Diese jähe Erkenntnis trieb ihr den kalten Schweiß auf die Stirn und ihr Herz begann erneut zu rasen. Wo hatte sie nur ihren Verstand gehabt! Hatte sie jahrelang den Kopf in den Sand gesteckt? Was hatte Martin Scheffler gesagt? Etwas von Mauern und Barrieren, die der Mensch sich selbst errichtet.

„Oder das Gedächtnis?" Maria fuhr erschreckt zusammen. Wer hatte das gesagt? Dr. Scheffler doch nicht!

Was war mit ihrem Gedächtnis?

Es stimmte, sie vergaß leicht etwas. Aber das tat sie doch nicht bewusst. Nun ja, das hatte ja auch niemand behauptet. Es war ja wohl auch nie etwas Wichtiges gewesen, was sie vergessen hatte. Oder doch?

Maria überlegte. Unangenehme Dinge vielleicht, aber das war ja nur gut so! Oder nicht? Dann fiel ihr etwas ein! Was war mit ihrer Kinderzeit! Da hatte sie so manches vergessen. Sehr viel sogar.

Aber eigentlich ist das doch normal. Wer weiß als Erwachsener schon noch, was er als Kind mit – sagen wir mal, mit sieben Jahren erlebt hat? Oder noch früher?

Maria schwirrte der Kopf. Sie wartete, dass der altvertraute Schmerz sich hinter ihrer Stirn breit machte, aber nichts geschah!

Eine erstaunliche Frage kam ihr in den Sinn: Wann eigentlich setzte der Schmerz ein? Hatte ihr nicht irgendwann einmal jemand gesagt, sie solle darauf achten, bei welchen Anlässen und Gelegenheiten die Kopfschmerzen sich ankündigten?

Wer war das noch gewesen? Es musste lange her sein, viele Jahre! Ein Arzt! Ein Psychiater in der Klinik war es gewesen, vor 9 Jahren!

Ich habe aber nie darauf geachtet, dachte Maria. Warum eigentlich nicht?

Vielleicht hätte ich dann herausgefunden, wann und warum ich Kopfschmerzen bekomme und warum ich so leicht etwas vergesse oder früher vergessen habe – was auch immer! Oder habe ich auch das vergessen?

Plötzlich griff sie sich an die Schläfen! Da! Da war es wieder, das Hämmern und Klopfen. Ganz plötzlich aus heiterem Himmel war es aufgetaucht. Und ohne Grund! Ohne Grund? Was war denn eben?

Woran habe ich gedacht? Sie zermarterte sich das Hirn. Woran hatte sie eben gedacht?

Warum ich so vieles vergessen habe? Was ist das mit diesen verdammten Anfällen? Was haben sie zu bedeuten?

Ein warnendes Hämmern und Dröhnen in den Schläfen!

Aber das weiß ich doch. Es ist Veranlagung. Ich hab's von meiner Urgroßmutter geerbt. Sie litt ebenso darunter wie ich, überlegte sie. Jedenfalls habe ich das bisher geglaubt, weil man es mir ständig sagte. Weil Mutter es mir sagte!

Über alle Maßen verwirrt horchte Maria in sich hinein. Sie nahm nichts von dem wahr, was um sie herum geschah. Inzwischen hatte man nach ihr gerufen und da sie nicht antwortete, war die Mutter nach oben gekommen, um nach ihr zu sehen.

Jetzt stand sie in der Tür. Sie hatte wohl geklopft, aber Maria hatte nichts gehört.

Sie saß aufrecht im Bett und starrte Leonore an wie einen Geist. Die Mutter muss ebenfalls gedacht haben, sie hätte ein Gespenst vor sich, denn sie blickte Maria an, als hätte sie eine Fremde vor sich.

„Wie siehst du denn aus? Bist du krank?“ rief sie erschreckt aus.

Maria fuhr mit beiden Händen über ihr Haar, das sich gelöst hatte und in wilden Strähnen an ihren Wangen herabhing. Ihr Gesicht war noch immer vom Weinen geschwollen.

„Ja,“ sagte sie tonlos, „ich bin krank. Inzwischen geht es mir aber schon wieder besser.“

Sie wollte sich erheben, aber mit einem Satz war die Mutter bei ihr und drückte sie sanft in die Kissen zurück.

„Bleib nur liegen, mein Kind. Es tut Tante Henrike und mir so leid. Wir wollen uns beide bei dir entschuldigen, dass wir dir so zugesetzt haben. Wenn du noch keine Hochzeit willst, und Ronald auch noch warten möchte, ist es doch völlig in Ordnung.

Kümmere dich doch nicht um uns alte Schachteln. Wir wollen doch nur das Beste für dich, das weißt du doch! Wichtig ist ja nur, dass ihr beide, Ronald und du, dass ihr euch einig seid. Du hast ja ganz Recht, du bist erwachsen und kannst deine Entscheidungen allein treffen. Und mit Ronald natürlich!"

Die Mutter atmete tief und erleichtert auf. Sicher hatte ihr das Zerwürfnis vom Vorabend sehr auf der Seele gelegen und sie war froh, dass sie nun etwas dazu getan hatte, um wieder alles ins Lot zu bringen. Sie konnte einfach nicht leben, wenn nicht alles harmonisch und friedlich zuging!

Maria war in ihr Kissen zurück gesunken.

„Ja, ja, ist ja schon gut," sagte sie müde. Der enthusiastische Redeschwall der Mutter hatte sie schier überrumpelt. Sie war mit ihren Gedanken so weit weg von diesen Dingen und so sehr bei sich selbst gewesen, wie sie es bisher kaum erlebt hatte. Sie hatte das nebelhaft Gefühl, als sollte ihr der Handbreit Boden erneut unter den Füßen weggezogen werden, den sie soeben für sich gewonnen hatte.

Die Mutter hatte ganz munter das Zimmer verlassen. Sie hatte ihr Gewissen erleichtert und den Frieden im Haus wieder hergestellt!

Maria ging ins Bad und wusch sich das Gesicht. Sie besah sich im Spiegel, ein bleiches, müdes Gesicht, ein wenig verquollen und traurig, darüber schwarz wie Rabengefieder das zerzauste Haar.

Sie starrte sich eine Weile an, dann begann sie ihr Haar zu ordnen. Schon wollte sie es zu dem gewohnten Knoten schlingen, dann ließ sie es sein. Sie nahm ein Band und raffte den Schwall glatten Haares zu einem Pferdeschwanz auf dem Hinterkopf zusammen. Es war so lang, dass sie Mühe damit hatte. Sie musste es schneiden lassen.

Irgendetwas – oder alles? – musste sich hier ändern, und warum nicht damit beginnen! Im gleichen Augenblick fand sie sich lächerlich und grinste verlegen ihr Spiegelbild an. Es sollte eigentlich mutig und entschlossen aussehen, dachte sie, wie das Gesicht von jemandem, der ein neues Leben beginnen will!

Aber das tat es nicht. Es sah nur sehr traurig aus!

♦♦♦

Winter 1969 (Dezember))

Sie dachte: In was für einen Strudel der Gefühle ließen wir uns hineinziehen! Hatten wir denn eine Wahl? Ja, die hat man immer!

Nun diese Heimlichkeiten, Betrug und Schuldgefühle!

Es ist vorbei. Ich will nicht mehr. Heute wird das letzte Mal sein.

Er wartete und eine bange Vorahnung senkte sich auf seine Seele .

Aber er wartete auf sie wie an den Abenden zuvor.

Und sie kam, weil sie gar nicht mehr anders konnte.

♦♦♦

„Das Gedächtnis errichtet seine eigenen Mauern und Barrieren!"

Immer wieder geisterten diese Worte durch Marias Kopf und wollten sie nicht loslassen. Was kann ich tun, um mich zu erinnern, wenn ich gar nicht einmal weiß, was ich alles vergessen habe, dachte sie mutlos.

Es sagt sich so leicht: Ich will mein Leben ändern!

Maria saß ganz allein in der windgeschützten Geißblattlaube hinter dem baufälligen Holzschuppen, dessen windschiefes, moosbewachsenes Dach sich fast bis zum Boden neigte. Der Schuppen war uralt. Solange Maria denken konnte, hatte er da gestanden.

Zwei kleine, spinnwebverhangene Fenster, blind von Staub, ließen keinen Blick in sein düsteres Inneres zu; die verwitterte Bretterwand war überwuchert von Efeu, die Holztür hing schief in ihren Angeln. Sein Inneres barg außer zerbrochenen Gartenstühlen, zerrissenen Gartenschirmen, verrosteten Gießkannen und alten Schaufeln unter ihrer dicken Staubschicht kaum etwas, das man noch hätte verwenden können.

Warum eigentlich hatte man das gesamte Gerümpel nicht längst entfernt? Warum nicht schon den ganzen Schuppen abgerissen?

Maria ließ die Blicke durch den Garten schweifen. Alles hier war uralt, fiel ihr plötzlich auf. Alt und vernachlässigt! Begonnen bei dem weitläufigen, verschachtelten Haus, das sie seit – ja seit wann eigentlich? - bewohnten.

Sie überlegte. Wann sind wir hierher hergezogen? Ich war noch klein, aber wie klein? Das muss ich doch wissen!

Da fiel es ihr ein. Richtig, zehn oder elf Jahre alt war sie gewesen. Da wurde der Vater hierher versetzt und sie hatten dieses Haus gekauft, das damals bereits alt, ungepflegt, vernachlässigt war. Polizist war der Vater gewesen. Das Kind Maria hatte ihn so schön gefunden in seiner schmucken Uniform.

Sie versuchte sich vorzustellen, wie sein Gesicht ausgesehen hatte, aber es wollte ihr nicht recht gelingen. All die Einzelheiten, deren sie sich entsann – blaue Augen, blondes Haar, schmale Lippen, hohe Stirn wollten sich nicht zu einem Ganzen zusammenfügen.

Sie erinnerte sich an sein lauten, ansteckendes Lachen, seine dichten Locken. Als kleines Mädchen hätte sie auch so gern Locken gehabt wie er. Manchmal hatte er sie auf seine Schultern geschwungen und war mit ihr wild über den Rasen getanzt, so dass sie laut schrie und kreischte, halb aus Angst und halb aus Übermut.

Auf einmal hörte sie die Mutter rufen: „Clemens, reg das Kind doch nicht so auf, dann kann es wieder nicht einschlafen!"

Aber Maria erkannte an der Stimme der Mutter, dass sie mitlachte. Waren sie also eine kleine glückliche Familie gewesen damals? Dann hätte doch aber der Vater die Mutter nicht verlassen! Irgend etwas muss ihn bewogen haben, sich eines Tages auf und davon zu machen.

Maria zog eines der Fotoalben heran, die vor ihr auf dem Tisch lagen. Sie schlug das erste auf. Ein großes Foto auf der ersten Seite zeigte Maria als Baby, bäuchlings auf einem weißen Schaffell, großäugig und ernsthaft in die Kamera schauend.

Darunter stand: „Maria, ein halbes Jahr alt, Mühltal im Februar 1971".

Sie blätterte weiter, wieder Maria, ein paar Monate später. Maria auf dem Schoß der Mutter, die den Betrachter jung und lächelnd ansieht. Maria im Kinderwagen, Mutter und Tante daneben.

Ähnlich ging es weiter. Es gab viele Bilder von der kleinen Maria, von einer lachenden, einer weinenden und einer schmollenden Maria. Sehr hübsche Bilder, recht professionell geknipst, stellte sie fest.

Sie suchte nach einem Foto des Vaters. Es schien keines zu geben. Er war wohl immer der Fotograf gewesen.

Aber da – das musste er sein. Ein nicht sehr großes Bild, aufgenommen in einem blühenden Garten, den Maria nicht kannte. Die Mutter strahlend hübsch und jung, mit dunklen Augen, das schwarze Haar umrahmte in Wellen das Gesicht; daneben ein großer, stattlicher Mann mit blonden Locken, die im Sonnenlicht schimmerten. Sein lächelndes Gesicht lag im Schatten, so dass es kaum zu erkennen war.

Maria blätterte weiter. Sie fand zwei weitere Bilder, auf denen der Vater zu sehen war, aber nur von der Seite.

Maria klappte das Album zu und nahm das nächste zur Hand. Es musste doch ein Hochzeitsfoto der Eltern geben! Sie schlug es auf. Bilder aus der Jugendzeit der Mutter, die Großeltern in Mühltal, Aufnahmen des Elternhauses von Mutter und Tante.

Zwei hübsche lachende Mädchengesichter, Leonore und Henrike in ihrer Jugend- und Kinderzeit. Sie waren wirklich hübsch, alle beide, stellte Maria fest.

Beide so dunkelhaarig wie Maria, Leonore mit fast schwarzen Augen, Henrike mit grauen. Niemand hat wie ich grüne Augen, überlegte sie. Wahrscheinlich hatte einer der Großeltern grüne Augen.

Oder die Urgroßmutter, von der ich meine Kopfschmerzen geerbt habe, dachte sie ironisch.

Sie legte auch das Album zur Seite. Sie fand nichts, was ihrer Suche nach der Vergangenheit auf die Sprünge helfen könnte. Auch im dritten Album nicht. Da gab es Fotos von Maria mit irgendwelchen Freundinnen auf irgendwelchen Geburtstagen der Vergangenheit, die ihr nichts sagten.

Sie hatte die Geburtstage vergessen und die Gesichter der Freundinnen waren ihr allesamt fremd. Ein größeres Gruppenfoto war darunter, ein Schulfoto. Sie nahm es heraus und studierte die einzelnen Gesichter. Aus der Mitte der Menge lächelte ein ältliches Frauengesicht hervor, wohl das der Lehrerin. Maria besah sich auch das gründlich. Sie versuchte verbissen, sich an den Namen dieser Lehrerin zu erinnern.

Dann legte sie das Foto ungeduldig zurück. Wie sollte sie sich an Namen erinnern, wenn die Gesichter ihr völlig fremd waren?

Im letzten Album fanden sich vorwiegend Fotos irgendwelcher Verwandten, die sicher längst das Zeitliche gesegnet hatten, sepiafarben und vergilbt.

Männer und Frauen in altertümlichen Gewändern, die Damen mit den komplizierten Hochfrisuren ihrer Mode, die Herren mit sonderbaren Hüten.

Maria entdeckte die Großeltern und einen Cousin der Mutter, der irgendwann einmal zu Besuch gekommen war.

Ein Bild zeigte Henrike neben einem schlanken, dunkelhaarigen Mann. Interessiert studierte Maria sein Gesicht. Das musste der geschiedene Mann Henrikes sein, Bernhard Sarnow, der sie nach kurzer Ehe verlassen hatte.

Maria sah ein sympathisches schmales Männergesicht mit energischem Kinn und dunklen Brauen.

Sie versuchte sich an ihn zu erinnern, denn sie hatte ihn gekannt. Er war ihr Patenonkel und hatte ihr sehr oft zu Geburtstagen und zu Weihnachten ein Geschenk geschickt.

Die Mutter äußerte sich selten über den Patenonkel. Oft stimmte sie Henrike zu, die bis auf den heutigen Tag gekränkt und verbittert über die Trennung war.

Habe ich ihn denn wirklich gekannt? grübelte Maria. Sein Gesicht auf dem Foto war ihr zwar irgendwie vertraut, aber sonst konnte sie sich gar nicht an ihn erinnern. Wie war er denn gewesen?

Er musste sie doch während der Ehe mit Henrike manchmal besucht haben? Sie wusste es nicht und es wollte ihr auch nicht einfallen.

Ungeduldig blätterte Maria weiter. Vielleicht gab es noch weitere Bilder von ihm.

Die letzten Seiten zeigten noch ein paar Fotos der Großeltern, dann noch einige von Maria in jüngerer Zeit, ernst und blass; Maria unter dem Apfelbaum im Gras, endlich einmal lachend, und Maria mit Mutter und Tante auf der Terrasse.

Ein einzelnes Bild rutschte zwischen den anderen heraus und fiel zu Boden. Sie hob es auf. Es war nicht sehr groß und ein wenig unscharf. Es zeigte Ronald auf der Bank in der Laube. Sein Gesicht lag im Halbschatten, lachend schaute es in die Kamera.

Auf dem Kopf trug er einen Strohhut, der verwegen in den Nacken geschoben war.

Maria besah sich das Bild. Merkwürdig! Sie kannte es gar nicht, hatte es nie gesehen! Oder hatte sie es vergessen? Und da war noch etwas anderes Seltsames! Irgend etwas stimmte da nicht an dem Bild! Sie wusste nur noch nicht was.

Es war etwas mit der Laube, grübelte sie. Was nur? Es war die vertraute, mit Geißblatt überwucherte Laube, die es immer in diesem Garten gegeben hatte. Etwas in ihr nahm eine Ungereimtheit wahr und registrierte sie halb unbewusst, ohne dass ihr Verstand sie einordnen konnte. Unzufrieden schob sie die Alben zur Seite.

Es war kühl geworden. Die Dämmerung kroch bereits herauf. Die Sonne zog sich unmerklich zurück, und ihr Licht wandelte sich erst zu mattem Blau, dann zu dunkleren Schatten.

Gänseblümchen und Männertreu, die das Grün des Rasens in der Sonne weiß und blau sprenkelten, begannen ihre kleinen Gesichter zur Nacht zu schließen. Das Wispern einer aufkommenden Brise huschte durch die Zweige des alten Apfelbaums.

Das Gartentor knarrte in seinen rostigen Angeln. Mutter und Tante kamen von einem Nachbarschaftsbesuch nach Hause. Maria nahm die Alben vom Tisch und ging ihnen entgegen.

♦♦♦

„Warum fragst du jetzt plötzlich danach? Du weißt doch, wie alles war!"

„Nein, ich weiß es nicht! Und wenn ich es einmal wusste, so habe ich es vergessen. Ich habe viel vergessen. Darum frage ich ja."

Maria saß in der großen, weiß gekachelten Küche auf einem der wackeligen Küchenstühle und sah der Mutter zu, wie diese in der Küche hin und her lief, hier etwas wegräumte, dort etwas umstellte. Sie merkte deutlich, dass es der Mutter unangenehm war, auf Marias Fragen zu antworten.

„Bitte Mutter, erzähl mir doch ein wenig davon. Ich kann mich an so wenig erinnern und ich finde, es ist doch wichtig. Es handelt sich doch immerhin um meinen Vater. Ich habe heute Nachmittag die alten Fotoalben durchgesehen. Dabei hab ich festgestellt, dass kaum Bilder von Vater darin sind. Wie ist das möglich? Hat er sich nicht gern fotografieren lassen?

Und warum gibt es kein Hochzeitsfoto von Euch?" Die Mutter schaltete die Deckenlampe aus und ließ sich widerstrebend auf dem zweiten Küchenstuhl nieder. Der Schein der kleinen Tischlampe auf dem hölzernen alten Esstisch mit der karierten Wachstuchdecke warf skurrile Schatten über die Wand bis zur Decke empor.

„Also, was möchtest du wissen?"

„Wie war mein Vater?" platzte Maria heraus. „Wart Ihr auch irgendwann glücklich miteinander?"

Die Mutter hob die Schultern. „Gott ja, wie war er? Groß und breitschultrig, mit blondem Haar und blauen Augen. Und immer so aktiv. Nie konnte er still sitzen. Immer in Bewegung. Und einen Charme hatte er, da konnte ihm niemand widerstehen! Er war so hübsch und so stark! Alle Mädchen schauten ihm nach!"

Sie lächelte verträumt vor sich hin, als sähe sie in Gedanken jenen flotten, hübschen Polizisten mit der Stirnlocke vor sich - in einer vergangenen Zeit, als sie selbst noch jung und hübsch gewesen und das Lachen noch nicht verlernt hatte.

„Habt ihr euch geliebt? Wart ihr glücklich? Ich meine, bevor er uns verließ?"

Die Mutter lächelte vor sich hin. „Ich war so verliebt! Wie geblendet war ich von seinem Charme! Und er – er liebte mich auch. Wir waren sehr glücklich miteinander. Ja, sehr glücklich – am Anfang – und dann. Ja, es war dann – Er war immer so unruhig, konnte nicht wie andere Männer zu Hause bleiben. Es lag ihm nicht, sagte er mir immer. Es lag ihm nicht, so ein ruhiges Leben mit einem Heimchen am Herd...und dann das Kind ..."

Sie verstummte plötzlich, als habe sie zu viel gesagt. Sie musterte Maria mit flackerndem Blick.

Maria horchte auf. „Was war mit dem Kind ... mit mir?"

„Nichts, nichts war mit dir. Bis auf – na ja, deine Kopfschmerzen und Schwindelanfälle. Das wurde ihm manchmal zu viel, dann ging er fort."

Maria zuckte zusammen. „Er ging fort? Meinetwegen ging er fort? Weil er mich nicht ertrug?"

„Ach, weißt du. Er war ein Perfektionist, alles musste seine Ordnung haben. Er war so – so ehrgeizig. Er wollte immer hoch hinaus."

Ihr Blick huschte zum dunklen Fenster in den mondhellen Garten hinaus, als könne sie dort einen Teil ihrer Jugend wiederfinden. Ihre Gedanken wanderten weit zurück in die Vergangenheit.

„Er hielt es immer sehr mit „Recht und Ordnung". Er war ja nun mal Polizist. Jedes Ding an seinem Platz! Alles sollte perfekt sein, seine Frau und dann auch sein Kind.

Aber seine Frau war wohl nicht so, wie er sie haben wollte. Nicht immer fröhlich und lebenslustig, nicht so eine Gastgeberin... na ja."

Sie sprach leise und so monoton, als wäre sie in einem Traum. Maria starrte sie an.

„Und das Kind ..es war noch klein, da war es gesund und hübsch und auch klug. Er liebte es sehr! Dann kam das andere ...das Schreckliche .... es wurde krank. So klein noch und schon die Nervenklinik. *Klapsmühle* nannte er es immer. Er wollte doch ein gesundes, schönes Kind und nicht ......nicht so etwas. "

Sie sprach, als sei Maria gar nicht da, als spräche sie über ein fremdes Kind, nicht ihres, das jetzt als erwachsene Frau neben ihr saß, sondern über eines, das sie einmal gehabt und dann verloren hatte. Maria lief es kalt über den Rücken, ihr war unheimlich und ihr Herz klopfte heftig. Sie saß reglos, wie benommen; ein seltsamer ziehender Schmerz und eine tiefe Traurigkeit erfüllten sie. Sie hatte das Gefühl, als drehe jemand ein Messer in ihrem Herzen einmal ganz rundherum.

Die Mutter musste in ihrem Gesicht etwas gesehen haben, das ihr einen Schrecken einjagte. Sie fuhr aus dem Stuhl hoch. „Oh Maria, es tut mir so leid, dass ich dir das gesagt habe! Aber – schließlich – du wolltest es doch hören – oder nicht? Du wolltest es doch!?“

Maria war aufgestanden und ging zur Tür, dann die Treppe hinauf, ohne nach rechts oder links zu schauen; wie eine Marionette Schritt für Schritt, bis sie ihr Zimmer erreichte. Die Mutter hörte die Tür oben zufallen. Sie rang einen Augenblick hilflos die Hände, dann ging sie ins Wohnzimmer.

Maria stand am Fenster. Sie sah nicht den Mond, der sein Licht durch die schwankenden Zweige der Birke warf, sie sah den Vater und hörte seine Stimme.

Sie war sanft und liebevoll und sie sagte: „Ach, mein liebes Kind, meine kleine Marie! Du bist mir das Liebste! Du bist das Einzige, was mich hier noch hält!“

♦♦♦

Maria lag angezogen auf ihrem Bett. Sie hatte sich weitgehend beruhigt. Die Worte des Vaters, die ihr plötzlich so gegenwärtig geworden waren, geisterten durch ihren Kopf. Sie hatten dem Schmerz, den sie zuvor empfunden hatte, etwas von ihrer Schärfe genommen. Ihr Kopf war wieder klarer.

Die Mutter hatte so hässliche Dinge über den Vater gesagt, über ihn und seine Beziehung zu Maria. Als kleines Kind hatte er sie angeblich geliebt. Später dann konnte er sie nicht mehr ertragen, weil sie krank war, in die „Klapsmühle" musste.

Wie passte das zu den Worten, an die sie sich erinnert hatte? Oder täuschte ihre Erinnerung sie? Maria wusste inzwischen ja, dass sie ihrem Gedächtnis nicht trauen konnte. Da gab es zu viele Lücken.

Dann stutzte sie. Noch etwas war ihr aufgefallen! Sie war doch mit 17 erst in die Psychiatrie gekommen. Dieser Aufenthalt, von dem die Mutter sprach, musste viel länger zurückliegen!

Es hatte sich so angehört, als sei sie bei diesem Klinikaufenthalt sehr viel jünger gewesen.

Ihr ging im Kopf alles durcheinander. Sie kannte sich weniger aus denn je. Außerdem hatte sie das dumpfe Gefühl, dass die Mutter log. Andererseits hatte es durchaus überzeugend geklungen, was sie erzählte. Vielleicht verschwieg sie nur etwas. Maria sah die Mutter wieder vor sich, dort am Küchentisch, wie versunken und geistesabwesend sie gewirkt hatte. Es hatte nicht geklungen wie eine Lüge.

Ich muss noch einmal mit ihr darüber reden, dachte sie. Am besten sofort. Sie war so unruhig und hellwach, dass es völlig unmöglich war, an Schlaf zu denken. Ein Blick auf ihre Armbanduhr zeigte ihr, dass es noch nicht so sehr spät war, halb elf erst und noch nicht Nacht. Manchmal saßen Mutter und Tante viel länger beim Fernsehen.

Sie stand auf, strich flüchtig über ihre zerknitterten Kleider und schickte sich an, nach unten zu gehen. Auf dem Treppenabsatz blieb sie stehen und horchte.

Richtig. Sie hörte Stimmen im Wohnzimmer. Entschlossen ging sie hinunter, betrat das Wohnzimmer.

Mutter und Tante saßen vor dem Bildschirm, wie sie es an vielen Abenden in der Woche taten. Erstaunt blickten sie Maria entgegen, die ein wenig zerzaust und ramponiert in der Tür stand. Ihr Pferdeschwanz hing ihr wie eine schwarze Schlange über die linke Schulter bis zur Taille herunter, die Bluse war verrutscht, die Hose verknittert. In diesem Aufzug war Maria für beide Frauen ein ungewohnter Anblick.

„Nanu, du kannst wohl nicht schlafen. Komm und sieh dir mit uns diesen Film an, er hat gerade angefangen," sagte die Tante munter. Die Mutter blickte ängstlich in Marias Gesicht. Sie ahnte, was Maria bewog, sich zu ihnen zu gesellen und überlegte fieberhaft, wie sie einem neuerlichen Gespräch ausweichen konnte.

„Ich würde sehr gern mit euch reden, wenn es möglich ist," sagte Maria entschlossen. „Der Film wird morgen wiederholt, so viel ich weiß," versetzte sie trocken.

Beide Frauen schwiegen und schauten ein wenig kläglich drein. Möglicherweise wusste auch Tante Henrike, worüber Maria mit ihnen reden wollte.

Warum, zum Kuckuck, zierten sie sich derart, wenn es um die Vergangenheit ging! Ärger stieg in Maria hoch. War es verletzte Eitelkeit, dass sie beide von ihren Männern verlassen worden waren?

Die Mutter war aufgestanden und hatte den Fernsehapparat ausgeschaltet.

Sie setzte sich wieder auf ihren hochlehnigen Stuhl, Maria zog sich einen Sessel heran.

Ein wenig taten sie Maria leid, wie sie da so abwartend und ein wenig erschrocken vor ihr saßen. Aber schließlich, es ging ja nur darum, Maria ein paar Fragen über ihre Vergangenheit zu beantworten. Fast musste sie lachen, als sie in die ängstlichen Gesichter blickte.

„Ihr tut ja gerade so, als ob ihr als arme Sünder vor einem Richter sitzt," meinte sie leichthin.

"Ich möchte doch nur ein paar Dinge von früher wissen. Ich hab so vieles vergessen. Mutter, du sagtest vorhin etwas über einen Klinikaufenthalt. Es hörte sich so an, als sei ich schon als Kind in – einer „Klapsmühle" – wie der es Vater angeblich nannte – gewesen. War ich denn zweimal dort?"

Gespannt musterte sie die klägliche Miene der Mutter. „Ja, weißt du denn das nicht mehr?" fuhr die Tante dazwischen.

„Mit 10 Jahren wurdest du zum ersten Mal eingewiesen, wegen der Schwindelanfälle und deiner Kopfschmerzen. Ein paar Wochen warst du dort, in Werningen. Danach war es eine Zeit lang besser. Und mit 17 waren dann die Anfälle wieder häufiger geworden. Da ging es dir lange Zeit sehr schlecht, so dass schließlich ein zweiter Aufenthalt nötig wurde."

Die Mutter nickte eifrig, scheinbar erleichtert darüber, dass es um einfache Fakten in diesem Gespräch ging. Aber Maria war längst noch nicht fertig.

„Wie war das mit Vater?" fuhr sie fort. „Fand er, eine „kranke" oder „irre" Tochter sei seiner nicht – würdig? Veränderte sich nach dem ersten stationären Aufenthalt etwas zwischen uns - ihm und mir?"

Die Mutter wand sich ein wenig unter Marias forschendem Blick. Die Tante ergriff wieder das Wort. Das war Maria nur recht, denn die Version der Mutter kannte sie ja bereits.

„Ach, so verbissen musst du das nicht sehen!" sagte sie begütigend. „Er war halt immer so penibel, alles hatte normal und – unauffällig zu sein. Es war nicht immer leicht mit ihm."

„Wie war denn überhaupt meine Beziehung zu ihm – das Verhältnis zwischen Vater und Tochter," bohrte sie weiter.

„Ganz normal war es," beeilte sich die Mutter zu sagen. „er liebte dich – natürlich! Aber er konnte auch streng sein. Gehorchen und brav sein – das musstest du! Wenn nicht, ja dann konnte er auch schon mal ..."

Die Tante nickte grimmig. „Oh ja, er konnte auch schon mal zuschlagen! Das musst du gar nicht verschweigen, Leonore," ergänzte Tante Henrike. „Er konnte schon recht grob sein, wenn etwas nicht in seinem Sinn lief. Warum willst du Maria das verheimlichen? Sie hat doch ein Recht, zu wissen, wie ihr Vater war. Also erzähl ihr auch den Rest."

Die Mutter seufzte ergeben. Dann begann sie vom Vater zu sprechen, wie er gewesen war, als sie ihn kennen lernte, wie anfangs alles ganz gut lief. Dann hatte er sich irgendwie nach und nach verändert. Sie sprach von seinen undurchsichtigen Geschäften, dass er oft außer Haus gewesen sei, schließlich von seiner Unberechenbarkeit, seinem zeitweiligen Jähzorn. Und dass er dadurch versetzt wurde aufs Land, als Maria ungefähr elf Jahre alt gewesen war. Irgend etwas war da in seiner Dienststelle vorgefallen, angeblich unter Einfluss von Alkohol. Mutter und Tante Henrike wussten angeblich nichts Näheres darüber.

Hatte er im Suff jemanden im Dienst verprügelt? fragte sich Maria.

Er hatte immer viel von Maria erwartet, in jeder Beziehung. Aber natürlich hatte er sein Kind geliebt!

Nur manchmal – da ging es halt mit ihm durch! Dann konnte er zuschlagen!

„Hat er dich auch geschlagen?“ fragte Maria die Mutter.

Ein schlagender Vater und Ehemann! Das hatte sie nie gedacht! Die Mutter zögerte. „Oh, er war immer gerecht. Und ich war ja auch so ungeschickt. Na ja, und wenn er dann getrunken hatte, dann – schlug er mich auch – manchmal. Aber ich hatte es auch immer verdient!“

„Er hat regelmäßig getrunken?“ Auch das hatte Maria nie angenommen.

„Ja, er trank viel. Dann kam sein Jähzorn dazu. Hinterher tat es ihm immer leid.“

Die Mutter saß ganz zusammen gekauert auf ihrem Stuhl, einem Häufchen Elend gleich. Maria ging zu ihr und legte den Arm um sie, obwohl sie einen Widerwillen empfand, für den sie keine Erklärung hatte.

„Reg dich doch nicht so auf,“ sagte sie. „Es ist ja alles lange her. Und warum verschwand er dann?“

Wieder ergriff die Tante das Wort.

„Oh, das ist leicht zu verstehen. Er war immer ein charmanter, flotter Mann gewesen, dem die Frauen hinterher sahen. Und eines Tages ging er mit einer jüngeren davon."

Die Mutter zuckte die Schultern. „Das wissen wir nicht genau. Wir haben es nur angenommen, weil es keine andere Erklärung gab."

„Gab es denn vorher Frauengeschichten?" forschte Maria.

„Aber ja," ereiferte sich die Tante. „Nächtelang kam er nicht nach Hause! Und dann – wie er Leonore, deine Mutter – behandelte! Da war doch schon jahrelang nichts mehr zwischen ihnen – im Bett meine ich." Resolut fuhr sie fort: „Leonore, nun nimm den Hallodri doch nicht länger in Schutz. Maria ist alt genug, um die ganze Wahrheit zu hören." Wie zur Bekräftigung hob sie Kopf und zog auf die ihr eigene Manier das Kinn ein.

„Was ist die ganze Wahrheit?" Maria wartete.

„Er hat es nie abgestritten, wenn ich ihn danach fragte," sagte die Mutter ergeben. „Ich bin sicher, dass es andere Frauen gab. Und auch eine, mit der er davon ging. Er hat immer sein eigenes Leben nebenbei gehabt. Es war immer, als würde er ein Doppelleben führen. So kam es mir jedenfalls lange Zeit vor. Er verschwand plötzlich, kam dann wieder, hatte viel Geld. Und hüllte sich in Schweigen."

Die Tante lachte bitter und warf der Mutter einen ironischen Blick zu. „Und dir sagte er, du seiest eine vertrocknete, alte Pflaume, die im Bett nichts taugt - und auch nicht außerhalb des Bettes. Das waren seine Worte! Ich habe sie mit angehört. Dieser grobe Klotz!“

Leonore wand sich vor Scham, ihr Kinn zitterte und langsam rollten ein paar Tränen über ihre Wangen. „ Na ja, wir passten nicht zusammen. Er brauchte eine ganz andere Frau als ich ihm eine sein konnte. Er war so ein schöner Mann, zwar jähzornig, wenn er getrunken hatte, aber immer gerecht.“

Maria traute ihren Ohren nicht. Ihr wurde klar, dass die Mutter sich eine eigene Wahrheit zurecht gelegt hatte, mit der sie leben konnte, die aber nicht unbedingt der Realität entsprach.

Mein Gott, was ist Wahrheit, dachte sie müde. Vielleicht hat ja jeder seine eigene. Es kommt ja wohl immer auf die Sichtweise an.

Sie blickte die Mutter an, die verstört und in Gedanken versunken vor sich hin sah. Möglicherweise rückte sie im Geist ihr eigenes Bild der Dinge wieder auf den von ihr zugewiesenen Platz, um damit weiterleben zu können wie bisher.

Maria empfand Mitleid mit ihr, wie sie nun mit tränenblinden Augen vor sich auf den Schoß starrte, beide Hände verkrampft, so dass die Knöchel weiß hervortraten; Schluchzen schüttelte sie hin und wieder und ließen die gebeugten Schultern erbeben.

Maria schlug das Gewissen.

„Es tut mir leid, dass ich diese alten Dinge aufgerührt habe. Aber ihr müsst doch verstehen, dass ich mehr wissen muss über meinen Vater, über die Vergangenheit."

Ruckartig hob die Mutter den Kopf. Sie schien plötzlich hellwach.

„Wozu soll das gut sein! Ich hab es immer hilfreich gefunden, dass du so viel vergessen hattest – von all dem Unangenehmen! Ich halte nichts davon, alte Geschichten wieder auszugraben." Maria horchte auf.

„Was meinst du damit? Von welchem Unangenehmen sprichst du? Gibt es noch andere Dinge, von denen ich nichts mehr weiß?"

Die Mutter fuhr ärgerlich auf.

„Na, ist es noch nicht genug, was du jetzt aus uns herausgequetscht hast? Mir scheint, es hat dich doch ziemlich getroffen, was du über deinen Vater erfahren hast. Bis jetzt hast du deinen Vater geliebt.

Vielleicht wirst du ihn zukünftig hassen. Warum kannst du nicht mit einem ehrenden Andenken an ihn leben?"

Maria sah sie ungläubig an. „Ehrendes Andenken? Ich will die Wahrheit wissen, nichts anderes. Oder zumindest die einfachen Tatsachen."

Die Tante hatte ihren Weg durchs Zimmer aufgenommen, wie sie es bei solchen Anlässen zu tun pflegte. Die Hände auf dem Rücken verschränkt wanderte sie hin und her, das grau melierte Haar stand wie gesträubtes Gefieder auf ihrem würdig erhobenen Kopf.

„Männer!" stieß sie hervor und es klang, als würde sie ausspucken. „Sie sind doch alle gleich! Sieh dir doch meinen verflossenen an, den ehrenwerten Bernhard Sarnow! Was war das für ein Gentleman und dann? Ebenso auf und davon mit seiner Geliebten!"

Maria musterte sie skeptisch. Vor ihren Augen tauchte das Gesicht vom Foto auf, das sie in dem Album entdeckt hatte.

„Er schien mir so sympathisch," wandte sie ein. „Und ihr habt euch doch in gutem Einvernehmen getrennt. Er zahlt dir Unterhalt und nicht zu knapp.

Gab es denn während eurer Ehe auch andere Frauen?"

„Davon kannst du aber ausgehen", war die verächtliche Antwort.

„Das weißt du gar nicht," warf die Mutter ein. „Er hat es immer abgestritten. Er sagte immer nur, ihr passt nicht zusammen und eure Ehe hätte keine Zukunft. Er wollte ja auch immer Kinder und du nicht!"

Die Tante fuhr herum. „Was sagst du da? Woher willst du das wissen? Hat er etwa mit dir darüber gesprochen?"

Die Mutter duckte sich vor Schreck.

„Er hat es einmal erwähnt, als er zu Marias Geburtstag kurz da war. Er war ja ihr Patenonkel und kam manchmal zu Besuch. Da ergab es sich einmal so.

Er sprach davon, was für ein hübsches und liebes Kind Maria doch sei und so fragte ich ihn, ob ihr denn nicht auch Kinder wolltet. Da deutete er dann so etwas an, dass es an ihm nicht liegen sollte, aber du könntest dich nicht dazu entschließen. Mehr sagte er nicht!" Die Tante schnaubte. „Das sieht ihm ähnlich. Unsere Eheangelegenheiten mit anderen Leuten bereden! Dieser scheinheilige Patron!" Die

Mutter hob beschwichtigend beide Arme und sagte erstaunlich fest:

„Aber Henrike. Das ist doch Unsinn! Andere Leute – ich bin doch immerhin deine Schwester."

Die Tante beäugte die Mutter misstrauisch. „Hat er dir etwa gefallen? Na ja, so ein Tunichtgut wie der deinige war er nicht. Ich wusste immer, wo er sich aufhielt und was er tat. Das hätte es bei mir nicht gegeben, dass er tagelang verschwand und wieder auftauchte, wann es ihm passte!"

„Ach, nun geht das wieder los," stöhnte Leonore. „Nun bist du noch im Nachhinein eifersüchtig auf deine eigene Schwester!" Sie lachte verkrampft. „Komm, lassen wir das. Es sind doch alles alte Kamellen. Wir hatten beide mit unserer Ehe kein Glück."

Die Tante unterbrach plötzlich ihren Gang durchs Zimmer und baute sich vor Maria auf. „Hast du eigentlich noch Kontakt zu ihm?"

„Ich?" Maria sah sie verdutzt an. „Warum sollte ich? Irgendwann kam eine Karte aus Amerika zu Weihnachten. Das ist Jahre her. Scheinbar ist er ausgewandert und nie zurückgekommen."

Die Tante schien beruhigt. Sie steuerte ihren Sessel an und ließ sich geziert hinein sinken. Dann musterte sie Maria halb mitfühlend, halb neugierig.

„Wolltest du noch mehr wissen, mein Kind?“

„Gibt es noch andere Fotoalben als diese hier?“ sie wies auf die drei Alben auf der Kommode, die sie dorthin gelegt hatte.

„Wenn du ein Hochzeitsbild deiner Eltern suchst, dann wirst du vergeblich danach forschen,“ sagte die Tante und fügte mit einem Anflug von Bosheit hinzu: „Die hat deine Mutter alle vernichtet, als er damals auf und davon ging.“

„Ach, wie schade. Eines hättest du doch für mich aufheben können,“ meinte Maria bedauernd. Dann fiel ihr das Bildchen ein, das aus dem Album herausgerutscht war und Ronald in der Laube zeigte.

Was war das mit diesem Foto? Irgendetwas stimmte darauf nicht! Schon wollte sie danach fragen. Aber sie unterließ es. Es war so schwierig, mit den beiden sachlich zu reden und sie war sehr müde geworden.

Sie wünschte Mutter und Tante eine gute Nacht und ging in ihr Zimmer hinauf.

Winter 1969 (Dezember)

Es hatte frisch geschneit und jeder Zweig trug seine weiße Last. Über den Baumwipfeln sah er die schmale Sichel des Mondes an einem durchsichtig grünen Himmel. Im Schnee würde man ihre Spuren erkennen. Das Feuer im Kamin brannte, auch die Kerze auf dem kleinen Tisch davor, und der Wein wartete. Er hörte ein Geräusch und öffnete die Tür. Sie stand vor ihm mit weiß beschneiter Kapuze. Er zog sie in das Häuschen und verschloss die Tür hinter sich vor der ganzen übrigen Welt.

♦♦♦

In dieser Nacht suchte der alte Traum Maria heim.

Sie lief bei Dunkelheit durch den Regen, hörte die Schritte des Verfolgers hinter sich und spürte ihre Angst. Sie rannte, als ginge es um ihr Leben und wusste doch gleichzeitig, dass sie träumte. Das war neu und ganz merkwürdig.

Sie dachte im Traum: Ich werde mich nun gleich umwenden und sein Gesicht richtig erkennen. In diesem Augenblick packte er sie von hinten.

Das kam so überraschend und schnell für Maria, dass sie stolperte und fast gefallen wäre, hätte eine eiserne Faust sie nicht von hinten an der Jacke gehalten. Im gleichen Moment fühlte sie seine Hand klatschend auf ihrer Wange; noch einmal und ein drittes Mal schlug er ihr gezielt ins Gesicht, so dass sie schließlich zu Boden taumelte. Der Verfolger beugte sich zu ihr herab und im Schatten der Mondnacht blickte sie ganz kurz in Ronalds verzerrtes Gesicht, das undeutlich über ihr schwebte, bevor sie schreiend erwachte.

Maria saß keuchend in ihrem Bett. Es gab keinen Zweifel: Es war Ronald gewesen. Hinter ihren Schläfen hämmerte es warnend. Sie versuchte, ruhig und nüchtern zu überlegen.

Was wollte der Traum ihr vermitteln?

Am Rande ihres Bewusstseins flackerte etwas auf, von dem sie wusste, es war wichtig und es war ihr kürzlich aufgefallen. Es hatte mit Ronald zu tun. Sie musste nur darauf kommen, was es war. Sie stand auf und griff nach ihrem Morgenrock. Die Kopfschmerzen bohrten hinter der Stirn, aber sie achtete nicht darauf. Was war es nur, was sie kürzlich so stutzig gemacht hatte. Es musste etwas mit Ronald zu tun haben. Warum sonst wäre es ihr jetzt in den Sinn gekommen?

Plötzlich erschien eine Szene vor ihren Augen: Ronald in der Geißblattlaube! Das war es! Maria zermarterte sich das Hirn, während sie am offenen Fenster saß und die kühle Nachtluft über ihr heißes Gesicht strich.

Was war an dem Foto so merkwürdig? Hätte sie nur das Bild jetzt hier! Sie ging im Geist alle Einzelheiten darauf durch. Da war zunächst einmal Ronald, der auf der Bank saß, gelassen lächelnd, das Gesicht im Halbschatten. Dann die alte Laube, von Geißblatt völlig überwuchert wie heute noch, und schließlich die gelbe Kletterrose am seitlichen Spalier – !

Das war es! Die Kletterrose war gar nicht da!

Auf diesem Foto hatte es keine gelbe Kletterrose gegeben, nur ein Geißblattgewucher!

Maria ließ sich mit klopfendem Herzen aufs Bett fallen. Noch hatte ihr Geist nicht erfasst, was das bedeutete. Diese gelbe Rose wuchs und blühte dort seit etwa vier Jahren. Maria selbst hatte sie angepflanzt und gepflegt. Daher wusste sie es so genau. Was aber bedeutete das?

Sie kannte Ronald noch nicht einmal ein Jahr. Wie sollte er dann vor vier Jahren hier gewesen sein?

Sie überlegte. Vor vier Jahren war sie noch im Studium gewesen, hatte in der Großstadt ein Zimmer gehabt und war nur zu den Wochenenden nach Hause gekommen.

Maria schwirrte der Kopf! War er damals schon einmal hier gewesen? Und wenn, warum? Ihr erster Gedanke war, morgen die Mutter zu fragen, jedoch den verwarf sie sogleich wieder.

Sie hatte mehr denn je das seltsame Gefühl, dass man sie belog. Als würde man ihr nur das erzählen, was sich nicht vermeiden ließ. Es kam ihr so vor, als sei sie mit beiden Füßen in Treibsand geraten, während in ihrem Kopf zeitweise ein unheimliches und beklemmendes Durcheinander tobte. Sie presste die Hände auf ihren schmerzenden Kopf.

Sie wollte mit Ronald sprechen. Was aber war, wenn er sie ebenfalls belog? Hatte sie nicht oft das Gefühl gehabt, als würde er auf der Seite von Mutter und Tante stehen, nicht auf ihrer Seite?

Aber das war doch Unsinn! War es nicht eher so, als gäbe es ein Wissen zwischen diesen Dreien, das sie, Maria, nicht teilte? Als würde irgend etwas nicht Fassbares zwischen ihnen schweben, das sie nicht benennen konnte, ganz einfach, weil sie nichts davon wusste – oder es vergessen hatte?

Hatte sie nicht immer das Gefühl gehabt, als hätte man sich zusammen getan, um sie zu schützen. Ja, das musste es sein! Sie hatte dieses seltsame Dreier-Komplott- wenn man es denn so nennen konnte – stets als Sorge um sie und ihre Gesundheit gedeutet.

Was zum Teufel ging nur vor? Hatte sie Halluzinationen?

Maria stand auf, ging ins Bad und nahm zwei ihrer Kopfschmerztabletten. Mochten sie noch so stark und suchtfördernd sein, ihr war es gleich. Sie wollte heute Nacht ruhig schlafen!

Und noch bevor der Schlaf schwer und dunkel zu ihr kam, hörte sie jene schmeichelnde Stimme des Vaters: „Meine liebe kleine Marie!“

♦♦♦

Als Maria erwachte, fühlte sie sich ausgeruht, frisch und unbelastet. Scheinbar hatte sie ruhig geschlafen. Und ihr war, als sei ihr in der Nacht etwas sehr Schönes begegnet, Bilder eines leichten, fröhlichen Traums. Sie hatte auf einem sonnenbeschienenen Sandweg gestanden, umgeben von

Blumen- und Fliederduft und vor ihr am Ende des Weges weit hinten hatte sich eine Gestalt aus den Schatten der Bäume gelöst und war auf sie zugekommen. Und sie war glücklich, denn sie wusste, wer es war. Sie mühte sich, sein Gesicht zu sehen und glaubte, dass es der Vater sein könnte.

„Meine liebe kleine Marie!“

Voller Freude war sie im Sonnenschein auf die Gestalt zugerannt, da war sie verschwunden. Maria schlug die Augen auf, die Bilder verblassten zu undeutlichen Phantomen und ein Gefühl von Verlust und Leere blieb zurück.

Während der Regen an ihrem Fenster herunter rauschte, versuchte sie erneut, das nächtliche Traumbild zu beschwören, aber es hatte sich in dem Grau des regnerischen Morgens verflüchtigt.

♦♦♦

Es regnete während der ganzen Fahrt nach Bad Bernburg. Maria war auf dem Weg zu einem ganz normalen Arbeitstag. Zumindest sagte sie es sich wieder und wieder, aber sie fühlte sich ganz und gar nicht so „normal“. Das morgendliche Gefühl des

Ausgeruhtseins hatte sich gänzlich verflüchtigt. Sie fühlte sich matt und zerschlagen.

Vielleicht brauche ich Urlaub, ging es ihr durch den Kopf. Erleichtert griff sie den Gedanken auf. Das wird es sein! Seit einem halben Jahr hatte sie keinen Tag Urlaub genommen, obwohl Ronald sie oft gebeten hatte, mit ihm zu verreisen. Ein Flug in den Süden, vielleicht nach Kreta? Ronald würde sich freuen, das wusste Maria.

Aber ich will nicht mit Ronald verreisen, dachte sie. Was aber wollte sie dann? Sie horchte in sich hinein und da wusste sie es. Wie lange schon war sie nicht bei den Großeltern in Mühltal gewesen?

Eine plötzliche Sehnsucht nach dem vertrauten Ort ihrer Kindheit erfasste sie.

Die Großeltern Anna und Magnus Peterson wohnten in einem kleinen Häuschen nahe dem Bauernhof, den sie früher bewirtschaftet hatten. Ein Neffe des Großvaters, Christian Peterson mit seiner Frau Ilse und den Kindern Margit, Jan, Tom und Lilian, lebte jetzt auf dem Hof. Der Bruder von Magnus, der uralte Lucas, wohnte ebenfalls seit dem Tode seiner Frau dort. Maria war jederzeit willkommen.

Ich werde ein paar Tage nach Mühltal fahren, dachte sie. Gleich heute würde sie um Urlaub bitten.

Ihre Vertretung im Amt war kein Problem, dafür gab es gute Regelungen innerhalb der Abteilungen ihrer Dienststelle. Außerdem war der Chef selbst für eine Woche nicht da, so dass die Kollegin, die Maria vertreten würde, nur mit einem Arzt arbeiten müsste.

Die Gesichter der Großeltern tauchten sekundenlang vor Marias geistigem Auge auf. Sie waren beide in den Siebzigern, aber durchaus noch gut beieinander. Der Großvater, ein kräftiger Mann, leicht gebeugt in den Schultern, mit grauem Backenbart und einem noch dichten grauen Gewölle auf dem wetterharten Bauernschädel, mit lustig zwinkernden Augen über geröteten runden Wangen, dem Rotwein nicht abgeneigt; die Großmutter zierlich und mager, den Rücken so gerade, als habe sie einen Stock verschluckt, das eisengraue Haar zu einem straffen Knoten im Nacken gebunden, stets bedacht auf Würde und Haltung. Ihre dunklen Augen blickten kühl und klar wie in ihrer Jugend, ihr Ausdruck kaum gemildert durch Alter und Erfahrung. Maria aber wusste, dass sie – obwohl stets bedacht auf Ruf und Ansehen – auch gütig und liebevoll sein konnte. Und doch war in der Ehe dieser beiden immer der Großvater der nachsichtigere, sanftere gewesen, zu dem Maria gelaufen kam, wenn ihr etwas auf dem Herzen lag.

Beide legten hin und wieder noch Hand an auf dem Hof, sprangen ein, wo es nötig war, zumal es auch die vier Kinder gab. Nach den Nichten und Neffen verspürte Maria keinerlei Sehnsucht, im Gegenteil, sie hatte nicht viel mit Kindern im Sinn. Der Gedanke, sich mit ihnen abgeben zu müssen, verursachte ihr Unbehagen.

Ich kann wohl nicht so gut mit Kindern, dachte sie. Maria hatte auch nie das Bedürfnis gehabt, einmal eigene Kinder zu haben. Im Grund hatte sie nie darüber nachgedacht. Es gehörte vielleicht einfach zu dem „späteren“ Leben, das Maria einmal haben würde – irgend wann einmal.

♦♦♦

Maria schob automatisch die Hand in den Nacken. Sie war feucht und kalt, Kopf und Nacken heiß.

„Also gut, wir sehen uns dann heute Abend. Ich fahre ja erst in der nächsten Woche. Und – bitte versteh‘ mich doch, dass ich ein paar Tage allein fortfahren möchte.“

Maria beendete abrupt das Telefonat. Nein, Ronald verstand es ganz und gar nicht. Nun hatte sich

Maria endlich einmal zu einem Urlaub entschlossen, und dann wollte sie ihn allein verbringen! Sie ahnte längst, dass er am Abend versuchen würde, sie umzustimmen.

Dr. Scheffler betrat den Raum. Er sah ihre Geste und warf einen Blick auf seine Armbanduhr. „Sie sollten ein wenig an die Luft gehen. Sie sind so blass," sagte er freundlich. „Eine Woche Urlaub wird Ihnen gut tun," setzte er hinzu und lächelte sie an.

Maria nickte und stand auf. Wenn er jetzt nur keine gemeinsame Mittagspause vorschlug! Bevor er dazu noch kommen konnte, griff Maria nach Handtasche und Regenschirm und verließ fluchtartig das Gebäude. Martin sah ihr grübelnd hinterher. Sie wich ihm aus, wo sie nur konnte. Wiederholt hatte er versucht, sie in ein Gespräch zu verwickeln. Er wollte sie einmal für sich allein haben, aber es war nicht möglich, ihr das vorzuschlagen. Sie lief ihm geradezu davon, wenn er sie nur ansah. Hatte sie Angst vor ihm? Das war doch nicht gut möglich. Da ging etwas anderes vor. Sie schleppte irgend etwas mit sich herum. Da war er ganz sicher.

Der Regen hatte aufgehört, die Sonne kämpfte sich mühsam durch zartgraue Wolkenfetzen. Die Luft, eben noch kühl und frisch, begann sich unter den zaghaften Sonnenstrahlen langsam zu erwärmen. Maria schlug den Weg zum See ein. Niemand begegnete ihr. Der Sandweg war aufgeweicht vom Regen, so dass ihre Sportschuhe bei jedem Schritt einsanken. Ein leichter Wind strich raschelnd durchs Schilf am Ufer. Weit hinten auf dem See wiegten sich vereinzelt aufgeblähte weiße Segel auf grausilbernem Wasser.

Ein ferner Sommertag ging ihr durch den Sinn, Maria zusammen mit Ronald beim Segeln. Sie sah sich lachend im Wind stehen, mit ausgebreiteten Armen und gelöstem Haar. Und Ronald sah sie staunend an und sagte: „Wie schön es ist, wenn du lachst und glücklich bist!“

War sie damals glücklich gewesen? Maria konnte sich nicht erinnern. Dabei konnte es doch so lange gar nicht her sein. Im vorigen Sommer musste es gewesen sein. Maria horchte in sich hinein. Warum kann ich nicht glücklich sein, grübelte sie. Ich habe doch alles, was ich brauche. Ich habe einen netten Freund, der mich heiraten will, einen Beruf, der mir

Freude macht, ein Zuhause, in dem ich mich wohl fühle.

Stimmte das so? Wenn sie es genauer besah, erschien ihr dies alles wie eine seltsam trügerische allzu glatte Oberfläche, hinter der irgend etwas schwelte, das sie nicht benennen konnte, ja, das sie nicht einmal kannte. Und diese Oberfläche ihres Alltags zeigte auf einmal Risse hier und da.

Und plötzlich sah Maria im Geist die Mutter mit einer Maurerkelle in der Hand, wie sie emsig und verbissen den Rissen zu Leibe rückte. Bei dieser Vorstellung hätte sie fast laut gelacht. Und doch war sie weit davon entfernt, all das als lächerlich zu empfinden.

Die Mittagspause näherte sich ihrem Ende.

Eine Windbö fuhr über den See, der Himmel hatte sich jäh verdunkelt. Die ersten schweren Tropfen fielen herab. Maria trat eilig den Rückweg an und spannte ihren Schirm auf. Ein Regenschauer prasselte hernieder. Sie hielt den Schirm schräg gegen den Wind, der plötzlich stärker geworden war, und lief mit schnellen Schritten auf den Haupteingang des Verwaltungsgebäudes zu.

Auf dem breiten Treppenaufgang unter dem Vordach des Gebäudes stieß sie mit einem Mann zusammen, der aus dem Hause trat. Sie nestelte an ihrem Schirm herum und murmelte eine Entschuldigung, als er sie plötzlich mit lautem Hallo ansprach.

„Aber das ist ja Maria! Mein Gott, haben wir uns lange nicht gesehen!"

Maria ließ ihren Regenschirm sinken und starrte den Mann an. Sie kannte ihn nicht. Oder doch?

Da war irgend etwas Vertrautes in seinem Gesicht. Der Mann mochte etwa in Marias Alter sein, groß und ein wenig schlaksig, mit glattem rotblondem Haar über einem sympathischen, sommersprossigen Gesicht. Er zog sie zur Seite und redete auf sie ein. „Erkennst du mich nicht, Maria? Hab ich mich so verändert? Es müssten jetzt – warte mal – ungefähr 6 Jahre her sein!"

Maria sah ihn hilflos an. „Es tut mir leid, ich...."

„Peter. Peter Wieland," half ihr der Fremde. „Nun, das ist nicht gerade schmeichelhaft für mich, dass du mich so gänzlich aus deinem Gedächtnis gestrichen hast," lachte er.

„Wir haben zusammen studiert und waren etwa zwei Jahre lang befreundet. Sehr befreundet, wenn du dich erinnerst," lachte er verschmitzt und musterte sie unbefangen von oben bis unten. „Du hast dich verändert. Sag mal, können wir irgendwohin gehen und ein wenig miteinander reden?" Maria gab sich einen Ruck.

„Ja, sehr gern, nur im Moment geht es nicht. Ich bin noch im Dienst. Aber danach – also ich würde sehr gern mit dir sprechen – wirklich," stammelte sie und sah auf die Uhr. „Wie wäre es in drei Stunden. Das heißt, wenn du dann Zeit hast."

„Kein Problem. Ich hole dich hier am Eingang ab. Wir könnten miteinander Essen gehen."

Maria saß an ihrem Schreibtisch und stützte den Kopf auf die Hände. Hinter ihren Schläfen hämmerte es wie wild und ihr war übel. Farbige Zacken tanzten vor ihren geschlossenen Augen, so dass es ihr unmöglich war, jetzt zu arbeiten. Sie zog ihre Handtasche zu sich heran und begann, darin herum zu kramen.

Endlich fand sie, was sie suchte, das Fläschchen mit den Schmerzkapseln. Sie schüttete zwei davon auf ihre feuchte Handfläche. Sie rollten zu Boden. Da ging die Tür auf und Martin Scheffler kam von seiner Mittagspause zurück. Er sah Maria dasitzen, bleich wie Wachs, Schweiß auf der Stirn, wie ein Häufchen Elend auf ihrem Bürostuhl.

Er begriff sofort, was da geschah, bückte sich nach den Tabletten und hob sie auf. Er ging in den Untersuchungsraum neben dem Büro und kam mit einem Glas Wasser zurück. Wortlos schob er es vor sie auf den Tisch. Maria schluckte zwei der Kapseln mit Wasser hinunter. Dann sah sie ihn kläglich an. „Vielen Dank. Nun wird es mir sicher gleich besser gehen." Er schüttelte energisch den Kopf und legte einen Arm um ihre Schulter. „Kommen Sie, jetzt legen Sie sich erst mal hin."

Er schob sie in den Nebenraum und drückte sie auf die Liege. Dann zog er ihr beide Schuhe aus und deckte sie mit einer leichten Decke zu.

„So," sagte er fürsorglich. „Nun machen Sie die Augen zu. Ich komme sehr gut allein zurecht. Hier ist erst einmal noch nicht viel los. Der erste Patient kommt in einer Stunde. Ich lasse Sie jetzt allein und Sie ruhen sich gründlich aus. Dann sehen wir weiter!"

Dankbar streckte Maria sich auf der schmalen Liege aus. Reglos mit geschlossenen Augen lag sie da und lauschte dem Rauschen des Regens vor den Fenstern. Ganz langsam wichen die skurrilen bunten Zacken hinter ihren Lidern einer ruhigen, samtenen Dunkelheit und der bohrende Schmerz ließ nach.

Es war, als würde sie auf einer weichen Wolke davon schweben; und auf ihrem kurzen Weg in den Schlaf holte ein Gesicht sie ein, fremd und unbekannt vorerst, dann plötzlich bekannt, vertraut sogar. Ein schmales, sommersprossiges Männergesicht mit blaugrauen Augen und lachendem Mund; ruhig und vertrauenerweckend entstieg es einer längst vergessenen Vergangenheit und war lebendig und nah.

♦♦♦

Maria schlief knapp zwei Stunden lang tief und traumlos. Als sie erwachte, waren plötzlich Bilder aus der Vergangenheit da, die sie für sehr lange Zeit vergessen hatte. Es war ihr unverständlich, wie jener liebe Freund ihrer gemeinsamen Studienzeit so einfach aus ihrem Gedächtnis verschwinden konnte.

Maria hatte Ronald angerufen und ihre Verabredung auf den nächsten Tag verschoben. Es war ihm nicht recht, er hatte gemurrt, aber Maria war es sehr wichtig, ein paar Stunden mit Peter Wieland zu verbringen.

Jetzt saßen sie einander gegenüber in einer der Nischen im kleinen Restaurant am See. Ihr Abendessen hatten sie beendet. Nun hatten sie beide ein Glas Wein vor sich und redeten „von alten Zeiten". Das heißt, Peter redete und Maria bemühte sich, seinen Ausführungen zu folgen.

Peter hatte nach Beendigung seines Studiums eine Anstellung als Psychologe in einer Gemeinschaftspraxis in Hamburg gefunden. Es ging ihm finanziell sehr gut. Er trug sich inzwischen mit Heiratsplänen.

„Und wie steht es mir dir? Hast du nie bereut, dein Studium abgebrochen zu haben?" Er musterte den glatten, dunklen Scheitel Marias, die vor sich in ihr Glas blickte. Sie hob den Kopf und sah ihn an und Peter erschrak vor der seltsam flackernden Unruhe in ihren Augen.

„Es – ging damals nicht mehr. Einmal schon aus finanziellen Gründen- und dann –meine Mutter und die Tante, sie kamen ohne mich nicht zurecht. Sie wollten unbedingt, dass ich wieder nach Hause komme."

Peter sah sie erstaunt und skeptisch an. „War das der Grund für den Abbruch? Ich dachte immer . . . ."

Maria zögerte sekundenlang. „Was dachtest du?“

Dann platzte sie heraus. „Weißt du, die Wahrheit ist, ich kann mich an so vieles nicht erinnern. Mein Gedächtnis hat unglaubliche Lücken. Jahrelang scheine ich damit irgendwie gelebt zu haben. Ich habe nicht viel hinterfragt. Es schien alles so alltäglich und normal, dass ich kaum nachgedacht habe über die Vergangenheit.

Außerdem waren da ja immer diese Kopfschmerzen und Schwindelanfälle. Viele Gedächtnislücken habe ich damit erklärt, dass ich... einfach nicht ganz gesund war. ...Aber jetzt – seit einiger Zeit -“

Peter sah sie an, ungläubiges Staunen in den Augen. Er nickte langsam.

„Ja, ich entsinne mich an diese Anfälle. Aber Gedächtnislücken -. Davon habe ich damals nichts bemerkt.“

Er überlegte laut. „Was mir dann so merkwürdig vorkam – du begannst mir irgendwann aus dem Weg zu gehen. Du wichst mir aus, wenn ich dich darauf ansprach. Ich habe dich so oft gefragt, was denn nur los sei. Du kamst nicht heraus damit. Es war, als würdest du irgend etwas mit dir herumschleppen, über das du nicht reden wolltest. Und dann machtest du Schluss, und ich dachte, das sei der Grund für deine Veränderung gewesen. Ich glaubte einfach, du hättest vielleicht jemand anderen kennen gelernt oder liebtest mich einfach nicht mehr. Und hättest es mir nicht sagen mögen.

„Schluss machtest ... meinst du, wir waren ... eng befreundet? Ich meine ..“

„Wir waren verliebt ineinander! Und wie! Sogar von einer gemeinsamen Zukunft haben wir gesprochen! Sag mal, das ist dir auch entfallen? Das ist allerdings merkwürdig.“

Maria war blass bis in die Lippen geworden. Ihre Hand zitterte, als sie ihr Glas hob. Es war leer und sie stellte es hart auf den Tisch zurück. Erschrocken sah Peter in Marias verstörtes Gesicht. Er winkte der Bedienung und bestellte für Maria einen Weinbrand.

Sie schüttelte den Kopf. „Nein, nein, ich muss noch Auto fahren. Das kann ich nicht trinken.“

Peter legte beruhigend seine Hand auf ihre verkrampften kalten Finger.

„Du kannst sowieso nicht in dieser Verfassung fahren. Ich werde dich nach Hause bringen. Den Wagen kannst du doch auf dem Parkplatz bei deiner Dienststelle stehen lassen!“

Maria sagte nichts. Der Weinbrand wurde fürsorglich vor sie hingestellt und sie trank ihn in kleinen Schlucken. Langsam kehrte ein wenig Farbe in ihre Wangen zurück.

„Wie ist es dann zwischen uns zu Ende gegangen?“ Dann gab sie sich einen Ruck. „Bitte sag mir alles! Wie war ich damals eigentlich? Hatte ich oft Kopfschmerzen? War ich fröhlich? Erzähl mir doch, wie es alles war.“

„Ja also, wir hatten anfangs eine sehr schöne Zeit miteinander. Du warst auch fröhlich – erinnere ich. Allerdings selten so ganz unbeschwert. Diese Migräneanfälle – sie saßen dir immer im Nacken. Du hattest Angst davor. Mitunter warst du 2 oder 3 Tage nicht fähig aufzustehen, geschweige denn zu lernen. Du warst auch bei einem Arzt, der dir Medikamente verschrieb. Aber aus irgend einem Grund machten die dir Angst. Ich denke, dass ist verständlich. Schließlich sind es ja ganz schöne starke Hammer, diese Psychopharmaka.

Tja, und dann sahen wir uns immer seltener außerhalb der Uni. Du wichst mir aus, gabst mir keine plausiblen Erklärungen. Dann sagtest du mir eines Tages, du wolltest Schluss machen. Damals war das für mich wie ein Weltuntergang. Und plötzlich warst du fort."

Maria starrte ihn an. „Einfach fort – auf Nimmerwiedersehen?"

„Kurz darauf kam ein Brief. Kurz und knapp. Du wolltest mich nicht wiedersehen. Das Studium müsstest du aus verschiedenen familiären Gründen abbrechen."

„Ich hab dir geschrieben? Das weiß ich nicht mehr."

„Ich habe dir auch geschrieben, dich angerufen. Du hast meine Briefe dann nicht mehr beantwortet und mir am Telefon mit wenigen Worten zu verstehen gegeben, dass du den Kontakt abbrechen wolltest."

„Aber mein Gott, das kann doch nicht sein!" Maria hatte das Gefühl, als rücke etwas Bedrohliches unaufhaltsam näher. Ihr Herz begann dumpf und schwer zu schlagen. „Wie ist das möglich? Und ich hatte das vergessen! Es tut mir so leid. Was musst du von mir gedacht haben! Ich versteh' das alles nicht." Hilflos und verzweifelt sah sie ihn an.

Besorgt legte er einen Arm um sie.

„Nun mach dir um die Vergangenheit doch keine Gedanken mehr. Es ist ja so lange her," versuchte er sie zu beschwichtigen.

Wild fuhr sie auf: „Ja, aber ich **muss** mir doch Gedanken machen um die Vergangenheit, wenn ich mich an so vieles nicht erinnern kann. Verstehst du das nicht? Du redest schon wie meine Mutter!"

„Was meinst du damit? Wie redet deine Mutter?"

„Meine Mutter hält es für einen Segen, wenn man Unangenehmes vergisst. Also sozusagen eine sehr willkommene Schutzmaßnahme der menschlichen Seele, wenn ein Erlebnis zu schmerzhaft ist, um im Augenblick damit fertig zu werden."

Forschend sah Peter Maria an. „Was meinst du mit diesem Unangenehmen, das man besser vergessen sollte? Was hat das mit unserer gemeinsam Zeit damals zu tun?"

„Das weiß ich eben auch nicht," sie rieb sich verwirrt mit beiden Händen die Schläfen, als hätte sie plötzlich Mühe, den Gedankengang zu Ende zu bringen.

„Ich denke, meine Mutter meint damit ihre eigene Vergangenheit, die Trennung von meinem Vater. Er hat sie vor vielen Jahren verlassen. Und mich natürlich auch. Aber das lag ja Jahre zurück, als ich mit dem Studium begann und wir uns kennen lernten. Das hat doch gar nichts miteinander zu tun. Warum habe ich dich und unsere gemeinsame Zeit vergessen? Da gab es doch nichts Bedrohliches, das ich vergessen wollte! Das begreife ich nicht!"

Peter blickte sie nachdenklich an.

„Weißt du, es muss alles mit deinen Anfällen zusammen hängen. Das scheint mir die einleuchtendste Erklärung zu sein."

Vorsichtig und behutsam fuhr er fort: „Du hast mir, glaube ich, einmal erzählt, dass diese Attacken eine von einer Urgroßmutter ererbte Geschichte sei. Ich erinnere mich auch noch an einen Klinikaufenthalt, von dem du sprachst und nach dem es dir wesentlich besser ging. Hat man dort eigentlich die Theorie von der Vererbung bestätigt?"

Maria nickte zögernd. „Ich glaube, eine Veranlagung zu Migräne und den dazugehörigen Begleitumständen wurde festgestellt, also die Disposition zu solchen Anfällen ist tatsächlich vererbbar – wenn man es so ausdrücken will.

Es gibt wohl aber immer Gründe und Umstände, die diese Anfälle auslösen. Als mein Vater uns dann verließ, ging es mir schlechter. Das erscheint mir logisch. Aber ich hatte diese Anfälle schon als Kind. Und warum?“

Auf einmal stutzte sie, als sei ihr soeben etwas klar geworden.

„Weißt du, eigentlich ist auch das einleuchtend, wenn ich es mir recht überlege. Vor ein paar Tagen habe ich lange mit meiner Mutter gesprochen, und das hat mich schon sehr erschreckt, was da zutage kam.“

Sie erzählte ihm von dem Gespräch mit der Mutter an jenem Abend in der Küche.

Peter sah, wie schwer es ihr fiel. Die Worte der Mutter mussten sie sehr verletzt haben.

„Der Vater war weder mit mir noch mit seiner Ehefrau zufrieden. Es war, als hätten wir beide ihn maßlos enttäuscht. Besonders ich war wohl gar nicht so, wie er mich haben wollte! Er schien irgendwie ein zweites Leben neben dem bei uns zu Hause gehabt zu haben. Er war ja so oft fort.“

„Du hast als Kind scheinbar ständig unter Druck gestanden. Die großen Erwartungen eines Vaters an seine einzige Tochter, dann die Ehe der Eltern, die scheinbar nicht die harmonischste war, dazu all diese Ungereimtheiten. Das kann einem sensiblen

Kind schon zusetzen. Es muss eine eigenartige Atmosphäre bei euch zu Hause gewesen sein."

Maria stutzte. „Hast du eigentlich meine Mutter jemals kennen gelernt? Warst du einmal bei uns?"

„Ich bin niemals bei dir zu Hause gewesen. Aber ich habe deine Mutter einmal gesehen. Sie war in die Stadt gekommen und du hast sie mir vorgestellt."

„Aha? Und wie fandest du sie?"

Peter überlegte. „Ja, also eigentlich recht nett, aber sehr zurückhaltend, irgendwie nervös und unsicher – würde ich sagen." Er zuckte zweifelnd mit den Schultern. „Schwer zu sagen, nach so langer Zeit. Sie wirkte etwas hilflos und verloren."

„Hilflos und verloren? Ja, auch das." Maria wirkte plötzlich abwesend. Peter hatte den Eindruck, als versuche sie einen bestimmten Gedanken wieder aufzunehmen, der ihr abhanden gekommen war, wie den Faden einer Zwirnspule, die sie für kurze Zeit beiseite gelegte hatte.

Dann schien ihr etwas in den Sinn zu kommen.

„Hatte ich früher eigentlich Albträume?"

Peter blickte erstaunt auf. „Daran kann ich mich nicht erinnern."

Mühsam nach Worten suchend begann sie von ihren Träumen zu sprechen. Peter beobachtete sie besorgt. Eine Veränderung war mit ihr vorgegangen, die ihm einen Schrecken einjagte.

Sie starrte vor sich auf den Tisch und es schien ihr sichtlich schwerer zu fallen, zusammenhängend zu sprechen. Er wollte sie unterbrechen, aber sie fuhr unbeirrt fort, stockend und ein wenig atemlos von ihrem immer wiederkehrenden Verfolgungstraum zu reden. Schließlich verstummte sie und fuhr sich mit der Hand über die Augen. Wie erwachend sah sie ihn an und wartete.

„Hast du schon mit jemandem darüber gesprochen?" Peter dachte an einen Therapeuten. Es schien ihm nahe zu liegen, dass Maria in ihrer derzeitigen Verfassung längst einen Psychologen aufgesucht hatte.

„Nicht mit einem Facharzt, wenn du das meinst, aber mit meinem Freund, Ronald. Er hält es für möglich, dass es Probleme sind, die mich verfolgen, nicht unbedingt ein Mensch. Als ob ich vor Konflikten oder Entscheidungen davonlaufe, nicht vor einem Verfolger aus Fleisch und Blut."

„Und ist das so abwegig? Meint er da etwas Konkretes? Eine bestimmte Entscheidung oder einen Konflikt? Oder nur ganz allgemein?"

„Oh, ich denke beides," es klang abweisend, als wollte sie nicht weiter darüber reden. Oder hatte sie wieder Mühe, ihre Gedanken zusammen zu halten? Peter begann sich ernsthaft um sie zu sorgen. In seinen Augen musste Maria dringend zu einem Arzt. Ihr Zustand erschien ihm recht bedenklich. Er beobachtete sie unauffällig.

„Vielleicht solltest du wirklich mit einem Therapeuten über deine Probleme reden," meinte er vorsichtig.

„Sieh mal, du leidest doch sichtlich unter deinen Gedächtnislücken, den Migräneanfällen und diesen Träumen. Und das schon so lange! Eine Therapie könnte vielleicht eine wirkliche Hilfe für dich sein. "

Er sah ihren abwehrenden, fast feindseligen Blick.

„Vielleicht hast du Recht," sagte sie ruhig. „Ich werde darüber nachdenken.

Und wie im Plauderton fuhr sie fort: „Ich habe mir vorgenommen, zu meinem Großeltern zu fahren, für ein paar Tage. Ein bisschen Urlaub wird mir gut tun."

Dann gab sie sich sichtlich einen Ruck und lächelte ihn an. „Es tut mir leid, dass ich dich mit meinem Problemen belästigt habe. Ich denke, ich muss nun gehen. Es war sehr nett, dass wir uns getroffen haben."

Sie stand so abrupt auf, dass ihr leeres Glas umkippte. Hastig griff sie danach und stellte es wieder hin. Peter sah sie verdutzt an. Dann erhob er sich ebenfalls.

„Bist du auch ganz in Ordnung? Ich fahre dich natürlich nach Hause. Ich tue es gern," sagte er herzlich.

Maria hob abwehrend die Hände.

„Nein, das ist wirklich nicht nötig. Es geht mir ausgezeichnet." Ihr schien bewusst zu werden, wie merkwürdig ihr plötzliches Aufbrechen auf ihn wirken musste. Sie ließ die Schultern sinken.

„Es tut mir leid, Peter. Es ist mir irgendwie peinlich, dir all das vorgejammert zu haben," entschuldigend sah sie ihn an.

Sie erschien jetzt wieder völlig gelassen und beherrscht, wenn auch bedrückt und sehr ernst.

„Nun mach dir mal keine Gedanken darüber! Wir bleiben in Verbindung, wir telefonieren, ja? Und denk einmal über den Therapeuten nach. Schaden kann es doch nicht!“

Draußen war es noch nicht ganz dunkel, es war ein wolkenverhangener Abend. Er begleitete sie zu ihrem Auto, das sie neben einer Japanischen Zierkirsche abgestellt hatte, deren Blütezeit sich seinem Ende näherte. Dicke Polster abgefallener rosafarbener Blütenblätter bedeckten den Boden wie gefärbter Schnee.

Maria reichte Peter zum Abschied die Hand, aber in seiner warmherzigen Art nahm er sie kurzerhand in den Arm und drückte sie liebevoll an sich. Wie ein großer Bruder, dachte Maria. Und dabei war doch einmal viel mehr zwischen uns!

„Spielst du eigentlich noch Klavier?“ Unbefangen und interessiert kam ihm seine Frage über die Lippen, jedoch sie hatte eine erschreckende Wirkung..

Maria stand wie erstarrt. Zu spät erkannte Peter, dass er sie erneut aus der Fassung gebracht hatte. Als sie sprach, bemühte sie sich, das Zittern in ihrer Stimme zu bändigen.

„Klavier? Was meinst du?“

„Aber Maria, du hast früher Klavier gespielt. Und sogar ausgesprochen gut!“ Er wollte hinzufügen: „Weißt du das nicht mehr?“ Es war jedoch zu offensichtlich, dass sie auch das vergessen hatte.

„Wo hast du denn deinen Stutzflügel? Ist er verkauft worden?“ fügte er ein wenig lahm hinzu.

Mit verzerrtem Gesicht und hängenden Armen stand Maria vor ihm. Dann hob sie langsam die Schultern.

„Ja, das hatte ich auch vergessen!“

♦♦♦

Winter 1969 (Dezember)

Es war kalt. Das Feuer im Kamin war längst ausgebrannt und ihre Nacht war zu Ende. Sie warf sich ihren langen Mantel um und küsste ihn zum Abschied. Dann verließ sie ihn und er fühlte sich sehr allein.

♦♦♦

Maria schloss die Haustür auf. Es war dunkel im Flur und roch stark nach einem Eintopfgericht, das sie sofort als Kohl erkannte. Sie schüttelte sich vor Ekel und Übelkeit stieg in ihr hoch. Sie ließ die Haustür weit auf, machte Licht und öffnete die Tür zum Wohnzimmer. Die Mutter saß allein vor dem Fernsehapparat, die Handarbeit auf dem Schoß. Sie blickte auf und lächelte Maria entgegen.

„Nun, wie war euer Wiedersehen? War es nett?" Maria hatte angerufen und von dem Treffen mit Peter Wieland gesprochen.

„Sehr nett, danke," sagte sie kurz und musterte die Mutter mit einem langen kalten Blick. Sie sah mit plötzlicher Deutlichkeit und Schärfe eine alternde Frau, dünn, fast eckig, in einer graublauen Bluse und einem unmodernen halblangen Rock. Eine Frau, die mit dem eigentlichen Leben längst abgeschlossen hatte, sich ihre eigenen Erinnerungen zurecht legte, wie sie es brauchte und ihren Alltag mit läppischen Dingen hinbrachte. Sie zitterte fast vor Widerwillen. Dann gab sie sich einen Ruck! Mit welchem Recht urteilte sie hier über ihre Mutter! Was wusste sie denn schon von ihr? Außerdem sollte sie die Letzte sein, die andere verurteilte! Mit ihrem Berg eigener Probleme, wie wohl kaum sonst jemand sie hatte!

„Wo ist mein Stutzflügel?“ entfuhr es ihr dennoch so barsch, dass es ihr gleich darauf leid tat. Niemand konnte etwas dafür, dass sie so vieles vergessen hatte!

„Dein Stutzflügel? Aber wieso – was willst du denn auf einmal damit?“ Die Mutter sah sie perplex an.

Maria ließ sich auf den nächstbesten Stuhl fallen. Ihr war ganz plötzlich schwach in den Knien und das Atmen fiel ihr schwer, als sei sie zu schnell gelaufen.

„Warum habe ich nie mehr Klavier gespielt?“ brachte sie hervor.

„Warum?“ die Mutter hob die Schultern. „Ich weiß es doch nicht. Irgendwann wolltest du einfach nicht mehr. Und der Flügel musste so schnell wie möglich weggeschafft werden. Auf den Boden hinauf. Danach hast du ihn nie mehr erwähnt. Und auch nie mehr Klavier gespielt – soweit ich weiß.“

„Aber wann und warum? Wie war das denn damals?“ Maria zerrte sich die Jacke von den Schultern und warf sie über eine Sessellehne. Abwartend blickte sie die Mutter an.

Die Mutter rutschte ein wenig tiefer auf ihrem Stuhl, als hätte Maria sie bedroht.

„Es war .... es war – warte mal. Es muss gewesen sein, als du im Studium warst. Ja richtig, du kamst für das Wochenende nach Hause. Kurz davor hatte ich deinen Freund, den Peter Wieland, in der Stadt kennen gelernt. Ich war hingefahren, um dich zu besuchen, weißt du noch? Wir gingen zusammen in die Eisdiele und .....!"

Maria unterbrach sie ungeduldig. „Ja, ja, ich kam also zum Wochenende nach Hause – und was dann?"

„Ja, an diesem Wochenende waren wir zum Geburtstag deines Großvaters in Mühltal, erinnerst du dich nicht? Wir waren zusammen hingefahren, Tante Henrike, du und ich. Es war ein warmer Sommertag und wir blieben über Nacht dort. Am nächsten Tag ging es dir nicht gut. Du hattest Kopfschmerzen und dir war so schlecht, dass du den halben Sonntag liegen musstest. Die Großmutter gab dir dann irgendein Medikament. Danach wurde es besser und gegen Abend konnten wir nach Hause fahren.. Als wir heimkamen, wolltest du plötzlich, dass der Flügel auf den Boden geschafft würde. Es ging aber am gleichen Abend nicht mehr, denn wer hätte ihn nach oben transportieren sollen!

Am Montag fuhrst du dann zurück nach Werningen."

„Und was dann? Wie weiter?" Maria stand vor der Mutter und sah gespannt auf sie hinunter.

Die Mutter sah sie verdutzt an.

„Was ist denn nur los? Was willst du auf einmal mit dem alten Flügel? Du weißt doch selbst, wie es dann war!"

„Nein, eben nicht!" Maria schrie jetzt fast und ballte in hilfloser Wut die Hände.

„Entschuldige," sie ließ sich neben der Mutter in einen Sessel fallen. „Ich habe es vergessen, weißt du," fügte sie mit erloschener Stimme hinzu. „Und das macht mir Angst."

„Ach, du hast es vergessen?" Die Stimme der Mutter klang maßlos erstaunt. Ermutigt durch die plötzliche Verzweiflung der Tochter legte sie ihr beide Hände auf den Arm. „Mein armes Kind, macht dir dein Gedächtnis immer noch solche Probleme?" Maria presste die Hände an ihren fiebernden Kopf, in dem sich Bilder zu drehen begannen wie in jenem nun schon vertrauten Kaleidoskop. Sie bemühte sich, ruhig und im Zusammenhang zu sprechen.

Diese Ignoranz und Naivität der Mutter, sie hasste sie geradezu dafür!

„Bitte, erzähl mir doch genau, wie es damals war," brachte sie mühsam hervor.

„Ja, also," begann die Mutter langsam und bedächtig. „Du kamst eine Woche später nach Hause, am Samstag, und der Flügel stand immer noch im Wohnzimmer. Wir hofften, inzwischen hättest du dich anders besonnen, denn du hast immer so gern Klavier gespielt. Anfangs schienst du es auch vergessen zu haben, aber dann ....

Also irgendwann fingst du dann wieder an, der Flügel müsse weg, auf den Boden oder sonst wohin, das sei dir egal. Du wurdest so ärgerlich und wolltest auf der Stelle selbst dafür sorgen. Das hast du dann auch getan. Du gingst fort und kamst mit ein paar Männern aus der Nachbarschaft zurück. Die haben ihn schließlich hochgeschleppt."

Sie schwieg und blickte ihre Tochter besorgt an. Blaue Schatten zeigten sich unter ihren grünen Augen, die fast schwarz in dem blassen Gesicht wirkten.

Angst erfasste sie. Was wäre, wenn Maria ernsthaft krank würde?

„Du musst dich unbedingt ausschlafen. Mach dir doch keine Gedanken darüber, dass du die Sache mit dem Klavier vergessen hast. Du hattest doch so einen netten

Abend mit Peter Wieland, nicht wahr?“ Scheu und unbeholfen tätschelte sie Marias Arm.

Maria entzog ihr den Arm und erhob sich mühsam. Sie sehnte sich danach, allein zu sein.

„Ja, ich will nach oben gehen. Gute Nacht.“ Schnell zog sie die Stubentür hinter sich zu. Ihr war plötzlich wieder übel geworden. Die Haustür stand noch weit offen, der Essensgeruch des Abends hatte sich verflüchtigt.

Maria trat auf die Schwelle und atmete tief. Es war so still und friedlich draußen. Der Mond schien hell herab und ein Windhauch brachte einen sanften Fliederduft zu ihr herüber. Ihr Blick schweifte durch den sommerlichen Garten, dann aber wandte sie sich hastig ab, bevor die von Mondlicht umspülten Schatten lebendig zu werden drohten.

♦♦♦

Dichter Sonnenschein färbte alles golden, die Gardinen bewegten sich im leisen Wind.

Der sommerliche Geruch sonnenwarmer Erde drang durchs offene Fenster herein. Es war bereits heller Tag. Maria lag mit geschlossenen Augen und horchte in sich hinein, als wollte sie jene Schwere aufspüren, die seit einiger - wie langer? – Zeit täglich auf ihr lastete, und die ihr im Schlaf abhanden gekommen zu sein schien.

Und da war sie auch schon! Als habe sie in einer Ecke des Zimmers auf das Ende der Nacht gelauert, um dann, bei ihrem Erwachen, hervor zu springen und sich auf ihren Schultern niederzulassen für den ganzen kommenden Tag.

Nicht nur auf meinen Schultern, dachte Maria, vor allem in mir.

Wie seltsam auf einmal alles geworden war! Irgendwie hatte ihr Leben sich verändert. Oder war immer noch dabei, sich zu verändern. Es passierten so viele merkwürdige Dinge auf einmal. Als hätte irgend eine höhere Macht wie mit einem Knopfdruck eine Reihe sonderbarer Ereignisse ausgelöst.

Sie saß aufrecht im Bett und horchte in sich hinein. Würden nun endlich auch ihre Erinnerungen wiederkommen? Im Augenblick spürte sie vor allem diese bedrückende Schwere, wie ein dunkler Nebel, der etwas Anderes verbarg. Als ob dahinter etwas lauern würde, etwas Bedrohliches, Schreckliches.

Sobald sie ihren Gedanken freien Lauf ließ, überfiel sie eine große Unruhe und Angst, das vertraute Hämmern hinter den Schläfen wollte einsetzen und der Wunsch, sich abzulenken, an andere Dinge zu denken oder zu ihren Tabletten zu greifen, wurde stark.

Kurzerhand stieg sie aus dem Bett und lief unter die Dusche, als könnte sie dem dumpfen, lauernden Druck so entkommen.

Wenige Augenblicke später ging sie mit raschen Schritten die Treppe hinunter. Die Mutter steckte den Kopf aus der Küchentür. „Du hast aber lange geschlafen! Komm in die Küche zum Frühstücken. Der Kaffee ist noch heiß."

Maria folgte ihr und nahm am Küchentisch Platz. Die Mutter schenkte ihr Kaffee ein. „Hier sind frische Brötchen."

Maria schlürfte hastig ihren Kaffee.

„Nein, nein. Ich möchte nichts essen. Ich bin gar nicht hungrig."

Sie hatte sich schon halb vom Stuhl erhoben. Die Mutter hatte ihr jedoch schon ein Brötchen mit

Honig zurecht gelegt und ihre Kaffeetasse erneut gefüllt.

Besorgt und ein wenig erstaunt blickte sie auf den ungewohnt flüchtig zusammen gerafften Pferdeschwanz Marias hinunter, der ihr wie ein langer Schweif über die Schulter hing. Maria schob die volle Tasse zurück, nahm das Brötchen in die Hand und stand ungeduldig von ihrem Stuhl auf.

„Wo willst du hin? Iss doch erst einmal in Ruhe."

Beunruhigt sah die Mutter Marias hastiges Gebaren.

„Was hast du denn nur?" Maria ging zur Tür.

„Nichts, nichts! Ich will nur mal nach dem Klavier auf dem Boden sehen." Die Mutter starrte ihr verdutzt nach, als die Tür sich mit einem Knall hinter ihr schloss. Sie hörte Maria mit entschlossenen Schritten in den ersten Stock hinaufsteigen und weiter die Treppe zum Boden hinauf. Nach wenigen Minuten erschien sie wieder in der Küche.

„Die Tür zum Boden ist verschlossen." sie sah die Mutter erstaunt und ratlos an.

„Wo ist denn der Schlüssel?"

Die Mutter hob die Schultern. „Wahrscheinlich hier unten im Flur am Schlüsselbrett. Ich bin jahrelang nicht oben gewesen. Ich habe keine Ahnung, warum die Tür abgeschlossen ist und wer das getan hat."

Maria war schon im Flur verschwunden. Leonore hörte sie mit den Schlüsseln am Brett klappern. Inzwischen hatte sich Henrike zu ihr gesellt. Die Mutter trat zu den beiden auf den Flur hinaus.

„Da ist er doch!" sagte Henrike gerade. „Du selbst hast oben die Tür zugeschlossen, Maria. Weißt du nicht mehr?"

Maria sah sie einen Augenblick stumm mit gerunzelter Stirn an, als denke sie angestrengt nach.

„Wann soll das gewesen sein? Ich war doch seit Jahren nicht dort oben."

„Richtig, wir alle waren seit Jahren nicht oben. Wozu auch? Ich kann mich aber noch sehr gut daran erinnern, als das Klavier auf den Boden transportiert wurde. Mein Gott, war das ein Theater und Hallo, das schwere, sperrige Ding nach oben zu befördern.

Aber du ließest ja nicht locker! Die Männer hatten ihre liebe Not damit! Ich dachte mitunter, sie würden alle vier samt dem alten Flügel nach unten stürzen und sich die Hälse brechen. Nie werde ich das vergessen."

Halb amüsiert im Gedanken an das halb vergessene Geschehnis, halb vorwurfsvoll sah sie Maria an, die sie fassungslos musterte. Die Mutter schien sich inzwischen auch zu erinnern. Sie nickte lebhaft.

„Tatsächlich, jetzt weiß ich es auch wieder! Du warst so wild entschlossen, das Klavier nach oben zu schaffen, dass es uns alle in Erstaunen versetzte. Ich weiß bis heute nicht, warum das sein musste!"

Beide Frauen starrten jetzt Maria an, als könnten sie heute endlich eine Erklärung dafür erwarten, was sich damals vor vielen Jahren zugetragen hatte.

Maria spürte Ärger in sich hochkommen. Sie blickte nacheinander in die beiden erwartungsvollen, ja gespannten Frauengesichter, dann auf den alten Schlüssel in ihrer Hand. „Ich weiß es auch nicht. Stellt Euch vor: Ich habe es ganz einfach vergessen!"

Die verhältnismäßig breite braune Holztür zum Bodenraum öffnete sich mit lautem Knarren vor Maria. Sie ging hindurch und blieb einen Moment blinzelnd im Eingang stehen. Im staubigen Dämmerlicht schien sich der Raum unglaublich weit vor ihr auszudehnen. Das Haus war nicht gerade klein, entsprechend weitläufig war auch der Bodenraum.

Durch spinnwebverhangene schräge Dachfenster fielen vereinzelte Sonnenstrahlen einer frühen Morgensonne herein und ließen den Staub in dunstigen Wirbeln flirren und flimmern. Ein Geruch nach Dingen aus der Vergangenheit hing in der Luft, stickig, düster und schwül. Es gab eine Abzweigung in einen Seitenflügel über einem später angebauten Teil des Hauses, der vom Eingang aus nicht einzusehen war und im staubigen Dunst zu verschwimmen schien.

Am äußersten Ende des Bodens befand sich eine Tür. Maria wusste, dahinter lag ein Zimmer mit einem schmalen Giebelfenster in den Garten hinaus. Der Fußboden bestand aus langen, an manchen Stellen schon morschen Holzdielen, auf deren dichter, viele Jahre alter Staubschicht Marias Schuhe Spuren hinterließen.

Maria sah suchend in die Runde, während sie sich langsam einen Weg durch den Wust all der Dinge bahnte, die sich im Laufe der Zeit angesammelt hatten. Da standen alte Kommoden, Schränke und Stühle wahllos nebeneinander, hintereinander, ja sogar übereinander. Unter schmutzstarrenden Tüchern fanden sich vollgestopfte Kisten, Koffer und Schachteln, deren Inhalt Maria zu einer anderen Zeit sicher liebend gern erkundet hätte.

Im entferntesten Winkel endlich unter dem schrägen Dach hockte lauernd ein grotesker Hügel unter einem grauen Tuch. Das musste der alte Stutzflügel sein, der vor Jahren hier oben gelandet und dann vergessen worden war. Maria griff nach einem staubigen Zipfel und zog das Tuch herab.

Da stand er im dämmrigen Licht samt dem kleinen, mit Cord bezogenen Klavierhocker. Er war ihr sogleich vertraut, als habe sie gestern erst auf ihm gespielt. Zaghaft berührte sie mit einer Hand die Tastatur, während sie mit der anderen den Hocker heranzog.

Und dann schwebte sanft und anrührend eine alte Weise von Debussy über allem Staub und Schmutz des Bodens, die wie von selbst in ihren Kopf gekommen zu sein schien.

Der Flügel war sehr verstimmt, und doch erschienen seine Klänge Maria so wohltuend und tröstlich wie die Berührung einer freundlichen, vertrauten Hand. Die Melodie war verstummt. Völlig versunken hockte sie auf dem Schemel, als hätte die lang vergessene und nun wiedergefundene Melodie sie in eine andere Wirklichkeit versetzt.

Wie hatte sie das all die Jahre vergessen und entbehren können? Maria saß regungslos leicht vorgeneigt auf dem Hocker, die Hände noch immer auf den Tasten, als plötzlich ein seltsames Summen in ihren Ohren ertönte, das sich schnell zu einem Rauschen steigerte.

Plötzlich hatte sie das Gefühl, als würde aus einer der dunklen Ecken etwas Unheimliches auf sie zukriechen. Als hätte ein Blitz sie getroffen, riss sie die Hände von den Tasten, schlug mit lautem Knall den Deckel zu und sprang vom Schemel auf, der polternd zu Boden fiel. Ohne nachzudenken, warf sie das Tuch über den Flügel, zerrte und zog daran, um seine schwarze Oberfläche ganz zu verdecken, als drohe ihr völlige Blindheit bei seinem harmlosen Anblick.

Endlich stand sie da, aufatmend vorerst, dann zutiefst verwundert und erschrocken über ihr eigenes Tun, und musterte das grau verhüllte Möbel, als wäre es ein tückisches Ungeheuer, das ihr an den Kragen wollte.

Verwirrt sah sie auf den unschuldigen Flügel hinunter, der nun nicht länger gefährlich erschien.

Ihr Kopf war wieder klar und keine Schmerzen klopften hinter ihren Schläfen.

„Ich werde es herausfinden! Irgendwann werde ich das herausbekommen!“ schwor sie sich mit jäh erwachtem Zorn und ballte beide Hände. „All diese verdammten Unklarheiten, Lügen und Geheimnisse

– ich werde ihnen auf die Spur kommen! Und wenn es das Letzte ist, was ich in diesem Leben fertig bringe!“

Mit finsterer Entschlossenheit wandte sie sich um. Ihr Blick fiel auf die Tür zu dem Zimmer im hinteren Teil des Bodens. Als sie darauf zuging, zögerte ihr Schritt, ihr Herz begann dumpf und angstvoll zu schlagen. Ruckartig wandte sie sich ab und stolperte voller Hast durch den halbdunklen Bodenraum und die Treppe hinunter.

Mutter und Tante standen wie zwei Statuen nebeneinander im Flur und blickten ihr halb neugierig, halb besorgt entgegen. Maria ging mit ausdrucksloser Miene an ihnen vorbei in die Waschküche. Die beiden Frauen folgten ihr stumm und abwartend. Maria beugte sich übers Waschbecken und wusch sich die Hände, deren Zittern sie vor der Mutter zu verbergen suchte. Im Spiegel begegnete sie den fragenden Augen Leonores.

„Was ist nun mit dem Flügel? Soll er wieder nach unten?“

Maria antwortete nicht. Sie ging den beiden voran ins Wohnzimmer, machte am Fenster Halt und blickte eine Weile sinnend hinaus. Mutter und Tante hatten ein wenig beunruhigt auf dem Sofa Platz genommen. Maria wandte sich zu ihnen um. Fast musste sie lachen! Da hockten die beiden gerade und aufrecht nebeneinander, die Hände im Schoß, als erwarteten sie eine weltbewegende Eröffnung. Maria lehnte sich an die Fensterbank, kreuzte die Arme und begann: „Ich bitte euch, erzählt mir doch noch einmal genau, wie diese komische Geschichte mit dem Flügel damals war."

Die Mutter hob ratlos beide Hände. „Das weißt du doch schon! Ich hab's dir erzählt! Wir waren in Mühltal .." sie verstummte und blickte Hilfe suchend auf Henrike.

„Vielleicht erzählst du es ihr jetzt mal. Möglicherweise ist dir noch mehr davon in Erinnerung."

Henrike runzelte unwillig die Stirn. „Was soll das alles. Es ist nichts Besonderes vorgefallen. Aber, na gut .." sie zuckte ergeben mit den Schultern, als sie Marias Blick begegnete.

„Also: Es war ein warmer Sommertag und wir fuhren zum Geburtstag deines Großvaters nach Mühltal. Wir wollten das ganze Wochenende dort bleiben. Am Samstag wurde Geburtstag gefeiert. Das Haus war voller Gäste. Kaffeetrinken, Abendessen – das Übliche eben. Du warst immer dabei. Hast der Oma beim Eindecken und Abwaschen geholfen.

Abends wurde es spät. An diesem Tag war gar nichts Besonderes, alles wie immer. Tja, und dann am Sonntag ..."

Henrike verstummte plötzlich, als sei ihr etwas eingefallen. Sie fuhr eifrig fort: „Es war am Sonntagmorgen. Du setztest dich ans Klavier...."

Maria unterbrach sie. „Hatte ich am Samstag auch Klavier gespielt?"

Gespannt blickte sie der Tante ins Gesicht.

„Ja, sicher hast du das! Eine ganze Zeit und alles war in bester Ordnung. Aber am Sonntag – wie war das doch noch? Es ging um ein bestimmtes Lied, das du spieltest oder spielen solltest .."

Henrike verstummte unsicher und wandte sich zu Leonore um, die sich jetzt auch zu erinnern schien.

„Richtig, jetzt fällt es mir wieder ein! Es ging um das Lied auf der Spieluhr!"

Triumphierend sah sie von Maria zu Henrike.

„Welche Spieluhr?"

Maria war ratlos, die Tante nickte und schlug zur Bekräftigung schwungvoll mit der flachen Hand auf den Tisch. „Das war es! Es war das Lied auf der Spieluhr, das du spielen solltest. Du hattest diese Spieldose als Kind geschenkt bekommen. Sie war lange Zeit verschwunden. An diesem Sonntagvormittag nun bat dein Opa dich, dieses Lied zu spielen. Ich weiß nicht, warum und wie es hieß, irgendein altes ausländisches Volkslied.

Du wusstest nicht gleich, was er meinte und die Spieldose war auch nicht da. Da batest du ihn, dir die Melodie vorzusummen, damit sie dir wieder einfällt."

Henrike verstummte wieder. „Ja, und was weiter?" drang Maria ungeduldig in sie.

Leonore fuhr in der Erzählung fort: „Der Opa summte diese Melodie. Ich weiß es wieder wie heute! Ich dachte noch, was für ein trauriges Lied. Er summte nur wenige Takte, dann fiel dir die Melodie ein und du begannst zu spielen.

Und während du spieltest, wurdest du plötzlich ganz weiß. Ich weiß es noch genau, ich saß dir gegenüber. Und ich sah, wie auf einmal deine Lippen zitterten, aber du spieltest weiter. Und dann sprangst du auf, ganz seltsam wurde dein Blick. Du warfst den Klavierdeckel mit einem Ruck auf die Tasten und ranntest aus dem Zimmer.

Der Opa ging dir nach, du warst in den Garten gelaufen. Dort fand er dich auf einer Bank, du weintest und schluchztest. Er fragte dich, was denn los sei, aber du sagtest immer nur: Es ist alles so schrecklich und so traurig – oder so ähnlich," schloss die Mutter vage.

Mit banger Miene schaute sie auf Maria, die noch immer unbeweglich und mit angespannter Miene am Fenster stand, als wollte sie diese Erinnerung mit aller Macht vor ihren Augen heraufbeschwören. Schließlich löste sie ihre Hände vom Fenstersims und machte einen Schritt ins Zimmer hinein, auf die Mutter zu.

„Was war das denn für eine Spieldose? Wo ist sie hingekommen und wer hat sie mir geschenkt?"

Leonore sagte: „Ich weiß nicht, wo sie geblieben ist und ich habe auch das Lied vergessen. Du bekamst sie von deinem Vater. Es war ein tanzendes Mädchen in einem Reifrock und es drehte sich nach dieser Melodie."

♦♦♦

Winter 1969 /Dezember)

„Du musst ihr alles sagen! Lass uns ein Ende machen mit den Heimlichkeiten! Sie haben schon viel zu lange gedauert."

Hell brannte das Feuer im Kamin, das Holz knisterte und knackte in den fauchenden, zuckenden Flammen, die dem schummrigen Raum Wärme verliehen.

Das, was sie vorschlug, würde nicht einfach sein!

Er zog sie an sich und schon verlor das Problem im matten Dämmerlicht des Raums seine Bedeutung – für den Augenblick ...

♦♦♦

Maria hockte in der alten Laube und brütete vor sich hin.

Mit aller Macht versuchte sie sich an diese verdammte Spieluhr zu erinnern.

Und was war das für ein „ausländisches Volkslied", das sie angeblich spielte? Aber so sehr sie sich auch ihren Kopf zermarterte – weder Lied noch Spieluhr tauchten aus den Tiefen ihrer Erinnerung auf. Waren ihr nicht irgendwann vor kurzem Melodienfetzen durch den Kopf gehuscht, die ihr seltsam vertraut vorkamen? Richtig, es war eines Nachts gewesen, als sie aus dem Fenster in den Garten hinaus gesehen hatte, und dann bei jener unheimlichen Autofahrt im Regen.

Mühsam durchforschte sie ihr Gedächtnis nach den Bruchstücken dieser Melodie. Nichts! Wen könnte sie fragen? Die Großeltern kamen ihr in den Sinn. Sie würde anrufen! Maria beschloss, dieses sogleich in die Tat umzusetzen und ging ins Haus. Während sie die Nummer wählte, erschien der Kopf der Mutter in der Wohnzimmertür. Sie musterte Maria hoffnungsvoll.

„Wen rufst du an? Ronald?"

Maria schüttelte unwillig den Kopf und drehte sich weg. An ihrem Ohr ertönte das Freizeichen, wieder und wieder. Niemand nahm ab. Scheinbar waren die Großeltern nicht daheim. Maria wartete eine Weile, aber vergeblich. Sie musste es später noch einmal versuchen.

Sie drehte sich zur Mutter herum, die immer noch in der geöffneten Tür stand und Maria abwartend ansah. Ärger schoss in Maria hoch. Musste sie der Mutter über jeden Schritt Rechenschaft ablegen? Sie wollte an ihr vorbei, überlegte es sich dann jedoch anders. Sie ließ sich auf einen Hocker im Flur fallen, fuhr sich ungeduldig mit der Hand ins Haar und zwang sich zur Ruhe.

„Wo könnte die Spieluhr denn heute sein? Wann hast du sie zum letzten Mal gesehen?" Eindringlich forschte sie in der Miene der Mutter. Diese zuckte mit den Schultern und machte ein ängstliches Gesicht. „Aber das weiß ich doch nicht! Warum ist das so wichtig für dich? Erst machst du so ein Theater um den alten Flügel, jetzt um diese Spieldose! Was ist denn nur los?“

Die Tante war in der Küchentür erschienen, eine Haarnadel zwischen den Lippen, das gesträubte Haar mit beiden Händen auf dem Kopf zusammen raffend.

„Was ist denn schon wieder los? Geht es wieder um das Klavier?“ murmelte sie aus den Mundwinkeln, während ihr Blick missmutig von Leonore zu Maria wanderte.

Die Mutter warf einen Hilfe suchenden Blick auf die Schwester. „Es geht um diese alte Spieluhr. Maria möchte wissen, wo sie ist.“

„Und wie das alte Volkslied heißt, das sie spielte,“ ergänzte Maria und blickte die Tante hoffnungsvoll an. Henrike nickte voller Verständnis. „Ich kann verstehen, dass du sie wiederhaben möchtest. Es war ein hübsches Ding und du hingst sehr daran.“

Dann runzelte sie grübelnd die Stirn. Schnell hellte ihre Miene sich auf. „Warte mal, ich glaube, es war ein mexikanisches Volkslied. Dein Großvater weiß es sicher! Du solltest ihn anrufen, wenn es dir so wichtig ist."

Maria antwortete nicht.

Ihr war ein Gedanke gekommen.

„Könnte es sein, dass die Spieluhr irgendwo oben auf dem Boden ist? In einem Karton oder in einem der Schränke?"

Eifrig nickte die Mutter. „Das ist durchaus möglich. Du bekamst sie – ich glaube, du warst sieben oder acht Jahre alt. Da haben wir noch in Bad Bernburg gewohnt. Als wir dann hierher umzogen, ist sie sicher mit allem übrigen eingepackt und hierher geschafft worden. Möglicherweise steckt sie noch in einem der Umzugskartons, die oben stehen und nie ausgepackt wurden."

Der Tante war noch etwas eingefallen: „Vielleicht ist sie in der Bodenkammer. Soweit ich mich erinnere, sind da auch Spielsachen untergebracht worden. Hast du nicht manchmal dort oben gespielt?"

„In der Bodenkammer?" fuhr die Mutter mit plötzlich erwachter Energie dazwischen.

„Unsinn! Das Zimmer ist seit Jahren abgeschlossen. Da ist nichts mehr!"

Ihre Stimme war schrill geworden mit einem hysterischen Unterton darin, der so ganz und gar ungewohnt für sie war. Maria starrte sie erstaunt an. Die Mutter war blass geworden; auf den Wangen bildeten sich kreisrunde rote Flecken.

Mit wachsender Bestürzung beobachtete Maria ihr wechselndes Mienenspiel. Auch Henrike war aufmerksam geworden. Prüfend und mit zusammen gekniffenen Augen musterte sie ihre Schwester und ganz langsam trat so etwas wie ein Begreifen in Henrikes Blick.

Ihre Mundwinkel verzogen sich zu einem grimmigen Lächeln. Schweigend starrten die beiden Frauen einander ins Gesicht, Leonore mit angstvollem Schrecken in den Augen, Henrike wissend und ironisch.

Marias Blicke wanderten von der Tante zur Mutter und sie begriff nicht, was da vor sich ging.

Was für ein gemeinsames Geheimnis hatten die beiden? Maria war von ihrem Hocker aufgesprungen und schüttelte den Arm der Mutter. „Was ist los? Sagt es mir!“

Leonore starrte ihre Tochter an mit vor Entsetzen geöffneten Lippen und flatternden Lidern. Dann gab sie sich einen sichtbaren Ruck.

„Nichts ist los, gar nichts.“ Sie entzog Maria ihren Arm und wandte sich ab.

Alarmiert drehte sich Maria zur Tante um, die wie lauernd in der Küchentür verharrte. „Was ist los? Sag du es mir!“

Henrike warf ihr einen mitleidigen Blick zu und zuckte bedauernd die Achseln. Dann sagte sie wie obenhin: "Ach, nichts weiter. Nur, dass dein sauberer Vater dich dort oben nach einer Tracht Prügel einzusperren pflegte, wenn du ihm nicht gehorchen wolltest. Das war seine Version von Stubenarrest. Komisch -“ sie zuckte wie staunend die Schultern, „das war mir ganz entfallen.“

♦♦♦

Maria hatte bereits früh am Sonntagmorgen versucht, den Großvater telefonisch zu erreichen, aber vergeblich. Dann hatte sie auf dem Bauernhof angerufen und mit Ilse gesprochen. Sie erfuhr, dass die Großeltern für ein paar Tage verreist waren zu Verwandten.

Es war doch wie verhext, dachte Maria. Immer wieder stieß sie auf Hindernisse in ihren Nachforschungen! Unschlüssig verharrte sie einen Augenblick in dem halbdunklen Flur.

Dann wandte sie sich zur Treppe und stieg kurz entschlossen zum Boden hinauf. Sie wollte nach der Spieluhr suchen. Vielleicht hatte sie Glück.

Die schwere Holztür knarrte in ihren rostigen Angeln, als Maria sie aufschob, und wie beim ersten Mal blinzelte Maria in das dunstige, sonnenflirrende Licht, das durch die Dachfenster in das staubige Halbdunkel des Bodenraumes drang.

Während sie sich ihren Weg durch die unglaubliche Ansammlung von Gerümpel und Mobiliar bahnte, hob sie halbherzig hier den Zipfel eines Tuches auf, zog dort die quietschende Schublade einer Kommode heraus.

Schließlich blieb sie unschlüssig stehen. So ging es nicht! Sie musste systematischer suchen, wenn sie Erfolg haben wollte. Mit Widerwillen ließ sie ihre Augen über all die Kisten, Koffer und Kommoden wandern. Das alles sollte sie durchsuchen? Wo nur sollte sie anfangen?

Ihr Blick fiel auf die Tür zum kleinen Zimmer im hinteren Teil des Bodens und wieder begann ihr Herz heftig zu klopfen. Dumpf und warnend begann es hinter ihren Schläfen zu hämmern.

Sie unterdrückte den Impuls, auf der Stelle kehrtzumachen und davon zu laufen. Und plötzlich erkannte sie diese Schranke, diesen seltsamen Mechanismus, der da irgendwie und irgendwann zu ihrem eigenen Schutz in ihr entstanden war.

Ich werde mich nicht mehr selber behindern, dachte sie verbissen.

Sie achtete nicht auf die alten Warnsignale, die bisher immer noch ihre Wirkung getan hatten. Weder das Hämmern in ihren Schläfen noch die angstvolle Beklommenheit und der wilde Schlag ihres Herzens sollten sie zurückhalten von dem, was sie jetzt und in Zukunft zu tun gedachte!

Nie wieder wollte sie sich von diesen verdammten Symptomen einschüchtern lassen!

Weder ein klarer Gedanke noch ein plötzlicher Entschluss war es, was sie nun trieb, mehr ein instinktives, überzeugtes Empfinden und Fühlen, das aus den Tiefen ihrer Seele emporschoss wie eine Art Selbsterhaltungstrieb. Wie ein Tier fühlt und tut, was richtig ist, ohne darüber nachzudenken, so spürte Maria auf einmal, dass sie sich selbst mit all ihren Krankheitssymptomen Fesseln und Zwänge auferlegt hatte. Nie wieder! dachte sie. Nie wieder!

Und in ihrer neuen eiskalten Entschlossenheit ging sie unbeirrt auf die Tür zu.

◆◆◆

Ronald war auf dem Weg zu Maria. Er sorgte sich um sie. Wenn er über die letzten Wochen nachdachte, musste er sich eingestehen, dass sie ihm erschreckend fremd und unbegreiflich geworden war. Er hatte große Angst, dass sie ihm entgleiten, dass er sie verlieren könnte.

Verlieren an wen oder an was?

Dieser plötzliche Gedanke versetzte ihm einen Stoß. War sie wirklich so krank? Ihre Vergesslichkeit, ihre Schmerzattacken und Schwindelanfälle – das war schon beängstigend.

Was mochte nur dahinter stecken? War sie auf dem Wege in eine ernsthafte, unheilbare Geisteskrankheit? Obwohl sie einiges vor ihm zu verheimlichen suchte, sah er doch mit großer Deutlichkeit, dass da vieles im Argen lag.

Sollte es nötig werden, dass sie wieder in eine Psychiatrische Klinik ging? Vielleicht wäre es das Beste! So konnte es nicht weitergehen. Die letzten Gespräche mit ihr hatten ihn teils erschüttert, teils alarmiert. Er würde ihr zureden, einen Arzt oder eine Klinik aufzusuchen! Andererseits – er kannte ihren Starrsinn!

Wenn sie sich etwas in den Kopf gesetzt hatte, war sie kaum davon abzubringen. Wie könnte er es am klügsten anstellen, sie in dieser Richtung zu beeinflussen?

Er wollte versuchen, Mutter und Tante auf seine Seite zu bekommen. Das allerdings könnte Maria erst recht in Harnisch bringen, so dass sie sich allein aus Widerspenstigkeit und Trotz gegen alles auflehnte, was man ihr vorschlug. Was also könnte er tun? Seine Gedanken drehten sich im Kreis, er war nervös und unaufmerksam und fuhr viel zu schnell.

Unversehens sprang ein Reh vor ihm über die Straße und er musste so plötzlich auf die Bremse treten, dass der Wagen ins Schleudern geriet und quer auf der Fahrbahn zum Stehen kam. Ein Schrecken fuhr ihm durch alle Glieder.

Mein Gott, war er denn von allen guten Geistern verlassen, so hirnverbrannt und verantwortungslos herum zu jagen! Gott sei Dank war kein Verkehr auf der Straße! Der Schweiß brach ihm aus allen Poren und er fluchte gotteserbärmlich.

Niemand, der Ronald im normalen Alltagsleben kannte, hätte ihm eine derart unkontrollierte und unbedachte Reaktion zugetraut, genauso wenig wie ihn niemand bisher so temperamentvoll und lästerlich hatte fluchen hören.

Er war über sich selbst erbost. Kopfschüttelnd hielt er am Straßenrand und kramte in seinen Taschen nach den Zigaretten. Vor allen Dingen musste er Ruhe und einen klaren Kopf bewahren!

Er stieg aus dem Wagen, atmete tief durch und schritt rauchend neben seinem Auto auf und ab. Wie war es nur möglich, dass er so außer Fassung geraten war? Das geschah ihm doch sonst nicht so leicht!

Er war immer so stolz auf seine Beherrschung und seinen kühlen Kopf gewesen! Plötzlich aber schien irgend etwas Bedrohliches ihn und seine Pläne, sogar sein Leben zu belauern, das er nicht kontrollieren, ja nicht einmal deutlich benennen konnte.

♦♦♦

Mit einem Ruck riss Maria die Tür zu der Bodenkammer auf, nur am Rande erstaunt darüber, dass sie nicht abgeschlossen war. Zunächst stand sie blinzelnd im Türrahmen, erschrocken über die unerwartete Helligkeit im Raum.

Sonnenschein fiel in breiter goldener Bahn durch das Fenster auf die schmutzigen Dielenbretter und den bunten Flickenteppich, der einen Teil des Bodens bedeckte. Die Kammer war nicht sehr groß, etwa 15 qm. Das Giebelfenster ging auf den Hof hinaus. Verstaubte Vorhänge hingen an beiden Seiten herab, deren grünes und braunes Muster im Laufe der Jahre zu einem verwaschenen Grau verblichen war. Der Raum war nur spärlich möbliert.

Unter dem Fenster stand ein Tisch, davor ein geflochtener Rattansessel. Ein Bett mit Holzrahmen nahm den größten Teil einer Wand ein; sein prächtig geschnitztes hohes Kopfteil stellte eine tanzende Elfe dar, deren Schönheit und Grazie in dieser muffigen Bodenkammer verblüffte und fehl am Platze schien.

Ihm gegenüber prunkte eine hässliche, üppig verschnörkelte Kommode. Eine einzelne Glühbirne hing an einem Kabel von der Decke herab.

Das Erstaunlichste im ganzen Raum waren die Dinge, die überall wahllos verstreut herumlagen.

Es war, als hätte hier ein Kind gespielt und sei mitten im Spiel weggerufen worden – vor vielen

Jahren, denn alles war über alle Maßen verstaubt. Maria stand in der Tür wie erstarrt.

Ihr Blick wanderte über die am Boden liegenden Sachen und etwas wie Erkennen flackerte in ihren Augen. Irgend etwas in ihr erinnerte sich an dieses Buch dort auf dem Tisch, an das Spiel daneben, an die Puppe, die auf dem schmutzig grauen Kissen lag. Die über alle Maßen verdreckte Bettdecke hing halb bis zum Boden herab.

Und während Maria benommen auf die Puppe starrte, geschah es:

Ein Gefühl von Entrückung und Unwirklichkeit erfasste sie, wie in einem Traum. Der alte hölzerne Fußboden unter ihren Füßen schien zu schwanken, so dass sie taumelnd um sich griff.

Der Raum schien sich endlos zu weiten und kein Ende zu haben. Weißgraue Nebel wogten vor ihren Augen und die Luft begann sich zu verändern, zu wabern und zu fließen, als stände sie in der Wüste und erspähte in der Ferne eine Fata Morgana.

Sie fühlte sich wie herausgehoben aus Raum und Zeit.

Eine wundersame Leichtigkeit durchströmte ihren Kopf, ihr ganzes Sein. Und während die Luft sich um sie herum veränderte, ertönten Geräusche, die vorher nicht da gewesen waren.

Die dunstigen Nebel wichen und Maria erkannte das Fenster, hinter dessen Scheiben bereits die Dunkelheit heraufgezogen war. Ein heller Mond schien herein und tauchte das Bett mit seiner geschnitzten hölzernen Elfe an seinem Kopfteil in ein weißes Licht.

Mit deutlicher Klarheit sah Maria jedes einzelne Detail des Zimmers, als wäre sie ein Zuschauer im Parkett und schaute auf die nahe Bühne vor sich.

Und auf dieser Bühne saß ein Kind auf einem Bett mit einer beschmutzten, zerrissenen Bettdecke. Das Kind hatte schwarze lange Zöpfe, die ihm bis zur Taille herunter reichten, und ernste große Augen. Es mochte etwa zehn Jahre alt sein.

Das Mädchen hielt eine Puppe im Arm und sang mit leisem, zittrigem Stimmchen ein Schlaflied. Maria war es zumute, als bliebe ihr Herz stehen. Sie begriff nicht, was sie da sah! Die Stimme des Kindes klang so einsam und verloren, dass ihr eine Gänsehaut über den Rücken lief.

Eine schmerzhafte Sehnsucht packte sie, auf das Kind zuzugehen und es in die Arme zu nehmen, um es zu trösten. Aber sie fühlte instinktiv, dass gerade das unmöglich war!

Das Kind sah sie nicht, denn es lebte nicht in ihrer Zeit! Vor ihren Augen und um sie herum war eine andere Wirklichkeit entstanden.

Eine unglaubliche, erschütternde Erkenntnis stieg in ihr auf: Ein Stück Vergangenheit war aufgetaucht – woher auch immer – und hatte sie, Maria hineingezogen, um ihr dieses Kind zu zeigen, wie es damals war!

Das Kind war sie selbst! Maria als kleines Mädchen mit Zöpfen in einer Zeit vor etwa 16 Jahren!

♦♦♦

Sie hörte einen Wagen langsam in die Auffahrt fahren. Kurz darauf klappte eine Autotür. Leonore trat ans Küchenfenster und blickte hinaus. Ronald war gekommen! Wie gut er wieder aussah! Beifällig musterte sie seine gepflegte Erscheinung, die sportliche braune Lederjacke über einer dunklen Tuchhose, das helle Hemd mit passender Krawatte, sein glatt gescheiteltes Haar, das schmale männliche Gesicht. Im Gegensatz zu sonst jedoch trug seine

Miene einen konzentrierten und sorgenvollen Ausdruck.

Nagende Unruhe beschlich sie, die sich bald in einen unterschwelligen Groll verwandelte. Was war da nun wieder geschehen? Konnte nicht endlich einmal alles glatt, ruhig und friedlich ablaufen? Und wo steckte Maria wieder? Etwa noch auf dem Boden in all dem Staub und Dreck des alten Gerümpels, um einen längst vergessenen Flügel oder eine alte Spieldose wieder auszugraben?

Sie eilte in den Flur hinaus, öffnete die Haustür weit, so dass die Sonne hell hereinflutete, und rief ihm einen Gruß entgegen. Henrike war neben sie getreten, sonntäglich herausgeputzt in einem altmodischen, cremefarbenen Hosenanzug, eng auf Taille mit schmal geschnittener Hose, die ihre Magerkeit noch betonte.

Ronald erschien in der Tür, die Lederjacke lässig über dem Arm. Freundlich begrüßte er beide Frauen.

Im gleichen Moment schlug im Innern des Hauses eine Tür mit lautem Knall zu, die Bodentür. Ronald tat ein paar Schritte in den Flur hinein und ließ den Blick über die Treppe nach oben schweifen.

Maria war auf dem oberen Treppenabsatz erschienen. Ihr Gesicht lag im Schatten, so dass er es nicht erkennen konnte.

Mit sehr langsamen, tastenden Schritten bewegte sie sich die Treppe herunter. Unwillkürlich fühlte Ronald sich an eine Marionette erinnert. In ihm war ein seltsames Gefühl, als warte er auf etwas, das sich ereignen sollte und dem er lieber nicht beigewohnt hätte. Mutter und Tante standen hinter ihm und starrten Maria regungslos entgegen.

Schritt für Schritt stieg sie zu ihnen herab. Und auf einmal sah die Mutter das Kind Maria vor sich, wie es im Alter von zehn Jahren schlafwandelnd durchs Haus geschritten war, im langen weißen Nachthemd, mit ausdruckslosen Augen und ausgebreiteten Armen, Nacht für Nacht!

Schließlich erreichte Maria die letzten Stufen und ihr Gesicht tauchte in die helle Sonnenbahn, die durch die noch immer offene Tür herein fiel. Ronald sah in ihre verstörten Augen, die ihm noch grüner als sonst vorkamen und durch ihn hindurch zu blicken schienen.

Sie stolperte, er fasste ihre Arme und stützte sie, sonst wäre sie auf den steinernen Fliesenboden gestürzt. Das brachte Maria zur Besinnung. Wie in plötzlichem Erwachen blickte sie in drei Augenpaare, die beunruhigt und voll banger Erwartung auf sie gerichtet waren. Ihre schmalen Schultern strafften sich und sie schien mühevoll nach Worten zu suchen.

„Oh, hallo,“ stammelte sie schließlich und sah kläglich an sich herunter.

Sie fuhr sich mit beiden Händen durch das zerzauste Haar, in dem sich Staub und Spinnweben verfangen hatten.

Und dann, als wäre es nicht offensichtlich, fügte sie erklärend hinzu: „Entschuldigt bitte! Ich war auf dem Boden.“

Sie wehrte Ronald, der sie zur Begrüßung umarmen wollte, sanft ab. „Ich denke, ich gehe mich erst einmal waschen. Da oben ist es doch reichlich schmutzig.“ Damit verschwand sie im unteren Badezimmer. Die Mutter sah ihr verblüfft nach, denn Maria benutzte dieses Bad nie, sondern lief stets in den ersten Stock hinauf in ihr eigenes. Ihr Blick traf sich mit dem Ronalds und beide erkannten, dass sie denselben Gedanken gehabt hatten, mit dem Unterschied, dass Ronald zu wissen glaubte, warum Maria nicht die Treppe hinaufgegangen war.

Als er sie berührte, hatte er gespürt, wie sie am ganzen Leibe zitterte.

Er sah Leonore beunruhigt an. „Was wollte sie denn auf dem Boden?"

Diese zuckte unwillig die Schultern. „Ach, ich glaube, sie sucht nach einer alten Spieldose, die sie als Kind hatte. Vielleicht wollte sie auch wieder nach ihrem alten Stutzflügel sehen, der seit Jahren dort oben steht."

Tante Henrike schob Ronald auf die Terrasse hinaus. Sie griff nach seiner Lederjacke, die er noch immer in der Hand hielt, um sie an der Garderobe aufzuhängen.

Inzwischen war es später Vormittag geworden. Die Terrasse lag im hellsten Sonnenschein. Sie war gesäumt von Fliederbüschen und Heckenrosen, die wild vor sich hin wucherten, da ihnen seit langer Zeit niemand mit der Schere Einhalt geboten hatte. Sie hätten längst gestutzt und beschnitten werden müssen.

Ein wackliger eiserner Gartentisch mit einer karierten, leicht zerknitterten Tischdecke darauf stand in der Mitte der Terrasse neben einem fleckigen Sonnenschirm, umringt von einigen uralten Gartenstühlen und ein paar Korbsesseln mit bunten Kissen darauf.

Die Sonne schien warm herab und es roch nach Flieder und Erde. Ronald ließ sich auf einen der Stühle sinken. Erstaunen malte sich auf seinen Zügen. „Seit wann spielt Maria Klavier?“ Tante Henrike schüttelte den Kopf und hob die Schultern. „Sie spielt ja nicht mehr,“ jammerte sie. „Leider! Seit Jahren schon nicht. Ich weiß nicht, warum.“

Die Mutter hatte sich vorsichtig in einem der geflochtenen Korbsessel niedergelassen, der fast auseinander zu brechen drohte, aber noch hielt er unverdrossen den an ihn gestellten Anforderungen stand. „Wir wissen nicht, was sie nun plötzlich bewogen hat, nach dem Klavier zu suchen“, gestand sie und sah ihn wie ratsuchend an. „Sie hat es uns nicht gesagt. Sie war ganz – aufgeregt.“

Tante Henrike war geschäftig in der Küche verschwunden und kam mit einem Tablett zurück, auf dem in der ihr eigenen zerstreuten Art wahllos Getränke und Gläser zurecht gestellt waren.

Ronald hatte seine Krawatte abgenommen und sie achtlos über seine Sessellehne gehängt. Vor ihm auf dem Tisch lagen Zigaretten und Feuerzeug.

Plötzlich stand Maria in der offenen Terrassentür, eine schlanke Gestalt in einem weißen Kleid und in weißen Sandalen, das Haar in einem lockeren Pferdeschwanz, der sich wie ein schwarzer Fächer über ihre Schultern breitete. Ihre schon leicht gebräunte Haut wirkte frisch und jung. Drei Augenpaare sahen ihr staunend entgegen.

Sie ist also doch nach oben gegangen und hat sich umgezogen, ging es Ronald durch den Kopf. In ihrem Gesicht lag etwas wie eine leichte Erschöpfung, sonst aber war ihr nichts anzumerken von irgendwelchen Sorgen oder Problemen. Sie wirkte auf ihn sehr verändert und er hätte nicht zu sagen vermocht, woran es lag.

Wie sie da stand, erschien sie ihm sehr beherrscht und unnahbar, gleichzeitig auch wie das einsamste Wesen, das er kannte. Sie schien eine neue geheimnisvolle Stärke und Entschlossenheit auszustrahlen, als verfolge sie ein Ziel, das nur sie allein kannte.

Sie setzte sich zu ihnen auf einen der Korbsessel und begann unbefangen von dem Stutzflügel zu sprechen, den sie so gern wieder in ihrem Zimmer oder aber im Wohnzimmer hätte, um darauf spielen zu können.

Ronald starrte sie mit ungläubigem Staunen an. Was hatte diese Veränderung bewirkt? Als sie vor wenigen Augenblicken die Treppe herunter gekommen war, war sie ihm wie ein Geist erschienen, der aus einer anderen Welt zu ihnen herabstieg, mit einem Blick, als sei ihr etwas Unvorstellbares geschehen, und nun dies! Mutter und Tante gingen dankbar auf Marias Plauderton ein und eine scheinbar heitere Atmosphäre breitete sich aus.

Nervös steckte er sich eine Zigarette an. Was ging hier vor? Er rauchte in hastigen Zügen und seine Gedanken wanderten verwirrt im Kreis. Heute morgen noch hatte er daran gedacht, wie krank Maria zu sein schien. Er hatte überlegt, wie er sie zu einem Klinikaufenthalt überreden könnte! War dies ein Teil von Marias Krankheitsbild? Wieder musterte er sie verstohlen. Im Augenblick komme ich mir kränker vor als Maria es zu sein scheint, dachte er ironisch. Vielleicht spielte sie aber auch nur Theater! Er musste unbedingt mit ihr allein reden! Schon wollte er sie darauf ansprechen, da war sie wieder zur Tür hinaus.

Tante Henrike hatte ihn etwas gefragt, aber er hatte nicht zugehört.

„Möchten Sie zum Essen bleiben?“ wiederholte sie und sah ihn ein wenig unbehaglich an. Ronald begriff schon, was das zu bedeuten hatte. Er war nicht eingeplant und würde den gesamten Haushalt durcheinander bringen, wenn er bleiben würde.

„Nein nein,“ beeilte er sich zu sagen. „Ich wollte Maria bitten, mit mir Essen zu gehen.“

Inzwischen war Maria zurückgekehrt. In der Hand hielt sie ein Foto, das sie ihm hinhielt.

„Kennst du das Bild?“

Gespannt blickte sie ihm ins Gesicht. Er nahm es ihr aus der Hand und warf einen kurzen Blick darauf. Dann schüttelte er den Kopf.

„Nein. Das habe ich nie gesehen. Wer ist das?“

Maria sah ihn stirnrunzelnd an. „Aber bist du das nicht? Ich erkenne dich doch!“

Tante Henrike war neugierig hinter Ronalds Stuhl getreten und schaute ihm über die Schulter. „Aber das ist doch Clemens!“ rief sie und griff nach dem Foto. „Ach, das alte Bild! Wo war es denn? Das habe ich seit Jahren nicht gesehen!“

Maria stand wie erstarrt. Dann kam Bewegung in sie. Sie beugte sich über die Tante und entriss ihr das Bild. „Willst du sagen, dass das mein Vater ist?“ sie sank auf die Kante eines Stuhls und starrte unverwandt auf den Mann auf dem Foto. Sie war blass geworden.

„Das kann doch nicht sein!“ flüsterte sie.

„Warum nicht,“ meinte die Tante resolut. „Was ist daran so Erstaunliches?“

Inzwischen war auch die Mutter aufgestanden und zu den beiden getreten. Sie streckte die Hand aus. „Darf ich auch mal sehen?“ Maria reichte ihr das Foto. Leonore betrachtete es lange. Hin und wieder nickte sie, dann lächelte sie versonnen. „Ich weiß noch ganz genau, wie es aufgenommen wurde. Es war so ein schöner Sommertag und ...“

Maria sah Ronald an, dann die Tante. „Fällt euch gar nichts auf an dem Mann?“

„An dem Mann!“ wiederholte die Mutter vorwurfsvoll. „Dieser Mann ist dein Vater!“ kam es nahezu andächtig, und sie blickte weiterhin auf das Bild in ihrer Hand, als würde sie einen Blick in die Vergangenheit werfen. Maria wollte ihr antworten, aber der Mund war ihr trocken, und ihre Stimme wollte ihr nicht gehorchen. Endlich sagte sie, und es klang seltsam und gebrochen: „Aber seht ihr es denn alle nicht? Seht ihr nicht, dass er genauso aussieht wie Ronald?“

Winter 1969 (Dezember)

„Du hast ihr nichts gesagt. Ich sehe es dir an!"

„Ich konnte nicht."

♦♦♦

„Was sagst du da?" Die Mutter sah Maria an, als hätte diese den Verstand verloren.

Henrike nahm ihr das Foto aus der Hand und wiegte den Kopf abwägend hin und her.

„Jetzt, wo du es sagst! Also - tatsächlich! Er hat doch wirklich Ähnlichkeit mit Ronald."

Sie musterte Ronalds Gesicht von vorn, dann sein Profil. Erneut vertiefte sie sich in das Gesicht auf dem Foto.

Schließlich nickte sie voller Überzeugung.

„Sie haben Ähnlichkeit. Sieh doch nur: die gleiche Nase, das Kinn, die hohe Stirn. Von den Haaren ist nicht viel zu sehen, nur der blonde Haaransatz vor dem Hutrand. Ich glaube, wenn der Hut nicht da wäre, würde man diese Ähnlichkeit nicht erkennen, weil er ja Locken hatte, die ihm dauernd ins Gesicht fielen, aber mit dem glatten Haaransatz ..."

Sie hielt Leonore das Bild hin, die es zweifelnd beäugte. Maria saß auf ihrem Stuhl und sah mit großen Augen auf die beiden Frauen, dann auf Ronald, der sie seinerseits mit Unverständnis und wachsendem Erstaunen beobachtet hatte.

„Was ist daran so Mysteriöses?“ wollte er schließlich wissen. Maria erzählte ihm, welche Rätsel ihr dieses Bild aufgegeben hatte. Nun, da diese merkwürdige Geschichte sich aufgeklärt hatte, fühlte sie sich wie erlöst und konnte sogar darüber lachen.

Nicht zu lachen vermochte sie allerdings über jene seltsame Begegnung auf dem Boden in dem seit Jahren vergessenen Zimmer. Dieses Erlebnis hatte sie zutiefst erschüttert und in einen verwirrenden Strudel von Gefühlen gestürzt, aber sie hatte es vorerst beiseite geschoben. Sie wollte später darüber nachdenken! Ein Stück Vergangenheit war aufgetaucht! Wie hatte das geschehen können? Hatte sie eine Vision gehabt?

Etwas in ihr erinnerte sich! Jenes Kind – das war sie! Sie hatte das deutliche Gefühl, dass sie auf eine mysteriöse Weise ihrer Vergangenheit auf der Spur war.

Würde sie Wege und Möglichkeiten finden, dem Kind von damals nachzuspüren und sein Geheimnis – wenn es eines gab – zu ergründen? Ihr war zumute, als sähe sie endlich ein Licht am Ende eines dunklen Tunnels, durch den sie nun lange genug geirrt war.

Maria wollte allein und in Ruhe darüber nachdenken, was da auf dem Boden mit ihr geschehen war und was weiter geschehen sollte!

Weder Ronald, noch Mutter und Tante sollten ihr dazwischenreden, was vernünftig und gut für sie sei und was sie zu tun und was zu lassen hätte!

Sie würde sich ihren Weg allein suchen – und ihn auch finden! Ein neues Vertrauen in ihre eigene Kraft und ihre eigenen Fähigkeiten war in ihr erwacht und das wollte sie sich von niemandem zerreden lassen!

♦♦♦

Es war Nacht. Maria saß in ihrem Zimmer in dem alten Sessel am Fenster. Regen fiel in gleichförmigem Rauschen an den Scheiben herunter. Sie fühlte sich wie in Regenmauern eingeschlossen, aber es war weder unangenehm noch beunruhigend.

Es war ein behagliches, beruhigendes Geräusch und es würde sie während dieser Nacht begleiten.

Maria hatte sich auf eine lange Nacht vorbereitet. Sie hatte Bücher gekauft, in die sie sich vertiefen wollte. Ihre Begegnung auf dem Dachboden hatten ihr etwas in Erinnerung gebracht, das sie einmal gehört, dann aber vergessen hatte.

Es ging um das „Mysterium Zeit".

„Zeitriss", las sie, „Begegnung mit dem Unfassbaren",

„Zeittunnel, Reisen an den Rand der Ewigkeit,"

„Zeitschock, Invasion aus der Zukunft."

„Zeit ist eine Illusion"

von Buttlar und Meckelburg und Griscom.

Zunächst blätterte Maria ein wenig wahllos in den Büchern herum, bis einige Sätze sie so fesselten, dass sie für eine Weile ihre Umgebung vergaß.

Sie las von der Allgemeinen und der Speziellen Relativitätstheorie Albert Einsteins, seiner Gravitationstheorie, von Quantenphysik, von Raum-Zeit-Koordinaten, Schwarzen und Weißen Löchern.

„So wird denn zur Feststellung des jeweiligen „zeitlichen Standortes heute immer noch fein säuberlich zwischen Vergangenheit, Gegenwart und Zukunft unterschieden, obwohl wir genau wissen, dass, von einen höherdimensionalen Betrachtungsort aus, überall in unserem Universum Gleichzeitigkeit herrscht.

Demnach wäre es grundfalsch, der Vergangenheit einen Phantomstatus verleihen zu wollen, werden doch in jeder Sekunde sämtliche Aktivitäten der physikalischen und geistigen Welt auf irgendeine Weise registriert.

Gegenwart und Zukunft bauen auf dem Fundament des Vergangenen auf. Vergangenheit kann schon deshalb nicht unreal sein, weil Realität – unser Heute – nicht aus Unrealem entsteht, genauso wenig wie sich ein Etwas aus einem Nichts bildet.

In gleicher Weise sind die Erinnerungen an das Gestern genauso greifbar wie die Erfahrungen von heute. Vergangenes hat also irgendwo auf der Zeitkoordinate seinen Platz. Die Realität des Vergangenen anzuzweifeln hieße umgekehrt, die der Gegenwart, die auf vergangene Ereignisse aufbaut, in Frage zu stellen....

Es gibt Hinweise dafür, dass bestimmte Ereigniseintritte unausweichlich „vorprogrammiert" sind.

Es kann einfach nicht sein, dass sich die Zeit von der Gegenwart her in eine Nichtexistenz erstreckt. Schon deshalb nicht, weil in unserem in die vierte Dimension – die Zeit – gekrümmten Universum immer etwas geschieht, weil sonst, wäre es anders, der Entropiesatz seine Gültigkeit verlieren würden."

„Die heute in der Physik übliche Vorstellung vom absoluten Ablauf der Zeit lässt sich nicht länger aufrechterhalten", hatte Albert Einstein bereits 1905 in seiner Abhandlung über die Spezielle Relativitätstheorie verkündet.

„Dies alles ist keine Science-Fiction, sondern es handelt sich um die Forschungsarbeit weltweit anerkannter Wissenschaftler und die Relativitätstheorie ist ohnehin schon seit langem bewiesen."

Maria wunderte sich über die Vielzahl von namhaften Wissenschaftlern, die sich mit der Forschung des „Mysteriums Zeit" bisher befasst hatten und weiterhin befassten.

„Für uns überzeugte Physiker sind Vergangenheit, Gegenwart und Zukunft nur Illusion – wenn auch eine zählebige Illusion", hatte Albert Einstein einmal gesagt.

Nach dem englischen Mathematiker J. W. Dunne spielen sich Geschehnisse auf verschiedenen Zeitebenen gleichzeitig ab.

In anderen Worten: Ein Ereignis, das auf der einen Zeitebene in der Zukunft ablaufen wird, kann auf der anderen bereits vergangen sein.

Sonderbare Zwischenfälle haben immer wieder untermauert, dass es hin und wieder zu einer Unterbrechung, ja, zu einem „Riss im normalen Ablauf der Zeit kommen kann.

Etliche Beispiele wurden angeführt von Personen, die in eine andere Zeitdimension versetzt wurden, in der sie einen Bruchteil dieser vergangenen Periode miterlebt haben.

Rätselhafte Ereignisse demonstrieren, dass sich in der Raumzeit-Struktur unter bestimmten Umständen kurzfristig so ein „Riss“ bilden kann, der einen Ausblick auf fremde Dimensionen – Parallelwelten – ermöglicht.

Maria las:

„Seit Jahrhunderten verschwinden immer wieder Menschen auf rätselhafte Weise spurlos vom Antlitz der Erde.

Urplötzlich entweichen sie dem Blickfeld von Zeugen, als seien sie in einen Zeitriss eingetaucht. Ihr Sein hört einfach dort auf, wo sie eben noch waren.

Was ist mit ihnen geschehen? Welche Möglichkeiten bleiben, wenn Entführung, Unfall oder andere natürliche Erklärungen ausgeschlossen werden müssen?

Neuesten Erkenntnissen zufolge müssen wir akzeptieren, dass es im Raum-Zeit-Kontinuum durch das Zusammenspiel gleichzeitig wirksamer Kräfte – wie zum Beispiel intensive elektromagnetische Kräfte – zu Unregelmäßigkeiten kommen kann, die nicht nur die Raumzeit verformen, sondern sogar aufreißen, um damit zeitlich befristete „Türen" zu anderen Dimensionen – zu Parallelwelten – zu öffnen. Sie verschwinden sozusagen in einer Zeitfalle."

In diesem Zusammenhang wurde von einem jungen Mann gesprochen, der auf diese Weise verschwand - und von vielen anderen.

Spekulationen einiger Forscher zufolge scheinen einige Zonen unserer Erde für eine Art „Zeitriss" anfällig zu sein. Denn an diesen Orten, wie beispielsweise im Bermudadreieck, kommt es immer wieder zu mysteriösen Zwischenfällen."

An anderer Stelle las Maria von einem Mann, der sich in Gefahr befand und so selbst zum Auslöser einer lebensrettenden „Zeitstarre" wurde, indem er – den sicheren Tod vor Augen –vor dem herannahenden Wagen rasch einen Schutzwall aus psychischer Energie aufbaute, so dass eine Zeitverzerrung entstand, die ihm das Leben rettete.

„Offenbar hatte der junge Mann ganz unbewusst auf psychokinetischem Weg das „Einfrieren einer für ihn lebensbedrohlichen Situation in der Zeit zustande gebracht."

Maria ließ ihr Buch sinken. Ihr brannten die Augen und sie war müde geworden.

Sie überdachte das soeben Gelesene und war fasziniert davon. Es war doch so etwas Unglaubliches!

Wie kam es, dass sie noch nie Menschen begegnet war, die von diesen Dingen sprachen und daran glaubten?

Dann fiel ihr ein, dass sie einmal gelesen hatte, dass jene Menschen, denen Ähnliches geschehen war und die darüber gesprochen hatten, sehr schlechte Erfahrungen mit ihrer Umwelt gemacht hatten. Man hatte darüber gelacht, sie verspottet und für verrückt erklärt. Manche hatte sogar beruflichen Schaden erlitten.

Maria war sich jetzt ganz sicher, dass sie – wie auch immer das möglich gewesen war – in eine andere Zeit, in die Vergangenheit, hineingeraten war. Vielleicht war es schon früher geschehen und sie hatte es vergessen? Und vielleicht würde es wieder geschehen! Aber nie, nie wieder wollte sie etwas vergessen!

Maria erhob sich von ihrem Sessel, trat ans Fenster und schob es ganz auf. Der Regen hatte aufgehört. Am dunklen Himmel flimmerte Stern um Stern, der Große Wagen schien die Erde zu berühren. Der Garten kam ihr wie verzaubert vor, sie verspürte jedoch keine Angst. Sie wandte sich ins Zimmer zurück. Nun wollte sie versuchen zu schlafen.

Das Nachtlicht brannte. In seinem schwachen Schein schien ihr das Zimmer wie in eine Atmosphäre düsterer Melancholie versunken: das vergilbte Blumenmuster der Tapete aus längst vergangenen Tagen, die schweren, plumpen Sessel, die ausgeblichenen Vorhänge an den Fenstern; Schatten der Vergangenheit schienen in den alten Wänden zu lauern.

Das alles hatte heute Abend aber keinen Schrecken für Maria. Sie fühlte sich stark, und sie wollte dieses neu erwachte Selbstvertrauen bewahren.

Mochten irgendwann Angst und Schrecken auch wiederkommen, sie würde sich nicht unterkriegen lassen!

Und sie würde das Kind Maria aufspüren und neu kennen lernen.

„Meine liebe kleine Marie," ertönte die schmeichelnde Stimme in ihrem Kopf.

♦♦♦

Es half alles nichts, in dieser Nacht konnte sie keinen Schlaf finden.

Zu viele Dinge gingen ihr durch den Kopf. Wie merkwürdig war doch diese Ähnlichkeit Ronalds mit ihrem Vater! Oder vielleicht gar nicht so merkwürdig? Konnte es nicht sein, dass sie ihren Vater sehr geliebt und sich unbewusst einem Mann zugewandt hatte, der große Ähnlichkeit mit ihm hatte?

Maria starrte an die Decke. Mondschatten huschten darüber hin, Schatten der Kletterrosen vor ihrem Fenster. Ein leichter Wind schob von Zeit zu Zeit kleine Wölkchen vor das Mondlicht, so dass die Schatten der Rosen sich wie schwankende kleine Gesichter auf und ab neigten. Schließlich stand sie auf, setzte sich wieder ans Fenster und sah in die Nacht hinaus.

Ein anderes Bild drängte sich vor ihre Augen: ein Kind auf einem schmutzigen Bett in einer Dachkammer!

Marias Herz zog sich schmerzhaft zusammen, wenn sie an die traurigen Augen und das jammervolle Stimmchen der Kleinen dachte, die ihrer Puppe ein Lied vorsang. Es fiel ihr schwer zu begreifen, dass sie es war – sie selbst vor vielen Jahren! Sie sah sich als Kind und fühlte doch als die erwachsene Maria! Fast kam es ihr vor, als sei die Kleine ihr Kind, als hätte sie ihr eigenes Kind beim Spielen beobachtet. Es war, als hätte sie jenes Kind zwar gesehen und als sich selbst erkannt, sich aber nur vorstellen können, was es fühlte!

Aber sie erinnerte sich nicht an jenes Erlebnis, sie hatte nicht gefühlt, was in dem kleinen Mädchen vorging. War das Kind tatsächlich vom Vater dort oben eingesperrt als Strafe für irgendeine Ungezogenheit, die es begangen hatte? Maria schwirrte der Kopf. Jenes Erlebnis – es wollte nicht als Erinnerung in ihrem Geist auftauchen!

Und doch wusste sie genau, dass sie es war, – Maria vor etwa 16 Jahren.

Jäh formte ein anderes Bild sich in ihrem Kopf: sie sah sich selbst als kleines Mädchen mit bloßen

Füßen über eine nasse Wiese laufen, voll panischer Angst vor einem Verfolger, der ihr nah auf den Fersen war.

Und plötzlich sah sie die Zusammenhänge! Es fügte sich alles wie selbstverständlich zusammen, wie ein Puzzle, bei dem alle Teilchen endlich seinen richtigen Platz gefunden hatten.

Maria fragte sich, warum sie nicht längst darauf gekommen war: Der Vater hatte sie geschlagen, als sie ein Kind war. Im Jähzorn oder unter dem Einfluss von Alkohol wurde er grob und schlug zu. Mutter und Tante hatte es ihr unlängst erzählt, sie hatte es jedoch kaum glauben können. Sie hatte es nur schwer akzeptieren wollen!

Hatte sie sich bemüht, es beiseite zu schieben und zu vergessen – so wie früher mit anderen Dingen? Nun, das war jedenfalls jetzt nicht geschehen. Sie wusste es nun und vergaß es nicht wieder!

Daher kamen also ihre Verfolgungsträume! Noch heute rannte sie im Traum vor dem schlagenden Vater davon!

Und doch hatte sie ihn auch geliebt! Tastend suchte sie in ihren lückenhaften Erinnerungen nach den wenigen Bildern vom Vater, die ihr aus der Vergangenheit geblieben waren.

Sie sah ihn lachen und die kleine Maria durch die Luft schwenken. Er hatte mit ihr herumgetollt und sie hatte ihn bewundert! Die Erinnerung daran trieb ihr die Tränen in die Augen. Für sie war er damals schön und lustig und anbetungswürdig gewesen.

Ich habe ihn sehr geliebt, entschied Maria. Es ist ja nicht so, dass ein Kind, das von seinen Eltern bestraft wird, diese nicht mehr liebt! Das eine schließt das andere nicht aus. Im Gegenteil, es wird sich bemühen, die Eltern wieder und wieder zufrieden zu stellen, sich ihrem Wunschbild anzugleichen. Der Vater hatte stets hohe Erwartungen an sein Kind gehabt: Klug und schön sollte es sein, gesund und tüchtig. Und die kleine Maria hatte diesem Bild entsprechen wollen und ihm nachgeeifert, um die Liebe des Vaters zu behalten. Aber sie war gescheitert! Schlimmer noch, sie wurde irre, landete in einer „Klapsmühle!"

Und die Mutter? Konnte die sich nicht schützend vor ihr Kind stellen, wenn es Not tat?

Aber sie war ja selber so eingeschüchtert und unsicher! Auch ihr drohte „Strafe" in Form von Schlägen, wenn sie nicht das war, was ihr Ehemann von ihr erwartete! Oder verlangte?

War ihr Vater wirklich so ein Ungeheuer gewesen?

„Die Menschen sind weder so gut noch so schlecht wie man glaubt!"

Irgend jemand hatte das gesagt. Und sicher stimmte es. Clemens Cornelius hatte gute und schlechte Eigenschaften, Schwächen und Stärken, so wie jeder andere auch!

Die verblüffende Ähnlichkeit Ronalds mit dem Vater erschien Maria nicht länger merkwürdig!

War es nicht eine logische Schlussfolgerung? Maria hatte den Vater verloren und Ronald war gekommen, der ihm so ähnlich sah! Die Ähnlichkeit beschränkte sich jedoch nur auf das Äußere, stellte Maria sachlich fest. Ronald neigte absolut nicht zur Gewalttätigkeit!

Es war Maria jedenfalls unvorstellbar, dass er jemanden schlagen könnte!

Ihre Gedanken wanderten wieder zu dem „Kind auf dem Dachboden".

Hier oben im Haus hatte sie „es" getroffen!

Plötzlich empfand sie das Unfassbare, Mysteriöse dieser Begegnung und es erschien ihr ganz und gar unwahrscheinlich. Wie konnte sie nur annehmen, dass ihr so etwas wie ein „Ausflug in die Vergangenheit“ geschehen war!

Es war ganz einfach unmöglich! Zu ihren Zweifeln gesellte sich eisiger Schrecken!

Hatte ihre Fantasie ihr etwas vorgegaukelt, das es gar nicht gegeben hatte? Vielleicht hatte sie eine Halluzination gehabt und war in eine Schizophrenie abgedriftet! Sie hatte doch schon so manches Mal in der letzten Zeit an ihrem Verstand gezweifelt.

Zuviel war ihr schon passiert! Warum also sollte sie nicht halluzinieren und Visionen haben! Was würden Mutter und Tante sagen, wenn sie ihnen von ihrem Erlebnis erzählte? Sie würden sie umgehend – und sicher mit Ronalds Hilfe – in die nächste Psychiatrie einweisen lassen!

Kurz entschlossen und ohne zu überlegen, ob es sinnvoll sei, was sie tat, zog sie ihren Morgenrock über, schlüpfte in die Hausschuhe und zog eine Taschenlampe aus der Nachttischschublade.

Dann verließ sie leise ihr Zimmer, verharrte einen Augenblick regungslos auf dem Treppenabsatz und lauschte ins Dunkel. Schnell hatten sich ihre Augen an die Dunkelheit gewöhnt. Da war ihr, als habe sie eine rasche Bewegung vernommen und beugte sich über das Geländer, um nach unten zu spähen.

Der Mond schien durch die verzierten Glasscheiben der Haustür und warf verzerrte Schattenbilder auf die Fliesen. Das Bellen eines Hundes drang von ganz fern an ihr Ohr. Da waren nur die Geräusche der Nacht, sonst nichts.

Sie tastete sich vorsichtig die Bodentreppe hinauf. Sie wusste, dass einige der Stufen knarrten, jedoch nicht, welche es waren. Mutter und Tante schliefen so wie Maria im ersten Stock, und Maria wollte unbedingt vermeiden, dass ihre nächtliche Unternehmung sie aus dem Schlaf riss.

Als sie die Bodentür aufschob, hallte ihr Knarren vernehmlich durch die Stille. Maria fuhr erschreckt zusammen. Sie verharrte einen Augenblick regungslos, aber alles blieb ruhig. Sie schlüpfte durch die Tür und ließ sie halb offen stehen.

Als sie den muffigen Bodenraum betrat, wurde es ihr sehr unheimlich zumute. Eilig suchte sie nach dem Lichtschalter neben der Tür. Der matte Schein der spinnwebverhangenen Glühbirne erhellte den Raum nur spärlich.

Schatten lauerten in allen Winkeln, aber Maria ging unbeirrt mit raschen Schritten auf die Kammertür zu. Kur davor packte Angst sie und ruckartig blieb sie stehen. Was, zum Kuckuck, tat sie hier zu nachtschlafender Zeit auf dem Boden!

Am liebsten wäre sie umgekehrt und nach unten gerannt. Aber nun war sie einmal hier. Sie riss sich zusammen. Nichts war hier, gar nichts! Nur alte Möbel und Staub, vor allem Staub!

Kein Grund, sich zu ängstigen! Mit einem Ruck öffnete sie die Tür.

Mondlicht fiel durch das Fenster in den kleinen Raum und einen Augenblick glaubte Maria sich in die Szene zurückversetzt, die sie am Vormittag erlebt hatte. Ihr Blick irrte durch das Kämmerchen; das Bett war leer. Nur die Puppe lag nach wie vor darauf, Bücher und Spielsachen verstreut auf Tisch und Fußboden. Und doch war die Atmosphäre gespenstisch und unheimlich.

Maria stand im fahlen Mondlicht. Sie fröstelte. Da erstarrte sie in einem plötzlichen Begreifen und ihre Hand, die die Taschenlampe hielt, begann zu zittern. Das Herz schlug ihr bis zum Halse und ihre Nackenhaare sträubten sich.

Schlagartig war ihr etwas bewusst geworden! Die Knie wurden ihr weich, als ihr aufging, was das bedeutete. Und doch, war es nicht das, was sie zu sehen gehofft hatte? Irgendeine Kleinigkeit, die darauf hindeuten würde, dass sie keine Halluzination gehabt hatte, dass ihr Erlebnis am Morgen das gewesen war, wofür sie es gehalten hatte: Eine Begegnung mit der Vergangenheit!

Endlich löste sich ihre Starre und sie wich bis an die Tür zurück, den Blick immer noch auf das schmutzige Bett geheftet, als würde plötzlich ein Geist dort auftauchen und sie packen!

Jedoch da war gar nichts! Trotzdem fuhr sie zur Tür hinaus und schlug sie so heftig zu, dass der Knall durch das ganze Haus schallte. In panischer Angst rannte sie über den Boden, stolperte über Stuhlbeine, schlug mit dem Arm an einen Balken und stürzte über einen Karton, der im Weg stand; immer mit dem Gefühl im Nacken, Hände würden sie jeden Augenblick von hinten packen und ihren Lauf aufhalten.

In ihrer Panik war ihr ein Bild vor Augen gestiegen, das ihr seltsam vertraut vorkam: Es war, als sei sie auf einmal mitten in ihren Traum geraten, in ihren alten Traum, in dem jener Verfolger ihr auf den Fersen saß!

Sie glaubte nur die Augen schließen zu müssen und sie wäre mitten darin, entweder auf einer Wiese oder einer schwarzen Straße, Dunkelheit um sie herum, und hinter ihr jenes Wesen, das sie seit Jahren unerbittlich verfolgte.

Wie unter Zwang warf sie einen Blick über die Schulter, wie sie es in ihren letzten Träumen getan hatte, fast in dem irrwitzigen Glauben, Ronalds Gesicht - oder das ihres Vaters? - hinter sich zu erkennen. Aber da war nichts. Niemand verfolgte sie. Sie sah es mit ihren Augen und ihr Verstand sagte es ihr auch, aber ihren Lauf konnte sie dennoch nicht stoppen.

♦♦♦

Keuchend kam sie in ihrem Zimmer an, wo sie mit klopfendem Herzen auf das Bett sank. Das Fenster war weit geöffnet. Der Mond schien auch in ihr Zimmer, mit einem weißen schmalen Schein, der bis auf die Bettdecke reichte.

Im Raum war es sehr kühl geworden. Sie schloss das Fenster bis auf einen schmalen Spalt. Sie zitterte noch immer am ganzen Leibe und ihr war erbärmlich kalt. Sie schleuderte die Schuhe von den Füßen, kroch im Morgenrock ins Bett und zog die Decke bis zum Halse herauf.

Dann erst ließ sie das Geschehene nochmals im Geist vor sich ablaufen. Sie rief sich jeden Augenblick der letzten Minuten ins Gedächtnis; jede Einzelheit erstand wieder vor ihren Augen, noch war alles ganz lebendig in ihr.

Und wieder stieß sie auf diese eine Sache, eine Kleinigkeit nur, und doch so überaus wichtig, so überzeugend und in seiner Bedeutung so überwältigend, dass es sie schauderte. Sie hatte nun den Beweis dafür, dass sie nicht schizophren oder verrückt war – zumindest für sich selber hatte sie diesen Beweis. Und das genügte ihr!

Sie wusste ganz genau, dass am Morgen, als sie jenen Raum betrat, die Puppe auf dem Kopfkissen gelegen hatte. Und jetzt lag sie auf der Bettdecke, die verdreckt halb bis zum Boden herabhing!

Also hatte das Kind – Maria vor sechzehn Jahren! – sie nach ihrem Spiel nicht auf das Kissen zurück gelegt, sondern auf die Bettdecke!

Diese letzte Geste hatte die Gegenwart verändert.

♦♦♦

Warum hatte sie ein derartiges Grauen empfunden und so große Angst gehabt?

Maria lag grübelnd in der Dunkelheit. War es einfach die beklemmende, unheimliche Atmosphäre eines alten Dachbodens oder die Begegnung mit der Vergangenheit, dieses unverständliche Mysterium, das ihr Furcht einflößte?

Lange sann sie darüber nach. Sicher auch all das! Aber sie spürte deutlich, dass es nicht das allein war. Etwas anderes, viel Schwerwiegenderes hatte sie voller Grauen in die Flucht geschlagen! Die Angst, jener Verfolger aus ihrem Traum hätte sich materialisiert und in ihre Wirklichkeit geschlichen, um nun endlich sein Vorhaben zu Ende zu bringen! Er würde sie packen, festhalten und sie wäre ihm hilflos ausgeliefert! Sie sah sich wieder in ihren Traum hinein versetzt und ließ zum ersten Mal ihrer Fantasie freien Lauf.

Sie ließ jene Bilder Gestalt annehmen, die sie im tiefsten Innern befürchtete, denen sie nie erlaubt hatte, an die Oberfläche zu kommen: Er würde sie packen und festhalten, ihr ins Gesicht schlagen, sie mit Füßen treten, wieder und wieder. Und sie würde sich wehren und schreien und dann würde er sie umbringen! Er würde sie erwürgen, sie wusste es genau!

Ruckartig setzte sie sich im Bett auf und griff sich an die Kehle. Sie spürte kalten Schweiß an ihren kribbelnden Haarwurzeln, auf der Stirn. Und urplötzlich war ihr zumute, als hätte sie genau das irgendwann bereits erlebt!

♦♦♦

Winter 1969 (Dezember)

„Wenn sie alles erfährt – es wird ein Schlag für sie ein."

„Wird sie dich gehen lassen?"

♦♦♦

Marias letzter Arbeitstag vor ihrem kurzen Urlaub bei den Großeltern ging dem Ende entgegen. Sie hatte die Kollegin, die sie vertreten sollte, in ihre Arbeit eingewiesen. Jetzt saß sie allein in ihrem Büro am Schreibtisch, den dienstlichen Terminkalender für die nächsten Tage vor sich, und überdachte noch einmal, ob sie auch nichts übersehen hatte. Martin Scheffler würde allein Dienst tun und den Chef vertreten, der auf einem längeren Segeltrip war. Sie legte die Unterschriftenmappe zurecht. Alle fälligen Gutachten waren geschrieben, alle Patienten für die nächsten Tage geladen.

Maria klappte ihren Kalender zu und schloss den PC. Es war alles bedacht. Die Kollegin konnte morgen kommen und ihren Dienst antreten. Sie würde nichts Liegen gebliebenes vorfinden.

Es war spät geworden. Maria saß einen Augenblick still auf ihrem Stuhl, die Hände reglos vor sich auf dem Schreibtisch. Ihre Augen wanderten durch den hellen Raum über ihre wohlgeordneten Aktenschränke, den kleinen Blumentisch mit den liebevoll von ihr gepflegten Pflanzen bis hin zu den breiten Fensterbänken, auf denen Azaleen und Usambaraveilchen in friedlicher Eintracht nebeneinander ihre Blütenpracht entfalteten.

Merkwürdig, dachte sie flüchtig, zu Hause in meinem Zimmer habe ich keine einzige blühende Pflanze!

Sie verfolgte den Gedanken nicht weiter. Eine leise Wehmut hatte sie erfasst. Auf einmal war ihr zumute, als sollte sie für immer fortgehen und all dies nicht wiedersehen. Unsinn! schalt sie sich. Ich bleibe nur ein paar Tage weg!

Die Tür zum Untersuchungszimmer hatte sich geöffnet und Martin Scheffler erschien auf der Schwelle.

„War's das für heute? Die letzte Patientin ist also nicht mehr gekommen? Nun gut, dann machen wir Feierabend." Er griff nach der Unterschriftenmappe, die Maria ihm hinhielt und verschwand in seinem Zimmer.

Nach einer Weile kehrte er zurück, legte die Mappe vor sie hin und blieb vor ihrem Schreibtisch stehen.

„Ich werde Sie vermissen," sagte er schließlich und sah sinnend auf sie hinunter. Maria hob die dunklen Brauen und strich sich ein wenig verlegen über ihr glattes Haar, als müsse sie eine verrutschte Strähne ordnen, die es gar nicht gab.

„Die Kollegin wird mich sicher gut vertreten. Sie macht es ja nicht zum ersten Mal," erwiderte sie.

„Ja, sicher. Das meine ich auch nicht." Er trat ans Fenster und schob die Hände in die Taschen seines weißen Kittels. Schweigend blickte er hinaus. Der Parkplatz vor dem Gebäude leerte sich, der Feierabend war längst für die Mitarbeiter im ganzen Verwaltungsgebäude angebrochen und Auto um Auto fuhr davon ins bevorstehende Wochenende hinein. Maria blickte auf seinen weißen breiten Rücken und seinen dichten schwarzen Haarschopf.

Seine gleichbleibend freundliche und ruhige Art hatten ihr in der letzten Zeit sehr geholfen, ihren Arbeitstag zu meistern. Sie fühlte sich mehr im Gleichgewicht als seit langer Zeit.

Ihr kam jener Spaziergang am See wieder in den Sinn und sie fühlte Enttäuschung und leise Wehmut darüber, dass er sie nicht noch einmal eingeladen hatte.

Aber wie sollte er, ich weiche ihm doch immer aus, dachte sie, erbost über sich selbst.

Wie kann ich gleichzeitig Angst vor ihm haben und doch wollen, dass er meine Nähe sucht? Es ist doch zu verrückt!

Ach, ich wünschte, er würde mich noch einmal fragen, jetzt gleich!

Plötzlich sagte er in die Stille hinein: „ Merkwürdig, ich habe das Gefühl, als würden Sie für lange Zeit weggehen." „Ach, Sie auch!" entfuhr es Maria verblüfft. „Genau das habe ich vorhin auch gedacht." Sie blickten sich an. Dann schüttelte sie den Kopf.

„Aber so ist es ja nicht. Ich fahre nur für eine Woche zu meinen Großeltern. Dann bin ich wieder da."

Er schwieg und schaute wieder aus dem Fenster.

Er hatte sich vorgenommen, Maria nicht zu bedrängen. Er wollte sich ihr ganz behutsam nähern, obwohl sich alles in ihm dagegen sträubte. Es widerstand ihm in höchstem Maße und machte ihn zeitweise unleidlich, ungerecht und reizbar. Für keine andere Frau hätte er sich in diesen Zustand hinein manövriert.

Auch jetzt musste er seine Ungeduld zügeln. Am liebsten hätte er sie auf der Stelle gepackt und ihre glatte, strenge Frisur zerstört, so dass er endlich einmal ihr Haar offen sehen konnte. Er staunte über diesen Wunsch und wandte sich zu ihr um, den Blick forschend auf ihren schwarzen Haarknoten gerichtet, als wolle er jeden Moment dergestalt zur Tat schreiten.

Bei dieser Vorstellung musste er sich dermaßen das Lachen verbeißen, dass Maria ihn verdutzt ansah.

Maria hatte beklommen auf seine nächsten Worte gewartet, aber da kam nichts. Stattdessen sah er sie so merkwürdig an, die Mundwinkel in der ihm eigenen Art ein wenig spöttisch nach unten verzogen, als lachte er insgeheim über sie.

Sie runzelte verunsichert die Stirn. Plötzlich packte sie die Wut. Sie hatte es satt, in seiner Gegenwart immer verlegen wie ein Schulmädchen dazustehen.

„War es das also für heute? Dann kann ich wohl gehen," funkelte sie ihn an und begann ihre Siebensachen zusammen zu packen.

Mit einem Satz war er bei ihr.

Ehe sie sich's versah, hatte er ihre beiden Arme ergriffen und sie an sich gezogen. Ihn plötzlich so nah zu sehen, versetzte ihr einen Schock. Sie kam nicht dazu, über ihre Verlegenheit oder irgend etwas anderes nachzudenken. Seine Augen waren so groß über ihr und seine Hände hielten sie fest wie zwei Schraubstöcke, dass sie nicht einmal ihr eigenes Zittern spürte. Sie fühlte nur ihre weichen Knie und das Schlagen ihres Herzens an seiner Brust. Oder war es sein Herzschlag? Ihr war geradezu benommen zumute.

Sie machte sich aus seinem Arm frei und atmete tief. Ihr war seltsam schwindlig geworden.

„Maria, was ist denn? Lauf mir doch nicht wieder davon!"

„Lassen sie mich in Ruhe, Sie Grobian!" Das sollte so recht energisch und wütend klingen, aber ihre Worte kamen kläglich und fast flüsternd heraus.

Ihm ging ein Licht auf.

„Maria, hör mir zu! Weißt du, warum ich eben fast laut gelacht hätte? Ich will es dir sagen. Ich sah auf dein Haar und stellte mir vor, ich würde auf dich zugehen und deine gesamte Frisur zerstören. Es juckte mich direkt in den Fingern, dir alle Nadeln aus dem Haar zu reißen. Einfach, um deine Haare einmal offen zu sehen."

Maria stand starr vor Verblüffung.

Fast gleichzeitig brachen sie in Lachen aus, verstummten wie in plötzlichem Einvernehmen, um dann erneut von einem befreienden, ja übermütigen Gelächter gepackt und mitgerissen zu werden. Plötzlich fand sie sich in seinen Armen wieder. Er hielt sich nicht länger mit Worten auf. Während er sie küsste, griffen seine Hände in ihr Haar und einen Augenblick später fiel es wie ein Mantel über ihren Rücken herunter.

♦♦♦

Als sie in ihren Wagen stieg, war ihr immer noch benommen und zittrig zumute. Ihr Herz klopfte unvermindert, sie fühlte sich ganz verschwitzt. Dieser eine Kuss hatte sie völlig aus dem Gleichgewicht geworfen! So etwas war ihr mit Ronald nie passiert!

Nun hatte sie also Urlaub. Sie hatte ihn so herbeigesehnt, aber nun trennte sie sich doch schweren Herzens.

Und das liegt an ihm, dachte Maria. Er hat mich ganz durcheinander gebracht. Was will er von mir? Er hat es mir nicht gesagt.

Ein lockeres Verhältnis, so ein kleines Büro-Techtelmechtel? Und was will ich von ihm?

Diese Frage bereitete ihr ein jähes Unbehagen! Ich will das alles nicht, dachte sie! Ich will meine Ruhe haben!

Aber sie spürte schon, dass es damit nichts werden würde.

Erst einmal Abstand gewinnen, sagte sie sich. Ich muss aus seiner Nähe wegkommen, das ist es!

Wenn sie aus dem Urlaub wiederkam, sah alles anders aus!

Was sah dann anders aus? Das war ihr auch nicht so recht klar!

Maria hatte einen spontanen Entschluss gefasst. Es war spät geworden im Büro, doch das kümmerte sie nicht weiter.

Irgendwann am Nachmittag war ihr der Gedanke gekommen und sogleich hatte sie beschlossen, ihn in die Tat umzusetzen. Sie wollte einen Abstecher zu ihrem früheren Wohnhaus machen. Vom 1. bis zu ihrem 10. Lebensjahr hatte die Familie in einem kleinen Haus am Stadtrand von Bad Bernburg gewohnt.

Während Maria ihren Wagen durch kleine Stadt steuerte, wurde sie ruhiger. Die Gedanken an Martin Scheffler hatte sie vorerst verdrängt.

Sie dachte darüber nach, wann sie das letzte Mal jenes Haus ihrer Kinderzeit gesehen hatte. Sie wusste es gar nicht mehr, solange war es her. Sie hatte in all den Jahren auch nie Sehnsucht verspürt, es wiederzusehen.

Wie eigenartig, dachte sie. Immerhin hatte sie doch viele Jahre ihrer Kinderzeit dort verbracht! Damals hatte der Vater noch gelebt.

Viele ihrer Erinnerungsfetzen, die manchmal in ihrem Bewusstsein auftauchten – was selten genug vorkam –, stammten aus jener Zeit. Wieder einmal versuchte sie sich das Gesicht des Vaters vorzustellen. Sein Gesicht, seine Hände – all das wollte sich nicht zu einem deutlichen Bild in ihrem Geist formen. Es wurde immer Ronalds Gesicht daraus.

Sie meinte sich an sein Lachen zu erinnern, fröhlich und mitreißend.

Und sie glaubte sich seiner Gestalt zu entsinnen, sah ihn in Gedanken über den Rasen gehen, mit weit ausholenden Schritten, beide Hände in den Hosentaschen, blondes, gelocktes Haar in der Stirn. Das war alles. Dann war da mitunter seine Stimme in ihrem Kopf, die sie „meine kleine Marie" nannte, leise und schmeichelnd wie ein Flüstern nur.

Es war jedoch immer nur dieser eine Satz, nie etwas anderes und nie laut oder im normalen Umgangston. War das überhaupt die Stimme des Vaters, die sie da hörte? Oder hatte das jemand anders zu ihr gesagt? Auf einmal kamen ihr auch daran Zweifel.

Maria war so versponnen in ihre Gedanken, dass sie fast an der Seitenstraße vorbei gefahren wäre, in die sie einbiegen musste. In den letzten Jahren war sie nie mehr hier durchgefahren.

Sie sah, dass die Straße sich verändert hatte. Sie war ganz hell und frei geworden. Man hatte die hohen Linden von einst gefällt und durch junge Bäumchen ersetzt, deren schmächtige, zartgrüne Blätterkronen den Häusern und Vorgärten an der Straße viel Licht ließen. Maria entsann sich jener alten, knorrigen Baumriesen, in deren dunklen, kühlen Schatten sie von der Schule nach Hause gewandert war wie durch einen grünen Tunnel.

Jetzt konnte man das Haus schon von weitem sehen. Sie fuhr langsam darauf zu und hielt auf einem Seitenstreifen schräg gegenüber. Einen Augenblick blieb sie reglos im Auto sitzen und musterte die ihr fremd gewordene Umgebung.

Sie wollte aussteigen und nur ein wenig hier herum spazieren, in der Hoffnung, ihrem Gedächtnis auf die Sprünge zu helfen und ihm ein paar alte Erinnerungen abzutrotzen. Sie schaute zum Haus hinüber, dem Zuhause ihrer ersten Kinderjahre. Es war ein kastenförmiges Einfamilienhaus aus roten Backsteinen mit einem Vorgarten.

Sie stieg aus und ging über die Straße. Die niedrige Ligusterhecke, die den Vorgarten säumte, schien frisch geschnitten, der Rasen dahinter ebenfalls und es roch nach frischem Gras. Ein einzelner Jasminstrauch blühte an einer Hausecke, ein Beet mit blauen und roten Lupinen an einer anderen. Maria sah am Haus hinauf. Dort oben das Giebelfenster war das von ihrem Zimmer gewesen. Sie starrte hinauf und sekundenlang glaubte sie ein Gesicht hinter der Scheibe zu sehen. Vielleicht beobachtete man sie. Sie wäre gern durch die niedrige hölzerne Gartenpforte eingetreten und um das Haus herum gegangen.

Noch überlegte Maria, ob sie klingeln und um Erlaubnis bitten sollte, da passierte das Unglaubliche! Ein jäher Schwindel erfasste sie, der Boden schien unter ihr zu schwanken, die hereinbrechende Abendstimmung verblasste und verschwand in immer dichter werdenden weißlichen Nebeln.

Vor ihren Augen begann es zu flimmern und zu wabern. Maria schloss erschreckt die Augen und plötzlich erkannte sie, was da geschah! Dies alles war ihr schon einmal widerfahren! Auf dem Dachboden ihres jetzigen Wohnhauses, wo sie dem Kind Maria begegnete!

Ein betäubender Duft von Lindenblüten erfüllte die Luft, wie sie ihn seit Kindertagen nicht wieder erlebt hatte. Schlagartig brachte er ihr Bilder, Farben und Geräusche einer längst vergangenen Zeit zurück, wirr und ungeordnet zunächst; eines in das andere übergehend, blitzte es durch ihren Geist, dass es ihr vorübergehend den Atem verschlug. Als sie die Augen wieder öffnete, fand sie sich im Schatten alter Bäume wieder und sie erkannte die Lindenallee ihrer Kindheit.

Vorerst benommen, dann voller Staunen und Erregung blickte sie um sich. In einer leichten Brise wehten sacht vereinzelte Lindenblüten zu Boden, auf einen sandigen Fußweg herab.

Die Luft war klar und blau, Wolkenschatten flogen über die Wiesen jenseits der Straße. Sie legte den Kopf in den Nacken, blickte in das sommerliche grüne Dach der Linden hinauf und erkannte: Es war wirklich so: Sie befand sich in der Vergangenheit! Vor ihr das Haus, wie es in ihrer Kindheit gewesen war, in seinem Vorgarten blühten Sonnenblumen.

Ihr Blick wanderte über die efeuberankte Wand hinauf zum Fenster im Obergeschoss. Die weiße Tüllgardine war zurückgezogen und das Fenster stand weit offen.

Und da war ihr, als bliebe das Herz stehen! Ein helles Kindergesicht spähte nach draußen, die dunklen Zöpfe hingen zu beiden Seiten herab. Das Kind musste auf einer Fußbank stehen oder auf einem Stuhl knien, denn es lehnte sich so weit hinaus, wie es ihm nicht möglich gewesen wäre, würden seine Füße den Boden berühren.

Die Kleine mochte etwa vier Jahre alt sein. Nun winkte sie mit beiden Händen nach unten und lachte. Maria stand wie versteinert und starrte gebannt zu dem kleinen Mädchen hinauf.

Dann wanderte ihr Blick zu der Frau, der das Kind zuwinkte. Sie stand im Vorgarten, wenige Meter von Maria entfernt, eine Frau mit schwarzem Haarknoten und dunklen Augen.

Maria erkannte die strengen Züge ihrer Großmutter, ihre straffe hohe Gestalt. Sie wandte den entsetzten Blick zu dem winkenden Kind hinauf und rief energisch: „Geh sofort von dem Fenster weg, Marie! Sofort! Du fällst sonst hinaus!“

Die Kleine zog den Kopf nur ein wenig zurück und schrie atemlos lachend: „Nein, ich falle nicht, Oma! Sieh nur, ich halte mich ganz fest!“

Da trat jemand von hinten an das Kind heran und Maria sah im Halbdunkel des Zimmers ein Männergesicht auftauchen. Sie hörte eine scheltende Stimme, begleitet von lautem Klatschen, dann Kinderweinen und die Kleine verschwand. Noch einen Augenblick hörte man sein Schluchzen im Hintergrund, dann verstummte auch das.

Maria sah nur noch die Großmutter wenige Meter vor sich stehen, so wie sie vor über 20 Jahren gewesen war. Schon wollte sie, einem spontanen Impuls folgend, auf sie zutreten, da verzerrten sich für

Maria alle Umrisse ihrer Umgebung. Erneut begann die Luft zu vibrieren und in wogenden Nebelschwaden zu zerfließen und alles verschwand in ihrem weißen Dunst.

Maria starrte gebannt in den weißen Nebel, um die Bilder der Vergangenheit noch einen Augenblick länger festzuhalten, aber ihr wurde schwindlig und Übelkeit kroch in ihr hoch. Der Boden schwankte unter ihren Füßen und sie mit ihm. Sie klammerte sich an den dicken Stamm der Linde und schloss beide Augen, und dann war alles vorbei. Maria fand sich am Boden liegend im Gras im abendlichen Licht der Gegenwart. In violetten, rosafarbenen und grauen Dunstschleiern begab sich die Sonne zur Ruhe.

Maria blieb einen Augenblick wie betäubt am Boden sitzen, den Duft der Lindenblüten in ihren Sinnen festhaltend. Noch sah sie im Geist das Kindergesicht oben im Fenster, ihr eigenes Gesicht im Alter von vier Jahren.

♦♦♦

„Geht es Ihnen nicht gut? Ist Ihnen schlecht geworden?“

Maria fuhr beim Klang einer lauten Männerstimme erschreckt zusammen. Eine schwere knorrige Hand zog ein wenig ungeschickt an ihrem Arm, um ihr auf die Beine zu helfen.

Sie blickte verstört auf, ergriff schließlich zögernd die Hand und kam endlich auf die Füße. Sie blickte in ein Paar freundliche alte Männeraugen und lächelte entschuldigend.

„Mir war vorübergehend schwindlig geworden,“ sagte sie und klopfte verlegen über ihre Hose.

Der Mann sah sie mitleidig an. Dann blitzte ein schelmisches Lächeln in seinen Augen auf. „Ein Baby unterwegs, he?“ Er nahm sie erneut fürsorglich am Arm und steuerte auf das Gartentürchen zu.

„Kommen Sie doch einen Moment herein. Die Frau wird Ihnen Tee machen. Dann geht es gleich besser!“

Er schien fest entschlossen, Maria ins Haus zu bekommen, sei es nun aus Neugier oder Mitleid und Anteilnahme.

Ich muss wohl einen sehr jammervollen Eindruck auf ihn machen, dachte Maria flüchtig. Sie wollte gar nicht ins Haus hinein. Etwas in ihr wehrte sich dagegen, aber der Alte ließ nicht locker.

Er schob sie vertraulich am Arm vor sich her, mit der anderen Hand beflissen an seinem struppigen grauen Schnauzbart zwirbelnd. Sie wehrte sich ein wenig, aber als sie in sein gutmütiges faltiges Altmännergesicht sah, folgte sie ihm ohne Widerspruch. Sein eisengraues Haar stand ihm in einem gesträubten Busch in die Höhe und die Brauen waren ebenso struppig wie der Bart.

Er schlurfte zielstrebig mit Maria der Haustür zu, in deren Rahmen eine alte Frau mit Kopftuch und Schürze erschienen war. Sie hatte scheinbar schon aus dem Fenster gesehen und mitbekommen, was da vor sich ging. Nun dirigierte sie das ungleiche, leicht schwankende Zweiergespann besorgt in ein Zimmer hinein. Maria musste auf einem welligen Sofa Platz nehmen und fast sofort stand ein Topf mit dampfendem Tee vor ihr auf dem Tisch.

Die beiden Alten setzten sich ihr gegenüber auf zwei Stühle und sahen sie erwartungsvoll an. Maria lächelte die beiden kläglich an und suchte nach Worten, um ihr Verhalten zu erklären und sich angemessen zu bedanken, aber es wollte nicht recht gelingen. So schwieg sie und trank ihren Tee. Er war heiß und stark und tat ihr gut.

Sie lobte ihn gebührend. Sie wäre gern still sitzen geblieben, ohne nach Worten suchen und reden zu müssen, aber sie sah, dass von ihr anderes erwartet wurde. So begann sie von einem langen Arbeitstag zu reden und dass sie vor kurzem krank gewesen sei.

Schließlich verstummte sie wiederum verwirrt. Es kam ihr alles wie Gefasel und an den Haaren herbei gezogen vor.

Das alte Ehepaar jedoch schien all ihre Erklärungen für plausibel und einleuchtend zu halten. Sie lauschten ihren Worten teilnahmsvoll und interessiert. Der Mann nickte hin und wieder voller Verständnis und warf bedauernde und mitleidige Bemerkungen ein.

Schließlich begann Maria davon zu sprechen, dass sie in diesem Hause vor vielen Jahren gelebt hatte, dass sie hier einen Teil ihrer Kindheit verbracht hatte und aus diesem Grunde nun hier gelandet sei.

Sofort sprang der Alte von seinem Stuhl auf. Seine Gestalt war krumm wie ein Flitzbogen, und wenn er ging, schlurfte er in den alten Schlappen nachlässig einher, aber nun hatte irgend etwas ihn derart beflügelt, dass er behände um die Alte herumfuhr.

„Geh und räum ein bisschen auf da oben," kommandierte er milde und klopfte seiner Frau aufmunternd auf die Schulter. „Dann kann unser Gast das Haus ansehen. Denn das ist es doch, was die junge Frau hierher geführt hat."

Maria erschrak. Es widerstrebte ihr über alle Maßen, jetzt das Haus anzusehen. Sie fühlte ganz deutlich, dass sie sich auf gar keinen Fall dazu würde überwinden können, warum auch immer! Ihr wurde ganz beklommen zumute bei dieser Vorstellung.

Die Frau hatte ihr Kopftuch herabgezogen und zupfte unschlüssig an ihrem grauen Kraushaar herum. Sie achtete nicht auf ihren Mann, sondern sah Maria abwartend an.

„Nein, bitte nicht," wehrte Maria hastig ab. „Ich bin heute nicht so ganz in Ordnung, wie Sie ja gesehen haben. Ich denke, wenn Sie es erlauben, komme ich ein anderes Mal wieder. Sie waren so freundlich zu mir und ich danke Ihnen sehr dafür."

Die Aussicht auf einen zweiten Besuch Marias ließ den Alten strahlen.

„Aber ja, noch besser! So machen wir es! Da haben wir etwas, worauf wir uns freuen können."

„Wir haben nie Gäste," sagte seine Frau leise mit einer Stimme, als wären ihr Sand oder Glasscherben hinein gekommen. Maria fiel auf, dass es die ersten Worte waren, die sie gesprochen hatte.

„Es ist immer ein Festtag für uns, wenn mal jemand kommt. Kinder haben wir keine. Leider besucht uns nur die Gemeindeschwester manchmal und ab und zu der Pastor. Das ist immer so nett," ergänzte ihr Mann.

Die beiden Alten taten Maria leid. Sie verabredeten sich für einen Nachmittag, sobald Maria aus Mühltal zurück sein würde. Inzwischen hatten sie sich einander vorgestellt und Maria erhob sich, um zu gehen. Herr Winkelmann brachte Maria zum Auto.

„Wissen Sie," sagte er zum Abschied, „unser Sohn ist vor ein paar Jahren tödlich verunglückt und seitdem ist meine Frau ein wenig eigenartig. Manchmal glaubt sie ihn zu sehen. Sie sagt, er kommt nachts mitunter zu ihr, um mit ihr zu reden. Sie wird einfach nicht damit fertig. Sie hat an nichts mehr Freude. Ich kann mich noch so bemühen sie aufzuheitern, sie mag einfach nicht mehr. Ich allein bin eben nicht genug für sie. Und sie ist doch eine so gute Frau."

Als er das sagte, liefen ihm Tränen über die faltigen Wangen. Er sah Maria traurig an, sein zerfurchtes Gesicht lag so offen und zitternd unter ihrem Blick, dass es ihr das Herz zusammen krampfte vor Mitleid. Er nestelte ein kariertes Tuch aus seiner Hosentasche hervor und fuhr sich über die Augen.

„Das Haus ist so leer geworden seitdem, verstehen Sie?"

Maria nahm den Alten kurzerhand in den Arm. „Ach, wie tut mir das leid! Ich komme wieder! Bald!" Er winkte ihr nach, bis sie seinen Augen entschwand.

Als Maria nach Hause fuhr, war sie ganz verstört. Der Kummer der beiden alten Leute war ihr zu Herzen gegangen. Er hatte vorübergehend ihre eigenen Sorgen in den Hintergrund gedrängt. Die beiden waren so einsam!

Dann aber dachte sie: Aber sie hatten doch einander! Trugen Sie denn ihren Kummer nicht gemeinsam? Und der Unfall war einige Jahre her! Der Mann schien den Tod des Sohnes verkraftet zu haben, die Frau jedoch nicht. Konnte sie es nicht? Warum fand sie keinen Sinn mehr im Leben? Sie hatte doch noch ihren Mann. Die beiden könnten es sich noch ein paar Jahre schön machen!

Dann dachte Maria an ihre Tante, an ihre Mutter. Ihr schien, als hätten diese drei Frauen etwas Gemeinsames. Ihnen allen schien etwas zu fehlen. Der Wille, das eigene Leben in die Hand zu nehmen; die Kraft aus sich selbst heraus etwas aus ihrem Leben zu machen! Mussten sie immer andere Menschen haben, die ihrem Leben Sinn und Inhalt gaben, die sie aussaugen konnten?

Maria erschrak. Wie konnte sie so leichtfertig und hartherzig urteilen. Was wusste sie davon, wie es war, wenn man ein Kind verlor! Maria war entsetzt über sich selber, wie immer, wenn ihr solche hässlichen Gedanken in den Kopf kamen! Wie verächtlich und unfreundlich sie über andere denken konnte! Sie schämte sich und fühlte Groll auf sich selbst. Was fiel ihr ein! Wie sah es denn mit ihrer Verantwortung für sich und ihr eigenes Leben aus?

♦♦♦

Das Häuschen der Großeltern Peterson lag im Nachmittagssonnenschein vor ihr. Es war ein weiß verputztes Einfamilienhaus mit angebauter Veranda und sah gepflegt und schmuck aus. Vor den Fenstern hingen Blumenkästen mit blühenden Geranien darin und im Eingangsbereich prangte ein gewaltiger Keramikkübel, in dem weiße Margeriten blühten.

In dem ordentlichen Vorgärtchen blühten Jasmin, Schneeballstrauch, Stiefmütterchen und Begonien üppig nebeneinander. Nirgendwo fand sich Unkraut und der schmale Sandweg mittendurch war gewissenhaft geharkt.

Liebevoll ließ Maria ihre Blicke über Haus und Garten wandern.

Sicher würde Großvater Magnus schon seit einiger Zeit aufgeregt nach Maria Ausschau halten und seine Frau Anna unermüdlich bedrängen, das Kaffeewasser endlich aufzusetzen.

Maria fühlte jähe Freude in sich aufsteigen, als sie auf den gepflasterten Hof einbog. Sie parkte ihren Wagen im Schatten einer mächtigen Kastanie und fast im gleichen Moment wurde die Tür zur Küche aufgerissen. Der graue Schopf des Großvaters schob sich hinaus, gefolgt von seiner ganzen gebeugten, leicht geschrumpften Gestalt.

Maria erschrak bei seinem Anblick. Wehen Herzens bemerkte sie zum ersten Mal seinen schweren, gebückten Gang, als er vor die Tür trat und mit ausgebreiteten Armen auf sie zueilte. Er strahlte über das ganze rötlich braune Gesicht und nahm sie in die Arme.

„Willkommen bei deinen alten Großeltern, mein Kind! Endlich bist du wieder einmal da! Mein Gott, es ist schon so lange her!“

Er schob sie ein Stückchen von sich und blickte ihr liebevoll ins Gesicht. Maria sah eine Träne in den alten Augen glitzern und erschrak. Er kam ihr so verändert vor.

Kam nun endgültig das Alter auch zu ihm oder sah sie ihn heute mit anderen Augen? Er war ihr zu Weihnachten, als beide bei ihnen in Waldhagen zu Besuch gewesen waren, noch so vital und voller Leben erschienen!

Inzwischen war die Großmutter aus der Tür getreten. Maria löste sich aus den Armen des Großvaters und wandte sich zu ihr um. Sie machte ein paar rasche Schritte auf Maria zu, sah ihr ernst und forschend in die Augen und drückte sie dann kurz an sich. Maria spürte ihren harten, drahtigen Körper. Ihre Gestalt war immer noch ungebeugt, ihr Blick klar und ihr Haar zwar ergraut, aber voll. Sie schien wie immer, so energisch und resolut, als würde sie dem Alter nicht erlauben, sich an sie heranzumachen.

„Du bist blass und hast abgenommen," stellte sie nüchtern fest und griff nach Marias kleinem Koffer. „Es ist fast ein Jahr her, seit du bei uns warst", fügte sie vorwurfsvoll hinzu.

Maria musste lachen. Sie sah sich aufatmend und mit frohen Blicken um.

„Ach, wie schön ist es, einmal wieder hier zu sein! Geht es Euch gut? Ich meine gesundheitlich?"

„Man muss zufrieden sein," die Großmutter warf stirnrunzelnd einen sorgenvollen Blick auf den Großvater, der sich mit Marias Reisetasche im Auto zu schaffen machte. Er hatte ihren Blick sehr wohl bemerkt und wehrte ab.

„Ach was! Mein Herz macht hin und wieder Sperenzchen, sonst ist nichts," meinte er leichthin. Maria erschrak. Sie nahm ihm die Reisetasche aus der Hand.

„Aber Großvater! Damit ist gewiss nicht zu spaßen. Du bist doch bei einem guten Arzt in Behandlung?" Sie hängte sich beim Großvater ein und musterte ihn besorgt.

Unwillig fuhr er mit der Hand durch die Luft. „Ja, ja! Bin ich. Obwohl ich von all dieser Quacksalberei nicht viel halte! Aber die Oma gibt ja sonst keine Ruhe! Noch bin ich nicht bereit abzutreten. Und wenn es denn doch sein soll – dann muss es eben sein. Irgend wann ist die Uhr abgelaufen! Aber nun komm, lass uns nicht von Krankheiten und Tod reden. Kaffee und Kuchen warten schon!"

♦♦♦

Maria erwachte beim ersten Strahl der Morgensonne, die ihr geradeswegs ins Gesicht schien. Noch im Halbschlaf spürte sie ihre Wärme und Helligkeit auf ihrem Gesicht.

Ich bin in Mühltal, wusste sie sofort und ihr Herz wurde leicht. Sie öffnete vorsichtig die Augen und ließ ihren Blick träge durch das winzige Dachzimmerchen mit seinen schrägen Wänden wandern. Die weiße, leicht gestärkte Gardine bauschte sich im warmen, sommerlichen Luftzug, der von draußen herein wehte und ein Duft nach Sommerblumen mit sich brachte. Aus dem Blätterdach der alten Kastanie im Hof erscholl lautes Vogelgezwitscher.

Ein bunter Flickenteppich bedeckte die Mitte des hellen Holzfußbodens; an der Wand über dem Bett hing ein gut bestücktes Bücherregal. Maria kannte alle Bücher, die darin aufgereiht standen, ein buntes Gemisch aus Kinderbüchern, Abenteuerromanen und Krimis.

Auf dem Stuhl vor ihrem Bett lagen ihre Kleidungsstücke, die am Abend zuvor achtlos darüber geworfenen Jeans, ihr blauer Baumwollpulli und die wollene Strickjacke, die sie später am Abend dann übergezogen hatte.

Vom benachbarten Hof ertönte das Krähen der Hähne herüber, in das sich Hundegebell mischte. Maria hörte eine helle Kinderstimme und das Geräusch eines sich entfernendes Traktors.

Sie sprang aus dem Bett und lief ans Fenster. Der Großvater stand auf dem Gartenweg und beugte sich zu einem kleine Mädchen mit blondem Lockenkopf herunter. Das war die kleine vierjährige Lilian.

Maria war am Tag zuvor noch drüben auf dem Hof gewesen und hatte die gesamte Familie begrüßt.

Da war der Bruder vom Großvater, Lukas Peterson. Er war schon uralt, weit über 80, wie Maria wusste. Seine Frau war vor vielen Jahren an Krebs gestorben. Seitdem lebte er bei seinem Enkel Christian und seiner Frau Ilse, die den Hof übernommen hatten, nachdem die Großeltern ihn nicht mehr bewirtschaften konnten.

Sie betrieben vorwiegend eine Geflügelzucht und Milchwirtschaft. Beide waren einige Jahre älter als Maria. Christian war der Einzige in der Familie, der Interesse für die Landwirtschaft gezeigt hatte. Seine Eltern zogen seit jeher das Stadtleben vor. Henrike und auch Leonore sowie deren ehemalige Ehemänner hatten niemals im Sinn gehabt, auf einem Bauernhof zu leben und zu arbeiten.

Ilse und Christian hatten vier Kinder: Die zehnjährige Margit ging bereits in die Stadt zum Gymnasium. Der neunjährige Jan wollte einmal den Hof übernehmen. Er besuchte die Realschule. Dann war da Tom, sieben Jahre alt, ein stiller, schüchterner Junge, und das Nesthäkchen Lilian, vier Jahre alt.

Die Lilli, wie sie von jedermann genannt wurde, war ein niedliches kleines Ding. Jetzt schwatzte sie dort unten im Garten lebhaft auf den Großvater ein. Maria beugte sich aus dem Fenster und rief ihnen zu: „Guten Morgen, Ihr zwei! Was gibt es dort unten?“

Lilli hüpfte vergnügt von einem Bein auf das andere und winkte zu ihr hinauf.

„Komm herunter zu uns. Wir wollen zusammen frühstücken!“ Maria winkte zurück und beeilte sich mit dem Duschen und Anziehen. Die Großmutter hatte auf der Terrasse den Frühstückstisch gedeckt und blickte Maria entgegen.

„Nun, mein Kind, hast du gut geschlafen?“ Sie sah so besorgt aus, dass es Maria wunderte.

„Ja, sehr gut, Oma! Wie schon lange nicht mehr.“

Die Großmutter legte eine schmale, harte Hand auf Marias Arm.

„Wir können heute Nachmittag ausführlich miteinander reden,“ sagte sie, als wüsste sie, dass Maria eine Menge auf dem Herzen hatte, und fügte noch hinzu: “wenn du möchtest.“

Lilli lief Maria entgegen, nahm ihre Hand und zog sie an den Tisch.

„Siehst du die Blumen? Ich habe sie für dich gepflückt, extra für dich.“ Sie zeigte mit einem kleinen Zeigefingerchen auf ein Gänseblumensträußchen auf dem Tisch, das die Großmutter in ein winziges Schälchen gesteckt hatte. Maria bewunderte die Blumen ausgiebig.

Dann setzten sie sich zum Frühstücken und Lilli beanspruchte unbedingt den Platz neben ihr. Sie schob ihren Stuhl dicht neben den Marias und beschrieb ihr ausführlich jede Einzelheit auf dem Tisch.

Diese Marmelade hatte die Mama eingekocht, der Honig kam von Papas Bienen, die Butter von dem Onkel aus der Molkerei, die Brötchen hatte sie in aller Frühe mit dem Opa Magnus geholt und den Kaffee hatte die Oma gekocht.

Maria war von alledem gebührend beeindruckt und bestaunte alles wie erwartet. Und dann wurde gefrühstückt.

Immer wieder musterte Lilli Maria voller Interesse und Bewunderung. Als sich das gemütliche Frühstück dem Ende näherte, fragte sie: "Spielst du nachher mit mir? Du musst ja nicht arbeiten wie alle andern, du hast Urlaub!" Maria sah freundlich in das kleine Gesicht. „Hm. Was könnten wir denn spielen? Weißt du, ich habe noch nie mit einem kleinen Mädchen gespielt und kenne gar keine Spiele."

Lilli riss erstaunt die Augen auf.

„Was, du hast noch nie mit einem Kind gespielt? Du bist ja komisch. Aber das macht nichts. Ich zeig dir meine Katze und unsere neuen Küken. Ich habe viele Bilderbücher und Bälle und eine Schaukel. Die hat jetzt ein ganz starkes Seil, so dass es nicht wieder reißt wie neulich, als ich von ganz oben herunter fiel." Und mit den kleinen Armen deutete sie Maria an, wie tief sie denn gefallen sei bei diesem Sturz.

Maria fand die Kleine reizend und wunderte sich darüber. War es so einfach, mit Kindern umzugehen?

Der Vormittag verging ihnen wie im Fluge. Sie hatten mit Lilians Katze gespielt und die neuen Küken besichtigt. Dann waren sie gemeinsam mit Hasso, dem Schäferhund, über die Wiesen gelaufen, hatten sich irgendwo ins Gras geworfen und nach vierblättrigen Kleeblättern gesucht, die angeblich Glück bringen sollten. Lilian hatte keines gefunden, Maria fand eins und gab es der Kleinen.

„Aber dann schenkst du ja mir dein Glück," staunte sie.

Sie fanden einen verletzten Buchfink, den sie mit Großvater Magnus Hilfe verarzteten. Er hatte ein krankes Beinchen und der Großvater, der sich mit großem und kleinem Getier auskannte, machte eine Holzschiene und versorgte es.

Dann wurde der kleine Vogel in eine ausgepolsterte Zigarrenkiste gesetzt und Lilli suchte ihm

Regenwürmer. Maria hatte überlegt, sie wüsste gar nicht, was sie ihm zu essen geben sollten, vielleicht ein wenig zerbröckeltes Brot. Lilian war jedoch mehr für Würmer und begab sich auf die Suche, ausgerüstet mit einem Eimerchen und einer Kinderschaufel.

Später lagen sie auf einer Decke auf dem Rasen der Großeltern und Maria las eine Geschichte vor. Lilian hatte ihr anvertraut, niemand habe Lust und Zeit ihr vorzulesen, und es sei doch so schön, vorgelesen zu bekommen!

Lilli lag neben ihr auf dem Bauch, die braunen Beinchen von den angewinkelten, nackten Knien an in die Höhe gestreckt, das runde aufmerksame Gesichtchen auf die Ellbogen gestützt, während ihr blondes Lockengewirr über die Schultern herabhing. Maria las und sie musterte aufmerksam deren Gesicht.

Was mochte ihr dabei durch den kleinen Kopf gehen, dachte Marie flüchtig, als sie ihr einen schnellen Blick zuwarf.

Das sollte sie bald erfahren!

Die Geschichte war beendet und Maria verstummte. Lilian setzte sich auf.

„Warum hast du keine Kinder?“ kam es dann.

„Ach," sagte Maria leichthin. „Ich denke, irgendwann werde ich auch welche haben."

„Aber wann?" bohrte die Kleine weiter.

„Tja, das weiß ich noch nicht. Ich muss wohl erst einmal den richtigen Mann finden und ihn heiraten. Dann werden die Kinder schon kommen," meinte Maria und lachte. Lilli nickte ernsthaft. Das leuchtete ihr ein. Sie überlegte ein Weilchen.

Dann sagte sie: „Ich weiß einen Mann für dich. Er wohnt hier in der Nähe und ist sehr nett. Er hat weiße Kaninchen. Den könntest du nehmen. Das wäre schön. Dann würdest du hierher ziehen und ich könnte dich und die Kaninchen immer besuchen."

„Hm," überlegte Maria. „Ich glaube, seinen Mann muss man sich wohl immer selber aussuchen," sagte sie schließlich. Sie legte sich auf den Rücken und blickte in den blauen Himmel hinauf. Ein paar weiße Wölkchen zogen über ihre Köpfe hinweg. Lilian legte sich neben sie ins Gras und schaute in das Halmgewirr neben sich wie in einen Wald. „Der Opa Magnus muss das Gras mähen, es ist schon ganz hoch," stellte sie fest.

Maria setzte sich auf, schlang ihre Arme um die Knie und blickte über den blühenden Garten hinweg. Ihr ging es gut und es war schön, dieses lebendige kleine Wesen neben sich zu haben. Sie hätte ewig so sitzen und in den sonnigen Tag hinein träumen können.

Ein Rotkehlchen, das auf dem schwankenden Zweig eines kleinen Kirschbaumes saß, sang aus voller Kehle und schmetterte sein Lied in die blaue, weiche Sommerluft hinauf.

Mitten im Garten gab es einen kleinen Teich mit Goldfischen. Lilien und Sumpfdotterblumen wuchsen üppig an seinem grasigen Ufer. Der Großvater hatte eine kleine hölzerne Brücke aus alten Bohlen gezimmert, die in einem schönen, runden Bogen hinüber führte.

Eine niedrige Trauerweide ließ ihre langen weichen Zweige so tief ins Wasser hängen, dass darunter eine dunkle grüne Höhle entstanden war. Hoch oben auf den geschwungenen Zweigen hockte ein Taubenpärchen, die runden Köpfchen eingezogen, die aufgeplusterten grauen Brüstchen dicht nebeneinander geschmiegt, so dösten sie in der mittäglichen Wärme.

Mitten in Marias Träumen hinein ertönte die Stimme des Kindes:

„Maria, gehst du mit mir zu dem großen Teich? Allein darf ich da nicht hin, weil alle Angst haben, dass ich reinfallen könnte. Und ich möchte so gern sehen, ob die Frösche schon da sind!"

Es gab Maria einen Ruck. Sie blickte einen Augenblick verwirrt und stirnrunzelnd über den blühenden Garten hinweg, dann auf die Kleine hinunter.

"Richtig, es gibt hier ja auch einen großen Teich. Weißt du, den hatte ich ganz vergessen."

Lilli schaute in Marias verwundertes Gesicht und staunte auch. „Wie kann man denn den schönen Teich vergessen, mit all seinen Lilien und Fröschen!" Sie fand aber schnell eine Erklärung. „Sicher hast du immer so viel zu arbeiten da in der Stadt bei deinen Doktors, dass dir gar kein Platz in deinem Kopf dafür geblieben ist. Es wurde Zeit, dass du hierher gekommen bist, um auch mal an schöne Sachen zu denken wie Frösche und Teiche."

Damit sprang sie auf und zog Maria vom Boden hoch. Hand in Hand wanderten die beiden durch ein Gartentürchen, das im rückwärtigen Teil des Gartens die dichte Hecke teilte. Sie traten auf eine Blumenwiese hinaus. Ein schmaler Pfad führte ein Stückchen an der Hecke entlang, dann quer über die abschüssige Koppel zum Teich hinunter. Brennnessel, Schilf und Brombeergestrüpp wucherte an seinem Ufer. Hier und da ragten die Speere verblühter Schwertlilien daraus empor.

Ein verwitterter Holzsteg ragte ein Stück in das graugrüne Wasser hinein. Ein Baumgrüppchen warf eine Schatteninsel über das hohe Gras, in das Lilli sich aufatmend hineinplumpsen ließ.

Maria warf einen Blick in die Runde. Sie kannte diesen Platz von früher, hatte aber seit vielen Jahren nicht mehr an ihn gedacht. In den Ferien war sie mitunter bei den Großeltern gewesen.

Dann hatte sie mit den Nachbarskindern gespielt und manchmal waren sie zu diesem Teich gegangen. Maria stand reglos am Ufer und versuchte sich an Einzelheiten zu erinnern.

Während sie in das trübe Wasser hinabsah, beschlich sie ein Gefühl von Unwirklichkeit, als hätte sie einen Schritt in die Vergangenheit getan.

Ihr Herz begann heftig zu klopfen. Sie hörte nicht Lillis munteres Schwatzen neben sich, in ihrem Geist waren andere Stimmen erwacht. Stimmen aus der Vergangenheit, die auf sie eindrangen, lauter und eindrucksvoller als die der Gegenwart.

Maria war, ohne dass es ihr bewusst wurde, ins hohe Gras gesunken. Sie kauerte auf ihren Knien, die Hände neben sich im Gras mit vorgeneigtem Oberkörper und lauschte jenen Stimmen in ihrem Kopf.

Ihre Gedanken flogen weit zurück. Vor ihren Augen erschien ein anderes kleines Mädchen, ein Kind mit dunklem Haar.

Mit einem seltsam ziehenden Schmerz im Herzen sah sie sich selbst als Kind an diesem Ufer sitzen. Da war auch jemand bei ihr und aus versteckten Winkeln ihres Geistes tauchten Erinnerungsfetzen auf. An der Hand des Großvaters sah sie sich über die Wiese wandern.

Kleine Kinderfüße versuchten sich den weit ausholenden Schritten des Erwachsenen anzupassen. Manchmal hängte sie sich mit beiden Händen an seinen starken Arm und er hob sie mit einem weiten Schwung über das Gras. Es war, als würde sie fliegen, aber es war nur ein langer Schritt in der Luft.

An dem anderen Arm des Großvaters hingen allerlei Gerätschaften, die er mitgenommen hatte. Da war eine Angel mit Zubehör, ein Eimer für die Fische, die sie fangen wollten, und noch so ein paar Dinge.

In ihrem Kopf ertönte ihr eigenes Kindergeplapper und seine tiefe, bedächtige Stimme.

Später dann saß sie neben dem Opa auf dem Steg und durfte nur flüstern, denn er hatte seine Angel ausgeworfen und wartete auf die Fische, die sie der Oma zum Abendessen mitbringen wollten.

Deutlich sah sie in der Erinnerung den zerbeulten grauen Blecheimer auf dem Steg stehen, noch ganz leer, und daneben ihre Sandalen und Söckchen, die sie ausgezogen hatte. Sie wollte die Füße ins Wasser baumeln lassen, aber der Großvater hatte den Kopf geschüttelt. Später durfte sie das, jetzt sollten erst die Fische anbeißen.

Vielleicht würden die Fische ihre Zehen für Köder halten und hinein beißen, hatte er ganz ernsthaft gesagt. Maria hatte forschend in seine Augen unter den buschigen Brauen geblickt und er hatte gezwinkert. Da wusste sie, er machte nur Spaß!

Irgendwann trat die Großmutter von hinten zu ihnen heran, einen schweren Korb neben sich niedersetzend, aus dem sie allerlei Leckereien hervor zauberte.

Und sie hörte ihre Stimme: „Hallo, ihr zwei! Ich hoffe, ihr habt großen Hunger!"

Ein Picknick im Grünen! Mein Gott, wie lange war das her! Es war, als hätte sich ein Schleier gehoben und Maria einen Blick dahinter – in eine lang zurückliegende und vergessene Zeit – gewährt.

Maria fuhr aus ihren Träumen hoch, als das Kind neben ihr ihren Arm berührte.

„Hör nur, die Frösche," flüsterte Lilli und Maria befand sich mit einem Schlage wieder in der Gegenwart. Lilli stapfte vorsichtig durch das Gras und spähte in die Runde, um dem Quaken auf die Spur zu kommen und das Versteck der Frösche ausfindig zu machen.

Maria rappelte sich benommen auf. „Ich habe mich erinnert," dachte sie staunend. „Ich habe mich wirklich richtig erinnert."

Sie tat ein paar Schritte auf den Holzsteg hinaus und schaute in das grünliche Wasser hinab.

Da geschah etwas Seltsames! Ein unverständlicher Widerwille packte sie und Schweiß trat auf ihre Stirn. Seltsame Bilder erschienen am Rande ihres Bewusstseins, wurden deutlicher, dann wieder verschwommen, schoben sich übereinander.

Anfangs waren es fröhliche Bilder, dann atembeklemmend und unheildrohend: Planschende und lachende Kinder, das Tanzen der Mücken im Sonnenschein, Steine, die auf glattem Wasserspiegel Kreise zogen; dann Blutegel auf braunen Kinderbeinen, begleitet von ängstlichem, erschrecktem Kindergeschrei. Und dann war plötzlich für Maria die Sonne verschwunden und es wurde still um sie!

Da war das übermächtige Gefühl einer nahenden Gefahr, düster und lebensbedrohend kroch es auf sie zu. Auf einmal ertönte in ihrem Kopf ein gewaltiges Platschen, als würden mächtige Wassermassen bewegt. Unwillkürlich fuhren ihre Hände an den Kopf und hielten die Ohren zu. Im Geist sah sie, wie Wellen die grüne Glätte des Teichs durchbrachen, als hätte jemand einen riesigen Stein hinein geworfen.

Es war, als sei der Tag dunkler geworden, als wollte es Abend werden.

Sie fühlte sich ganz atemlos, wie nach schnellem Laufen.

Aber dann war es vorbei und sie sah die Sonne wieder und spürte ihre wohlige Wärme im Nacken. Sie hörte das Summen der Bienen im Gras und Lillis munteres Stimmchen neben sich.

Hastig trat sie von der Kante des Stegs zurück und wäre fast gestolpert. Nur das nicht! Es schüttelte sie vor Grauen bei der Vorstellung, in dieses grässliche Wasser zu stürzen.

Sie erschrak, als Lilli sie bei der Hand nahm.

„Was ist los, Maria? Wärst du fast ins Wasser gefallen?" Sie zog Maria fürsorglich vom Steg und plapperte: „Weißt du, ich bin auch schon mal hineingefallen. Opa hat mich rausgezogen. Aber du kannst schwimmen. Da ist es nicht schlimm." Maria kam der Gedanke: „Bin ich selbst als Kind vielleicht mal ins Wasser gefallen, als ich noch nicht schwimmen konnte?" Sie fand keine Antwort darauf.

Sie saßen noch ein Weilchen nebeneinander am Ufer und Maria erzählte dem Kind, wie sie mit dem Großvater vor sehr vielen Jahren dort zum Angeln gegangen war. Wie kam es dem Kind doch merkwürdig vor! Diese erwachsene Maria neben ihr war so klein gewesen wie sie selbst jetzt und hatte mit dem gleichen Opa Magnus an diesem Teich gesessen wie Lilli schon so viele Male.

Ihr schien, als würden sie und Maria sich in all der Zeit verändern, vom Kind zur Erwachsenen; nur der Opa bliebe immer gleich und wäre auch dann noch da und der Gleiche, wenn Lilli so alt sein würde wie Maria jetzt.

Eine Libelle tanzte mit ihren seidigen Flügeln dicht über die gekräuselte Wasserfläche, bevor sie sich in die warme Luft erhob und verschwand.

Nach einer Weile spazierten sie gemächlich über die Wiese zum Haus zurück.

„Gibt es im Teich Blutegel?“ Maria wusste selbst nicht, warum sie die Frage gestellt hatte; es war doch ganz gleichgültig.

„Opa sagt, da unten ist nur Kraut, sonst nichts,“ war Lillis Antwort.

Nur Kraut, sonst nichts.

Sonnenschein flutete in die gemütliche Wohnküche, als Maria sie betrat. Die Großmutter stand am Herd, wuchtete mit Energie ihre Töpfe und traf Vorbereitungen für das Abendessen.

Maria hatte die widerstrebende Lilli bei ihrer Mutter abgeliefert. Sie wollte mit den Großeltern sprechen. Der Großvater war nicht da.

Maria setzte sich auf die gepolsterte Eckbank und sah der Großmutter zu.

Diese warf ihr hin und wieder einen forschenden Blick zu. Als Maria lange schwieg, sagte sie: „Nun, was willst du wissen?“

Und auf Marias Erstaunen: „Du bist verändert. Ich hab's gestern gleich gemerkt. Kann es sein, dass du ein paar Fragen hast? Ich wusste immer, dass dein Gedächtnis nicht ist wie das anderer Menschen. Ich glaube, dass du ein paar Dinge wissen möchtest, die dir deine Mutter vielleicht verschweigt."

Maria wunderte sich. Die Großmutter fuhr fort:

„Deine Mutter neigt dazu, die Vergangenheit zu glorifizieren; vor allem deinen Vater. Ich könnte mir denken, dass du etwas über ihn wissen möchtest."

„Erzähl mir von meinem Vater," bat Maria. „Ich hab so wenig Erinnerungen an ihn. Es gibt auch kaum Fotos. Wie war er?"

Die Großmutter ließ ihre Töpfe Töpfe sein und setzte sich auf einen Stuhl Maria gegenüber. „Tja, wie war er? Als deine Mutter ihn kennen lernte, sah er sehr gut aus. Er war liebenswürdig und charmant. Später stellte sich dann allerdings heraus, dass er auch anders sein konnte," und sie fügte mit Pathos hinzu: „Er hatte eine dunkle Seite."

„Du meinst, er schlug meine Mutter und mich," versetzte Maria trocken. Die Großmutter sah sie überrascht an.

„Ach, das weißt du! Nun ja, dann hat sie dir ja doch schon so allerlei erzählt. Er war jähzornig, schwer zu durchschauen. Als er fortging, wurde mir klar, dass ich ihn nie richtig gekannt hatte."

„Mutter sagte, diese „dunkle Seite" – wie du es nennst – kam immer zum Vorschein, wenn er unter Alkoholeinfluss stand." Die alte Frau sah Maria verdutzt an. Dann schüttelte sie langsam den Kopf.

„Ich hab ihn selten trinken sehen," sagte sie dann. „Nur mal bei Feiern ein Glas Bier oder Sekt. Nie mehr! Und soviel ich weiß, hat er Stärkeres nie angerührt. Er war viel zu sehr darauf bedacht, die Kontrolle über alles zu behalten."

„Nur nicht über seine Hände, wenn er schlug," entfuhr es Maria bitter. „Hat er mich geliebt?"

Maria hörte das leichte Zittern in ihrer eigenen Stimme und es war ihr unangenehm. Die Großmutter sah sie mitleidig an. Dann zog sie verächtlich die Mundwinkel herab.

„Wer kann das so genau wissen! Er fand dich anfangs ganz niedlich, aber geliebt? Also, wenn du mich fragst, er hat weder dich noch deine Mutter richtig geliebt. Und sie ihn auch nicht. Er war ein brutaler Egoist," stieß sie hervor, erschrak jedoch sogleich über ihren ungewohnten Ausbruch.

Maria war ganz verstört. Die Worte der alten Frau taten ihr zwar weh, überraschten sie jedoch nicht sonderlich. Würde sie je eine objektive Beschreibung ihres Vaters zu hören bekommen?

„Aber warum dann überhaupt diese Ehe?"

Die Alte zuckte die Schultern. Dann sah sie Maria forschend an, als wolle sie herausfinden, was ihr zuzumuten sei.

„Ich denke, er brauchte eine Familie als Alibi, als eine Art Aushängeschild für seine Umwelt."

„Alibi?" Maria war nun vollends verwirrt. „Wofür ein Alibi?"

Die Großmutter faltete ihre Hände im Schoß und sah darauf nieder, als müsse sie sich wappnen für das, was da kommen würde.

„Wie du weißt, war er bei der Polizei. Irgend etwas war damals vorgefallen, als du zehn oder elf warst. Daraufhin wurde er versetzt. Wir sind nie dahinter gekommen, was da los war. Jedenfalls hatte er immer mit irgendwelchen krummen Geschäften zu tun. Drogenhandel, wenn du mich fragst. Vielleicht Schlimmeres.

Es war ihm aber nie etwas nachzuweisen. Er war schlau, oh ja, raffiniert, das war er auf seine Weise! Und deiner Mutter konnte er immer ein X für ein U vormachen. Das war recht bequem für ihn. Außerdem: sie war als junges Mädchen sehr hübsch, kam aus einer guten Familie, war fügsam und passte sich an. Das reichte wohl zu einer Ehe. Außerdem – es war ja eine Ehe, in der er ohnehin machen konnte, was er wollte. Er hatte immer ein Doppelleben."

„Und warum hat Mutter ihn geheiratet? Du sagst, auch sie hat ihn nicht geliebt."

„Nein, geliebt hat sie ihn wohl nicht," antwortete die Alte. „Obwohl ich anfangs glaubte, dass sie in ihn verliebt war. Jedenfalls gefallen hat er ihr schon. Und nachdem sie den anderen nicht haben konnte ..."

„Was, was sagst du da? Wen hat meine Mutter geliebt und konnte ihn nicht haben?"

„Ich weiß nicht, wer es war. Ich weiß nur, dass es einen gab. Sie hat es mir nie erzählt."

Maria starrte sie an, verwirrter denn je.

„Ich begreife gar nichts! Was ist das für ein Durcheinander! Und Vater? Hatte der eine Geliebte? Weißt du etwas über sein Verschwinden?"

Die Großmutter zog verächtlich die Mundwinkel herunter. „Dein Vater? Wenn du mich fragst, der hatte immer andere Frauen. Deine Mutter war ja leider nicht so, wie er es sich gewünscht hat. Ich glaube allerdings nicht, dass er mit einer anderen Frau durchgegangen ist. Ich denke, seine dunklen

Machenschaften hatten ihn eingeholt, ein paar davon. Irgendein kriminelles Element" hier machte sie eine bedeutungsvolle Pause und sah Maria wissend an –„irgendein kriminelles Element hat ihn auf dem Gewissen."

Maria schwieg. Sie wusste nun, dass sie auch hier nichts für sie Wesentliches erfahren würde.

Warum stellte sich wieder das Gefühl ein, dass auch die Großmutter ihr nicht die Wahrheit sagte? Oder dass sie etwas verschwieg!

Plötzlich sagte sie: „Hat er mich manchmal *meine kleine Marie* genannt." Die Alte sah erstaunt in Marias Gesicht. „Ach, das haben wir alle mitunter," sagte sie obenhin und erhob sich abschließend von ihrem Stuhl.

♦♦♦

Winter 1969 (Dezember)

Viele Stunden lang wartete er schon auf sie, aber sie war nicht gekommen!

Was war geschehen? War dies schon das Ende?

♦♦♦

Magnus Peterson lehnte sich in seinem Gartenstuhl zurück, streckte beide Beine in den braunen Cordhosen behaglich von sich und schaute versonnen auf das Pfeifchen in seiner breiten, braunen Bauernfaust.

Dann nahm er einen tiefen Zug und blies eine blaue Rauchwolke vor sich hin. Er musterte Maria mit einem nachdenklichen Blick.

„Sei nicht so niedergeschlagen, mein Kind," brummte er. „Vielleicht wäre es besser, wenn du die Vergangenheit ruhen ließest."

Maria saß ihm gegenüber in einem Liegestuhl, den sie in die Sonne gerückt hatte, um ihre letzten Strahlen zu erwischen.

Sie fühlte sich müde und deprimiert. Die Großmutter hatte ihr so wenig sagen können.

Dabei wusste sie gar nicht recht, was sie eigentlich erwartet hatte. Oder doch, sie wusste es! Eine Erklärung für ihr eigenes Leben, so wie es nun einmal war; für das, was in ihr vorging und was sie fühlte. Für ihre ganze seltsame Verdrehtheit! Es musste doch da irgendwo eine Art Schlüsselerlebnis geben! Etwas, das sie schlagartig als Ursache all ihrer Symptome und irrwitzigen Zustände erkennen würde!

Die Großmutter räumte sehr laut in der Küche herum. Maria hörte sie klappern und wirtschaften. Geschirr und Gläser klirrten, Schranktüren flogen zu, lauter als es nötig gewesen wäre. Worüber war sie denn so erbost?

Maria saß allein mit dem Großvater auf der Terrasse. Sie hatte ihn gebeten, ihr etwas zu erzählen aus der Zeit, als die Mutter jung gewesen war. Er hatte sie nachdenklich angesehen, als müsse er das erst einmal gründlich bedenken. Dann wanderte sein Blick gedankenverloren zum Bauernhof hinüber.

Er nahm die Pfeife aus dem Mund und sagte – und seine Stimme schien von ganz weit her zu kommen, als täte er einen langen Blick in eine sehr ferne, weit zurückliegende Zeit:

„Sie waren sich äußerlich so ähnlich als Kinder, Leonore und Henrike. Beide so dunkelhaarig und zierlich wie ihre Mutter. Und doch im Temperament so verschieden. Henrike war ungeduldig und temperamentvoll.

Sie wollte viel erleben und nutzte die Gelegenheit. Leonore, deine Mutter, hing immer mit dem Kopf in den Wolken und wartete auf das, was das Schicksal ihr bescheren würde. Sie war die Stille, Sanftmütige.

Henrike die Aufsässige und stets unzufrieden. Sie verstanden sich im großen und ganzen gut, ergänzten sich wohl auch irgendwie.

Das erste größere Problem tauchte auf, als sie sich in den gleichen Mann verliebten. Da wurden sie zu Rivalinnen, belauerten sich misstrauisch. Nun ja, das war ja wohl ganz natürlich.“

Der Großvater seufzte und nahm einen Zug aus der Pfeife. Er schüttelte ungläubig den Kopf. „Mein Gott, ist das lange her.“

Maria saß kerzengerade in ihrem Stuhl. Sie wartete, aber der Alte schien so in Gedanken versunken, dass sie schließlich ungeduldig fragte: „Und dann? Was wurde daraus?“

Gespannt sah sie ihm ins Gesicht. Er fuhr mit der Hand durch seine graue Haarmähne und zuckte gleichmütig mit den Schultern.

„Soviel ich weiß, gar nichts. Beide bekamen ihn schließlich nicht.“ Maria wollte sich damit nicht zufrieden geben.

„Aber wer war es? Und wie ging es weiter?“

„Sie hatten ständig Streit miteinander, schrien herum und zeterten. Und dabei verloren sie das, worum es ging, ganz aus den Augen, nämlich den Mann.“

„Kanntest du ihn, Großvater?“

Der Alte nickte. „Oh, ja. Er kam zu uns ins Haus. So ein netter Junge aus der Nachbarschaft. Ich glaube, er besuchte beide, um sie kennen zu lernen. Und er lernte sie schließlich kennen,“ er grinste erheitert vor sich hin. „Sie zeigten sich alle beide nicht gerade von ihrer besten Seite. Sie belauerten einander und tanzten um ihn herum, dass es schon peinlich war.“

Maria konnte sich das sehr gut vorstellen. Demnach hatten beide Frauen sich nicht so sehr verändert.

„Tja,“ meinte er abschließend „und eines Tages kam er eben nicht mehr. Und das war's dann.“ Er klopfte gedankenverloren in monotonem Rhythmus mit der Pfeife auf den Aschenbecher.

„Weißt du,“ fuhr er grübelnd fort. „Ich habe immer gedacht, sie haben eine besondere Beziehung zueinander, diese beiden Schwestern! Mal so, mal so! Sie konnten auf Dauer nicht miteinander auskommen, aber ohne einander war's ihnen auch nicht wohl. Dann fehlte ihnen was. Ambivalent, nennt man das wohl..... na ja. Dann war Henrike eine Zeit lang bei Verwandten in Süddeutschland. Da waren die Schwestern das erste Mal in ihrem Leben für längere Zeit getrennt. Henrike glaubte plötzlich, sie müsse hier aus der Enge heraus und etwas anderes kennen lernen. Nach einem halben Jahr war sie wieder da und brachte einen Mann mit. Ein netter Mann, Bernhard Sarnow. Musiker und Antiquitätenhändler."

Der Großvater grinste ein wenig hämisch und kaute an seiner kalten Pfeife.

„Hätte ich ihr gar nicht zugetraut, sich so einen Mann zu angeln. Sie schienen auch sehr verliebt zu sein und heirateten dann bald. Ich denke manchmal, wenn sie länger gewartet hätten, wäre es nicht dazu gekommen.

Sarnow übernahm ein kleines heruntergekommenes Antiquitätengeschäft in Werningen und brachte es ordentlich in Schwung. Verstand was davon und war tüchtig. Soweit ich mich erinnere, spielte er auch einige Zeit in einem Orchester mit als Geiger. Er konnte großartig Geige spielen, war eigentlich mehr so ein Künstlertyp.

Das gab er dann auf. Warum, weiß ich nicht. Behielt nur das Geschäft, hatte Angestellte, reiste herum, um alte Sachen aufzuspüren, die er zur Aufarbeitung mitbrachte. Es passte Henrike nicht, dass er so oft unterwegs war. Damals war die Ehe schon nicht mehr in Ordnung – wenn sie es denn je gewesen war. Wahrscheinlich fuhr er darum so viel fort."

Er schwieg. Beide hingen ihren Gedanken nach. Maria versuchte sich die Tante verheiratet vorzustellen. Mit einem netten Mann noch dazu.

„Wollten die beiden keine Kinder?"

Der Großvater zuckte die Schultern. „Henrike war zimperlich und bequem. Ich glaube, er hätte gern Kinder gehabt. Damals – im Winter 69 muss das gewesen sein – da sprach sie von einem Kind. Ich meine, sie glaubte schwanger zu sein. Aber dann war es wohl doch nicht der Fall. Was da wirklich in ihrer Ehe los war, weiß ich nicht. Sie passten auch so gar nicht zueinander. Die Ehe dauerte keine drei Jahre. Von diesen drei Jahren lebte er die wenigste Zeit mit ihr zusammen, ich glaube, nur die ersten Monate."

„Beide Schwestern hatten scheinbar nicht viel Glück mit ihren Ehen," meinte Maria. Aber auch das war ihr ja nichts Neues.

Der Großvater wanderte mit seinen Gedanken durch die Vergangenheit, durch Zeiten, in denen seine Töchter jünger noch gewesen waren als Maria es jetzt war.

„Dieser Winter 69," sinnierte er. „Da heiratete dann auch deine Mutter. Ziemlich überstürzt, wenn du mich fragst. Aber sie wollte ja partout nicht warten. Na ja, deine Großmutter war einverstanden. Es war ja auch nichts einzuwenden gegen den schmucken Polizeibeamten."

Maria grübelte hin und her. Es klang alles so banal, nichts Mysteriöses wollte sich in der Vergangenheit auftun, das ihr Hinweise geben könnte.

„Weißt du, Opa," begann sie erneut. „Ich denke ständig, es muss doch Gründe geben für meine Anfälle, für die Gedächtnislücken, meine Ängste und Albträume. Ich suche sie in der Vergangenheit und alles, was ich erfahre, klingt so alltäglich. Es muss doch aber eine Ursache geben für meine eigenartigen Zustände! Kannst du mir keine Erklärungen geben?"

Der Großvater sah sie mitfühlend an. Da saß sie vor ihm wie seinerzeit als kleines Mädchen, wenn sie sich keinen Rat wusste! Wenn er ihr doch helfen könnte!

„Eine Erklärung für all das? Tja – Ursache und Wirkung ..." , murmelte er rätselhaft vor sich hin und wiegte den Kopf. Dann packte er energisch die kalt gewordene Pfeife und wühlte in seiner Westentasche nach dem Tabak, um sie sich erneut zu stopfen. Schließlich begann er von neuem:

„Weißt du, diese Ehe deiner Mutter, oder vielmehr deiner Eltern – sie war schlimm genug, um ein Kind konfus zu machen. Auch wenn Leonore das heute kaum wahrhaben will. Sie geht ja soweit, sich selbst die Schuld daran zu geben, wenn Clemens sie schlug. Und dich schlug er auch. Du hattest Angst vor ihm, wenngleich du ihn auch liebtest! Was mir immer unbegreiflich war! Aber es war so. Dieses ständige Hin- und Hergerissen werden. All diese Szenen - es ist doch eigentlich nicht so erstaunlich, dass du davon krank wurdest, glaubst du nicht?"

Maria seufzte. „Du wirst wohl Recht haben," sagte sie niedergeschlagen.

Und dann fiel es ihr plötzlich wieder ein! Wie hatte sie das vergessen können!

Ruckartig setzte sie sich auf.

„Großvater," begann sie laut mit erregter Stimme, so dass der alte Mann erschrocken zusammen fuhr.

„Erinnerst du dich an diese Spieldose, die ich als Kind besaß?"

Der Großvater warf ihr einen verblüfften Blick zu.

„Ach, du liebe Zeit! Dieses alte Ding hatte ich ganz vergessen. Habe es auch seit Jahren nicht gesehen. Dein Vater hatte sie dir geschenkt, soviel ich weiß."

Maria sah ihn beschwörend an. „Kannst du mir nicht sagen, wo sie geblieben ist, Opa? Und weißt du noch, welches Lied sie spielte? Es ist so wichtig für mich! Ich habe das ganz sichere Gefühl, dass ich, wenn ich sie sehe und ihre Melodie höre, mich an bestimmte Dinge wieder erinnere. An Dinge, die irgendwie wichtig waren – früher.

Ich will mich erinnern, verstehst du, auch wenn es schlechte Erinnerungen sind. Aber ich will mich erinnern – um jeden Preis."

Der Großvater blickte forschend auf seine Enkelin. Was wollte dieses Kind – ach nein, diese junge Frau, die sie ja längst war - von ihm? Er verspürte wenig Lust, auf diese Weise in der Vergangenheit herum zu kramen, wie Maria es anscheinend vorhatte; Dingen nachzuspüren, die nicht gut gewesen waren und die man besser ruhen lassen sollte. Was anderes wäre es, die guten alten Zeiten bei einem Gläschen Wein unter Freunden noch einmal aufleben zu lassen!

Er fühlte plötzlich sein Alter, seine ungewollte Resignation und die Last all seiner Erfahrungen mit ihrem ganzen Gewicht auf sich ruhen. Er wollte nicht aufgestört sein in seinem mühsam erworbenen Alltagsfrieden.

Vor ihm aber saß seine Enkelin, die er liebte und die etwas von ihm wollte! Die ihn ansah mit diesem vertrauensvollen, hoffnungsvollen und zugleich ängstlichen Blick, als hinge von ihm und seinem Rat ihre Zukunft ab.

Wie sie da vor ihm saß, aufs Äußerste angespannt mit konzentrierter Miene. Sie war so schmal geworden, musste einiges abgenommen haben in der letzten Zeit!

Und Schatten hatte sie unter den Augen. Er musterte sie verstohlen. Warum quälte sie sich so? Das arme Kind! Er hing an ihr wie er an keinem seiner eigenen Kinder gehangen hatte!

Wenn er ihr doch helfen könnte! Was sollte dieses Graben in der Vergangenheit ihr nützen?

Er sah sich selbst, alt und knorrig hier in seinem Stuhl, arrangiert mit dem Leben und den Menschen um sich herum!

War auch er einstmals so gewesen wie sie? Zwar war er ein Mann und konnte kaum denken und fühlen wie eine Frau. Und doch!

Träume, Hoffnungen – jeder hatte sie! Wünsche und Erwartungen an das Leben! Tja, Ungeduld und ein Recht, das man zu haben glaubt auf ein fantastisches Leben in seiner ganzen Fülle.

Und dann kam das Leben selbst! Da kam es mit seinen Kompromissen, Enttäuschungen! Und was wurde aus all den Hoffnungen und Träumen? Was war aus den seinen geworden?

Einen Moment lang dachte er bitter: Ich kriegte manches, was ich wollte – nur war es dann nicht so, wie ich mir vorgestellt hatte, und vieles bekam ich, was ich gar nicht wollte!

Es war alles ganz anders; war es schlechter oder besser – oder nur anders? Wahrscheinlich schlechter!

Wenn er sein Leben noch einmal vor sich hätte - . Du lieber Gott! Einen verzweifelten Augenblick wünschte er sich, genau das möge geschehen! Dann seufzte er ergeben. Dieses Kind! Was wünschte und erträumte sie sich wohl?

Als er in seinen Grübeleien an diesem Punkt angekommen war, wurde ihm klar: Darum ging es

Maria gar nicht! Es ging ihr nicht um die Wünsche und Träume der Jugend wie andere in ihrem Alter sie hatten. Sie hatte ganz andere Probleme!

Sie suchte eigentlich nur sich selbst, ihre Gesundheit und Normalität. Vorerst jedenfalls!

Das war es: sie kam mit sich selbst nicht zurecht. Aber wie konnte man ihr helfen? War es denn heute noch wichtig, ob ihre Kindheit harmonisch verlaufen war, ob der Vater sie schlug oder die Mutter kaum Interesse für ihr Kind aufbringen konnte?

Was vorbei war, war vorbei! Warum konnte Maria nicht die Kindheit ruhen lassen und sich auf die Zukunft konzentrieren? Eine Zukunft, die durchaus verheißungsvoll werden könnte, wenn sie es richtig anpackte!

Der alte Mann versuchte sich in seine Enkelin hinein zu versetzen. Es wollte ihm nicht gelingen.

Er wusste nur eines: Maria wollte um jeden Preis ihre Erinnerungen wieder haben, ganz gleich, ob diese nun gut waren oder schlecht.

Er zog die buschigen Brauen ergrimmt zusammen, ihm war ein Gedanke gekommen. Um jeden Preis – seien es nun gute oder schlechte gewesen! Das sagt sich so leicht!

Wenn es denn schlechte Erinnerungen waren, würde sie dann von diesen am liebsten nie gewusst haben?

War das nicht wie mit dem Sprichwort: Was ich nicht weiß, macht mich nicht heiß?

Es war schon richtig: Was ich nicht weiß, kann mich nicht aufregen.

Aber wenn ich dann weiß, dass da etwas war, sieht die Sache doch schon anders aus!

Man müsste in diesem Falle gar nicht erst wissen, dass da überhaupt etwas sein könnte. Wenn doch, na dann ist die bohrende Neugier da – und selbst wenn man sagt "ich will die Wahrheit wissen", möchte man nur hören, dass es eine angenehme Wahrheit war. Möchte man also nicht in jedem Falle belogen werden? Er war überzeugt davon.

Ach, diese komplizierten Gedankengänge machten ihn müde. Er lehnte sich zurück, die Hand mit der Pfeife landete vergessen auf den Knien. Seine eigene Jugend, seine Träume wollten vor seinen Augen erstehen, er geriet in Versuchung, sie neu auszuspinnen, sich auszumalen, wie sie hätten sein können - wie er es schon viele Male getan hatte, aber er ließ ihnen keinen Raum.

Vorbei für immer für ihn! Jetzt ging es um Maria! Aber er war alt. Was konnte er noch für sie tun? Sein Gewissen regte sich. Man hätte vielleicht früher mehr für sie tun sollen. Damals, als sie noch ein Kind war! Gewaltsam verscheuchte er diesen Gedanken. Dafür war es auf jeden Fall zu spät!

Marias Blicke ruhten abwartend auf seinem Gesicht. Anfangs hatte sie geglaubt, er versuche sich an die Spieldose und ihr Lied zu erinnern. Nun jedoch wirkte er auf einmal so seltsam abwesend und traurig, dass sie erschrak.

Sie ertrug es nicht, ihn so hinfällig zu sehen wie in diesem Augenblick. Jäh wurde ihr bewusst, wie sehr sie ihn liebte. Und noch etwas anderes stieg ihr ganz klar vor Augen: Er war für sie immer der Inbegriff der Zuverlässigkeit und der bedingungslosen Liebe gewesen. Nicht die Mutter oder die Großmutter! Immer er, der Großvater!

Und der Vater? Maria horchte in sich hinein.

Wo war jetzt seine Stimme: meine kleine Marie!

Aber sie wusste es doch: sie hatte ihn bewundert und geliebt! Und eines wusste sie mit Sicherheit: er hatte sie geliebt!

Da war aber noch etwas anderes! Das Kind auf dem Dachboden erschien vor ihren Augen und plötzlich geschah es! Wie eine Welle kam es über sie, leise auf sie zurollend, dann stärker und mächtiger und dann war sie da – die Erinnerung!

Bruchstücke von Bildern entstanden vor ihr, farbig und lebendig! Mehr und mehr! Geräusche, Gerüche, Stimmen und Worte, die zu Sätzen wurden, und Sätze, die einen Sinn ergaben - und plötzlich auch Geschrei und eine große Angst!

Zwar waren es immer noch Bruchstücke, verworren und teilweise zusammenhanglos. Aber sie erinnerte sich!

Der Vater hatte sie geschlagen, weil sie böse gewesen war! Dann hatte er sie in der Bodenkammer eingesperrt und sie hatte sehr geweint, hatte gezittert vor Angst. Er wollte wiederkommen, wenn sie „ein gutes Kind" wäre. Ihr wollte partout nicht einfallen, was sie denn angestellt hatte, das den Vater so böse werden ließ. Sie saß hilflos da und weinte und wartete. Aber er kam nicht!

Die Mutter hatte sie schließlich geholt. Einen Tag – oder wie viel - später? Maria hatte gedacht, die Mutter wäre froh, sie zu finden, hätte sie getröstet in ihrer Not, aber sie war sehr zornig gewesen, noch zorniger als der Vater! Sie hatte das Kind gepackt und nach unten in ihr Zimmer gezerrt. Und dort hatte Maria dann auf dem Bett gekauert und immer weiter geweint, bis sie schließlich mit ihren verschmutzten Kleidern ins Bett gekrochen und unter Schluchzen eingeschlafen war.

Am nächsten Morgen hatte die Mutter das Kind aus dem Bett und unter die Dusche geschleppt. Der Vater war nicht da gewesen.

An mehr erinnerte Maria sich nicht. Sie saß aufrecht in ihrem Stuhl und schaute stumpf vor sich hin.

Der Großvater erschrak bei ihrem Anblick und rappelte sich ächzend in seinem Lehnstuhl auf. Er sah besorgt in ihr bleiches, verstörtes Gesicht.

„Na, na, mein Kind! Was ist denn los? Ist eine Gans über dein Grab gelaufen?“ Es sollte munter und scherzhaft klingen, aber seine Stimme war voller Sorge.

Maria blickte ihn an, als sei sie aus einem bösen Traum erwacht.

„Opa, ich habe mich erinnert! Mir ist auf einmal wieder eingefallen, wie ich auf dem Boden in unserem Haus eingesperrt war.“

Der Großvater sah sie erschrocken an. Er richtete sich auf und suchte ungeschickt nach seiner Pfeife, die ihm aus der Hand geglitten und auf den Boden gefallen war.

„Hat er dich auf dem Boden eingesperrt?“

Maria wunderte sich gar nicht, dass der Großvater davon nichts zu wissen schien. Sie aber war trotz der Ängste und Schrecken, die sie als Kind empfunden hatte und die ihr wieder lebhaft vor Augen standen, erleichtert und wie erlöst über den Umstand, dass sie sich erinnerte hatte!

„Ja, weißt du, Opa, ich wusste ja eigentlich längst, dass er mich schlug, Und auch meine Mutter, aber ich konnte mich nicht erinnern! Und das ist es ja, was mir am meisten zu schaffen macht: dass ich mich so wenig erinnern kann. Ich kämpfe eigentlich um jede Erinnerung! Ich will mich erinnern – um jeden Preis.“

Da war es wieder, dieses „um jeden Preis.“

Sie verstummte und blickte vor sich hin, als fehlten ihr die Worte, als könne sie nicht recht ausdrücken, was sie fühlte.

Mit beiden Händen fuhr sie sich übers Haar, das sich aus seinen Spangen zu lösen drohte, es hing ihr zu beiden Seiten ihres Gesichts in unordentlichen schwarzen Strähnen herab.

„Und darum wüsste ich auch so gern, ob die Melodie auf der Spieldose mir helfen würde, mich an Dinge aus der Kinderzeit zu erinnern."

Flehentlich sah sie ihren Großvater an, so als wollte sie mit aller Macht sein Verständnis und sein Einverständnis für ihr Bemühungen erzwingen.

„Du hast dich doch soeben erinnert, an dieses Eingesperrtsein auf dem Boden. Was bringt dich auf den Gedanken, dass es etwas Besonderes mit der Spieldose und dem Lied auf sich hat?"

„Ich weiß es einfach! Ich denke, sonst hätte ich es nicht vergessen," beharrte Maria stur.

„Was für eine seltsame Logik," brummte der Alte.

Dann jedoch entsann er sich plötzlich eines herrlichen Sommertages vor vielen Jahren; als er eine schluchzende junge Maria auf der alten Bank im Garten im Arm gehalten hatte. Eine Maria, die über alle Maßen traurig und verzweifelt gewesen war. Eine alte mexikanische Volksweise hatte diesen Ausbruch hervorgerufen.

„Weißt du, es muss ja etwas geben, was ich mit der Spieldose und dem Lied darauf in Verbindung bringe. Entsinnst du dich noch an jenen Geburtstag, als wir alle bei Euch waren und ich auf eurem Klavier dieses alte Volkslied spielen sollte oder wollte. Ich war noch im Studium und muss also etwa 20 gewesen sein .....“

Maria schwieg verwirrt. Sie war ganz aus dem Konzept gekommen. Der Opa schaute sie so merkwürdig an, dass sie spürte, er wusste, wovon sie sprach.

Er nickte fast widerwillig.

„Ja, ich erinnere mich gut! Ich bat dich, dieses alte mexikanische Volkslied für mich zum Geburtstag zu spielen. Es war das Lied von der Spieldose. Aber du erinnertest dich nicht an die Melodie. Die Spieldose hatte ich zu der Zeit schon lange nicht mehr gesehen. Ich summte dir ein paar Takte vor, dann fiel es dir wieder ein. Ich sehe dich noch vor mir, wie du da an unserem alten Klavier saßest mit deinem langen schwarzen Pferdeschwanz über einer Schulter.

Und dann spieltest du diese Melodie! Das heißt, bis zum Ende kamst du nicht. Mitten drin sprangst du auf und liefst hinaus.

Es war, als sei dir plötzlich ein Geist erschienen.“

Der Großvater verstummte.

„Siehst du, das meine ich. Es ist ja sonnenklar! Damals habe ich mich scheinbar an etwas Schreckliches oder Trauriges erinnert. Und weiter? Was war dann, Opa?“ drängte Maria.

„Tja, ich ging dir nach. Du hocktest auf der Bank im Garten hinter den Holundersträuchern. Du weintest zum Steinerweichen. Ich ging zu dir und fragte, was denn nur los sei. Eine ganze Zeit konntest du nicht sprechen. Dann sagtest du: Ach Gott, Opa, es ist alles so schrecklich und traurig. Mehr bekam ich nicht aus dir heraus. Danach hattest du fürchterliche Kopfschmerzen. Gegen Abend an diesem Sonntag ging es dann etwas besser. Die Oma hatte dir irgendein Schmerzmittel gegeben. Das half etwas. Am Abend fuhrt ihr dann wieder heim. Das ist alles, was ich weiß,“ schloss der Großvater.

Er sah Marias enttäuschtes Gesicht. „Es tut mir leid, dass ich dir nicht mehr sagen kann.“

„Und das Lied, Großvater! Wie war die Melodie?“ Gespannt forschte sie in seinem Gesicht.

Das hatte der alte Mann erwartet. Er hatte diese Melodie genau im Kopfe, aber er tat, als müsse er sich besinnen. Er war nicht sicher, ob es ratsam sei, Maria da auf die Sprünge zu helfen. Wer weiß, was dieses Lied bei ihr auslösen würde. Darüber musste er erst einmal nachdenken. So schüttelte er den Kopf.

„Im Moment fällt es mir nicht ein. Ich habe ja seit Jahren nicht daran gedacht, es auch nie mehr gehört. Es war ein recht wehmütiges Lied, soviel weiß ich noch."

Maria sah ihn an wie erloschen. Dann sagte sie: „Weißt du auch, dass ich seit der Zeit nie mehr Klavier gespielt habe?"

Der Großvater nickte. „Deine Mutter hat es mir erzählt."

Er begann erneut, mit seiner Pfeife herum zu hantieren. Ein Gedanke war ihm gekommen. Er blickte auf und warf Maria einen prüfenden Blick zu. Eine Weile schien er zu überlegen, schließlich sagte er: „Nun, wie ist es? Drinnen steht mein altes Klavier. Willst du nicht ein wenig darauf klimpern? Vielleicht fällt dir dabei das eine oder andere ein!"

Er beobachtete sie aus den Augenwinkeln, während er an der Pfeife zog, als nähme sie seine ganze Aufmerksamkeit in Anspruch. Blauer und gelber Rauch stieg in die Luft, vermischte sich zu Kringeln und Schleifen, die sich schließlich in einem zartgrauen Dunst auflösten.

Maria saß mit unbewegtem Gesicht kerzengerade auf ihrem Stuhl. Hinter den Hecken war die Sonne als roter Ball am Himmel verschwunden. Über dem zartgoldenen Abendhimmel hingen blassrosa und violette Wolkenstreifen.

Es war kühl geworden. Maria fröstelte. Sie schwieg eine lange Zeit.

„Ich trau' mich nicht," sagte sie schließlich leise.

„Wovor hast du Angst?" Der Großvater richtete sich auf und musterte seine Enkelin mit scharfem Blick.

„Fürchtest du Erinnerungen, die aufwachen könnten? Ich denke, du wolltest dich erinnern – um jeden Preis!"

Maria blickte ihn kläglich an. Dann lächelte sie verzerrt.

„Ja, genau das ist es! Vorhin hab ich noch so mutig daher geredet und nun wag' ich mich nicht einmal ans Klavier!"

„Was kann denn schon passieren," fuhr der Alte fort, obwohl ihm selbst nicht ganz wohl bei der Sache war.

„Vielleicht fällt dir diese Melodie wieder ein und mit ihr mein Geburtstag, an dem du sie spieltest," meinte er gleichmütig. Gleichzeitig hoffte er, dass sie es nicht täte. Wer weiß, was da herauf beschworen wurde!

Da sprang sie plötzlich auf, all ihren Mut zusammen raffend.

„Ich versuche es. Kommst du mit hinein?"

Er nickte. „Geh schon vor. Ich komme nach, will nur erst meine Pfeife hier draußen zu Ende rauchen." Feiger, alter Narr! schalt er sich selbst und sah sorgenvoll hinter ihr her, wie sie ins Haus eilte, entschlossen, fast hastig, als befürchte sie, sich doch noch anders zu besinnen.

Drinnen stieß sie auf die Großmutter, die dabei war, den Tisch für das Abendessen zu richten. Erstaunt blickte sie Maria nach, als diese im Wohnzimmer verschwand.

Und dann saß Maria am Klavier!

Es war wie vor kurzem auf dem staubigen Dachboden! Einen Augenblick saß sie ganz still, alle Ängste und Gedanken hatte sie aus ihrem Kopf verbannt. Sie legte beide Hände auf die Tasten und wie von selbst ertönte unter ihnen eine vertraute Melodie, an die sie sehr lange nicht gedacht hatte.

Langsam erwachte das alte, ein wenig verstimmte Klavier unter Marias Händen wieder zum Leben. Anfangs ein wenig zaghaft, dann immer sicherer und schließlich mitreißend und schön entlocke Maria dem so lange vernachlässigten Instrument eine Melodie nach der anderen. Sie hatte alles um sich her vergessen und spielte und spielte.

Als sie endlich die Hände ruhen ließ und sich wie erwachend umsah, entdeckte sie die Großeltern mit staunenden Gesichtern nebeneinander auf dem alten Sofa neben der Tür.

Maria schwenkte auf dem wackligen Hocker herum, die Hände im Schoß und ihre Augen leuchteten. „Ach, war das schön," sie atmete tief auf. Der Großvater forschte in ihrem Gesicht. Sie schien alle Ängste und Befürchtungen vergessen zu haben. „Was für eine Überraschung," ließ sich die Großmutter vernehmen.

„Du hast gespielt wie früher. Und wie ist es mit dieser mysteriösen Melodie? Sie ist dir also noch nicht eingefallen?"

Maria schüttelte langsam den Kopf.

„Nein, sie ist mir nicht eingefallen." Ihr Blick wanderte zum Großvater und es schien ihm, als sei sie erleichtert. „Vielleicht ein anderes Mal," meinte sie leichthin und erhob sich.

Beim gemeinsamen gemütlichen Abendessen beobachtete der Alte sie und wunderte sich über die wundersame Verwandlung seiner Enkelin.

Vielleicht wird es gar nicht nötig sein, dass sie sich erinnert, dachte die Großmutter. Sie hoffte es von ganzem Herzen.

♦♦♦

Winter 1969 (Dezember

„Du willst, dass wir alles vergessen, was geschehen ist? Unser altes Leben wieder aufnehmen, als wären wir uns nie begegnet? Aber das ist nicht mehr möglich!"

♦♦♦

Maria rannte durch strömenden Regen in endloser Dunkelheit. Der Verfolger war ihr wieder auf den Fersen. Als sie erwachte, glaubte sie einen Augenblick, ihr Traum sei in die Wirklichkeit hineingeraten.

Regen und Dunkelheit waren immer noch da, schienen ihr gefolgt zu sein vom Traum in die Gegenwart, denn sie war nun ganz wach. Sie setzte sich auf, um ihre Benommenheit abzuschütteln.

Immer noch klopfte ihr Herz wie von schnellem Lauf. So saß sie in der Dunkelheit und ließ die Traumbilder an sich vorüberziehen. Es war wie immer gewesen, oder doch fast. Sie war in panischer

Angst davongerannt, die Schritte und das Keuchen ihres Verfolgers im Nacken. Irgendwann jedoch war ihre Angst einer Wut gewichen, nicht ganz, aber immerhin doch soweit, dass sie – noch träumend – mit klarem, kühlem Kopf denken konnte. Sie hatte ihren Lauf verlangsamt, hatte sich umgewandt und ihrem Peiniger ins Gesicht gesehen.

Und es war der Vater gewesen! Zweifellos war es der Vater, das war Maria nun ganz klar geworden. Sie hatte deutlich sein Gesicht gesehen und als das ihres Vaters erkannt! Nicht länger Ronalds. Zwar war da noch ein wenig Ähnlichkeit, aber sie sah den Unterschied.

Im Nachhinein begriff Maria kaum noch, wie sie denn ihn in dem Mann hatte sehen können.

Sie hatte sich erinnert! Im Traum war sie immer weitergelaufen und hatte ihm dabei voll ins Gesicht geblickt, ohne zu straucheln. In ein von Zorn und Wut verzerrtes Gesicht!

Er hatte im Laufen die Arme ausgestreckt, um sie zu packen und Maria hatte geschrien: „Was hab' ich getan? Was willst du von mir? Ich bin kein Kind mehr, das sich von dir schlagen lässt! "

Dann war sie aufgewacht.

Beim Abschied hatte es Tränen gegeben, die Maria kaum begreifen konnte.

Die kleine Lilli hatte sehr geweint. Maria musste ihr versprechen, bald einmal wieder zu kommen. Vor allen Dingen aber würde Lilian Maria besuchen. Vielleicht zusammen mit den Großeltern. Maria fühlte sich seltsam berührt von dieser unerwarteten Anhänglichkeit eines Kindes, das sie vorher kaum gekannt hatte. Es war so mühelos geschehen, dass Maria diese rückhaltlose Zuneigung ganz unverdient erschien.

Zudem hatte sie etwas ganz Unglaubliches über sich selbst herausgefunden. Es war, als wäre im Beisammensein mit dem Kind ein Teil ihres Wesens aufgewacht, das bisher in ihr geschlummert und das sie nie in sich vermutet hatte.

Als ihr das bewusst wurde, verspürte sie ein Gefühl von ungetrübter Freude und Dankbarkeit über dieses neu entdeckte Stückchen Unversehrtheit in sich. Ich bin also doch nicht so ganz und gar unnormal, dachte sie bei sich.

Sie entsann sich des Gefühls, als eine kleine Kinderhand sich vertrauensvoll in die ihre geschoben hatte, als sie fröhlich miteinander über die Wiese gelaufen waren, später nebeneinander im Gras lagen und in den Himmel blickten. So ist es also, wenn man im Gras liegt und in die Wolken hinauf schaut!

Nie hatte sie geglaubt, dass es so beglückend sein könnte, mit einem Kind zusammen zu sein!

Es hatte noch andere Tränen beim Abschied gegeben!

Der Großvater hatte Maria ganz fest an sich gedrückt und leise und eindringlich geflüstert: „Lass die Vergangenheit endlich ruhen, Kind. Sieh nur das, was jetzt ist. Wenn du dich wirklich dazu entschließen könntest, würden deine Probleme sich in Luft auflösen. Ich rate dir dringend: Trenne dich von den beiden Frauen, mit denen du da lebst! Führe dein eigenes Leben! Heirate deinen Ronald, kriege Kinder und du wirst sehen: alles wird gut."

Er legte seine schwere Hand auf ihren Arm.

„Glaub mir, es gibt keine Geheimnisse!

„Aber Großvater," stammelte Maria ganz erschrocken, als sie ihn umarmte. Sie blickte auf die einzelne Träne, die ihm in den Bart rollte, und auf das Zittern seines Kinns, das er hinter seiner Hand zu verbergen suchte. Angst um ihn stieg in Maria auf und ihr wollten auch die Tränen kommen.

„Versprich mir, Großvater, dass du auf deine Gesundheit achtest!“ Sie wandte sich zur Großmutter um. „Oma, pass auf den Opa auf. Er muss sich schonen, seine Medikamente nehmen und regelmäßig zum Arzt zur Kontrolle gehen.“

Sie drückte die hagere Gestalt der Großmutter an sich.

„Und achte auch auf dich, versprich es mir.“

Ihr war auf einmal so Angst geworden um die beiden alten Menschen. Eine düstere Vorahnung erfüllte ihr Herz, als sollte sie einen von beiden nicht wiedersehen. Einen Augenblick lang verlor sie die Fassung, ein Schluchzen stieg ihr in die Kehle, das sie nur mühsam unterdrücken konnte. Mein Gott, dachte sie, was ist los mit mir? Ich hatte doch sonst nie so nah am Wasser gebaut.

Der Großvater hatte ihr angesehen, was in ihr vorging. „Achte gut auf dich, mein Kind! Und lass‘ dieses Mal nicht wieder so lang auf dich warten!“

„Nein, ganz sicher nicht. Ich komme ganz bald wieder. Das verspreche ich! Ich habe es auch Lilian versprochen!“

Die Großmutter hatte bisher geschwiegen, nur Maria an sich gedrückt mit ernster, sorgenvoller Miene. Jetzt sagte sie: „Maria, es wird alles gut werden. Glaub mir! Mach dir keine Sorgen mehr. Du bist stark, stärker als du glaubst!"

Es klang wie eine Prophezeiung.

Maria stutzte. Sie war schon halb im Auto und hielt betroffen inne. Sie warf einen verblüfften, fragenden Blick auf die alte Frau. Was hatte das zu bedeuten! Schon wollte sie wieder aussteigen, öffnete bereits den Mund zu einer Frage, da winkte die Großmutter ab.

Sekundenlang zeigte sich der Anflug eines Lächelns in ihren Mundwinkeln.

„Weißt du nicht, dass ich manchmal ein wenig in die Zukunft sehen kann?" scherzte sie, wurde aber sogleich wieder ernst. „Und darum sag ich dir: Es wird alles gut! Denk an meine Worte!"

Als Maria sich an der ersten Kurve noch einmal umwandte, standen die Großeltern immer noch vor dem Gartentor und schauten ihrem Wagen nach.

Sie wirkten so verloren, einsam und alt, wie sie dort standen, dass es Maria das Herz zusammen krampfte. Dieser Anblick und die Tränen des Großvaters taten ihr so weh, dass sie gegen die eigenen Tränen kämpfen musste.

Dann kamen ihr die rätselhaften Abschiedsworte der Großmutter in den Sinn. Das lenkte sie ein wenig ab und sie geriet ins Grübeln. Sie zweifelte keinen Augenblick daran, dass die alte Frau etwas ganz Bestimmtes damit hatte sagen wollen.

♦♦♦

Es kamen gute und schlechte Tage.

Maria fuhr zur Arbeit und bemühte sich, diese wie stets umsichtig und gewissenhaft zu erledigen, was ihr meistens auch gelang.

An den guten Tagen empfand sie so etwas wie eine leise Freude, die sich ganz plötzlich in ihr Bewusstsein stahl, so dass sie staunte, als wäre ein guter Freund zu Besuch gekommen, der ihr durch seine lange Abwesenheit ganz fremd geworden war.

Es war eine ganz neue Erfahrung für sie, bewusst und aufmerksam auf ihre Gefühle zu achten. Sie horchte sehr oft in sich hinein, um allem in sich Raum zu geben, was da vielleicht auftauchen könnte. An den guten Tagen gelang es ihr, Ruhe und Gelassenheit zu bewahren im Beisammensein mit den beiden Frauen.

An den schlechten Tagen stellte sich oft schon beim Erwachen dieses atembeklemmende, unheimliche Gefühl ein, das sich in Angst verwandelte, sobald Maria ihm nachzuspüren suchte.

Dann begann ihr Herz laut und heftig zu klopfen, ihre Hände wurden feucht von Schweiß und hinter der Stirn kündigte sich jenes Bohren und Hämmern an, das Maria so fürchten gelernt hatte.

Dies war der Augenblick, in dem sie oft zu den Tabletten gegriffen hatte, um stärkeren Schmerzen vorzubeugen, damit sie ihren Tag bewältigen konnte.

Das tat sie nicht mehr. Sie hatte beschlossen, sich von ihren rebellischen Symptomen nicht mehr ins Boxhorn jagen zu lassen und versuchte, das anfangs noch leichte Hämmern hinter den Schläfen zu ignorieren.

Dann lief sie unter die Dusche oder schlüpfte – manchmal mit viel Überwindung und Kraftaufwand – in ihren Jogginganzug und rannte los. Zur großen Verblüffung von Mutter und Tante, die ihr im Morgenrock und mit großen Augen hinterher blickten.

Zu ihrem eigenen Erstaunen wurde der Kopfschmerz danach nicht schlimmer, im Gegenteil.

Mitunter verschwand er ganz, manchmal jedoch schleppte sie sich damit durch den Tag und widerstand eisern jeglicher Versuchung, ihm mit Medikamenten beizukommen.

Selbst wenn sie sich nur schwer konzentrieren konnte bei der Arbeit, und ihr Chef Dr. Sydon sie leicht befremdet musterte, ließ sie sich nicht beirren.

„Entschuldigen Sie, mir geht es heute nicht so gut," sagte sie dann wohl mit verkrampftem Lächeln und er tätschelte ihr unbeholfen den Arm.

„Gehen Sie ruhig eher nach Hause," ermunterte er sie freundlich. Aber Maria hielt stand. Sie hatte die Erfahrung gemacht, dass es für sie am besten war, einfach weiter zu machen, ganz gleich, wie ihr zumute war.

Martin Scheffler hatte zu dieser Zeit Urlaub. Er hatte mehrfach im Büro angerufen, um Maria zu sprechen.

Aber entweder war sie gerade nicht da, oder sie konnte nicht sprechen, weil andere mit im Raum waren.

„Maria, ich muss dich sehen," hatte er einmal gesagt, ungeduldig und eindringlich. „Sag mir, wann du kannst. Ich hole dich ab – wo auch immer!"

Aber Maria wollte nicht! Sie sagte es ihm kurz und knapp. Sie wollte keine Bindung, keine Männer, keine Liebe! Soviel stand fest!

Am besten, er erfuhr es am Telefon, dann konnte er sie nicht umstimmen.

Dann konnte er sie nicht unter Druck setzen mit der ganzen Macht und Gewalt seiner Persönlichkeit, der sie nicht gewachsen war. Wenn sie ihm gegenüber stand, würde sie nur wieder unsicher und schwach werden und -. Es schauderte sie bei der bloßen Vorstellung!

Nein, das wollte sie alles nicht. Sie hatte auch ohne ihn Probleme genug!

Manchmal war es, als wollte ein Schauer panischer Angst in ihr hoch kriechen. Ihr wurde dermaßen übel und schwindlig, dass sie kaum klar sehen konnte.

Dann stolperte sie wie blind in die Toilette, sank in einer der Kabinen auf den Deckel der zugeklappten Toilettenschüssel, legte die Arme auf das kalte Porzellan des Waschbeckens und den Kopf darauf. Das Herz jagte ihr wie verrückt und sie befürchtete ohnmächtig hinzustürzen, aber das geschah nie.

Nach einer Weile legte sich der panikartige Zustand, sie konnte leichter atmen, Schwindel und Übelkeit ließen nach.

Etwas Neues hatte sich eingestellt. Ein sonderbarer Schmerz bohrte zuweilen in ihr und sie fühlte sich seelisch und körperlich so erschöpft, als wäre sie eine uralte Frau und hätte ihr Leben bereits hinter sich. Anfangs fühlte sie sich dadurch ganz mutlos und jammervoll wie ein Fisch auf dem Trockenen.

Stellten sich nun neue Symptome ein? Dann aber kam sie dahinter, dass sie statt eines Migräneanfalls nun etwas Anderes fühlen konnte, ein neu erwachtes Fühlen von einem Schmerz, den sie noch nicht deuten und benennen konnte, nicht nur einfach Angst oder Panik.

Sie ahnte, dass nach und nach in ihr eine Bereitschaft entstand für Gefühle, die ihr in den letzten Jahren fremd geworden waren wie Trauer, Verzweiflung oder ein gesunder Zorn.

So musste sie nun ganz einfach Geduld mit sich haben, nicht länger den Kopf in den Sand stecken.

Wie war es möglich, dass sie das endlich erkannt hatte?

Maria hatte nicht länger das Gefühl, ihr Leben sei in eine Sackgasse geraten. Es kam ihr vor, als sei sie nicht mehr passiv, sondern aktiv geworden am Basteln ihrer eigenen Zukunft.

Sie hatte Verantwortung übernommen.

Aber trotzdem fürchtete sie sich. Sie fürchtete sich vor dem Ungewissen, vor „den anderen" Schmerzen, die sie in all den Jahren verlernt hatte, aber instinktiv spürte sie, dass sie so, und nur so, ihre verschütteten Erinnerungen wieder kriegen und ihr Leben in den Griff bekommen konnte.

Maria bemühte sich zu leben und sie wartete. An jedem Morgen sammelte sie ihre Kraft für den jeweiligen Tag der Gegenwart und lebte ihn so gut sie konnte.

♦♦♦

Eines Tages war Maria auf den Boden gestiegen, hatte das Klavier abgedeckt und eine Weile davor gesessen, mit den Händen im Schoß. Dann hatte sie zu spielen begonnen und der ersten Melodie waren weitere gefolgt. Eine alte Weise nach der anderen war aus ihrem Gedächtnis aufgetaucht und auf dem alten Instrument zu neuem Leben erwacht.

Nur jene Melodie der Spieldose hatte nicht dazu gehört.

Später hatte sie lange in dem Bodenkämmerchen am Fenster gesessen, sich im Raum umgesehen und nach draußen geschaut.

Sie hatte an das Kind gedacht, das ihr hier vor wenigen Wochen begegnet war, an das Kind Maria, das sie selbst gewesen war.

Und auf einmal kam ihr eine Erinnerung, Bruchstücke einer Erinnerung.

So lebendig und nah war das Erlebnis in ihr und der Schmerz traf sie wie ein Schlag. Sie sah sich als Kind am Fenster stehen, es war Nacht und sie klopfte mit beiden Händen an die Fensterscheiben und schrie. Sie schrie aus Leibeskräften, während ihre Hände voller Panik an die schmutzigen Scheiben schlugen. Wie damals fühlte sie die Angst des Verlassenseins und einen Kummer über eine schreckliche Tat, die sie begangen haben musste und die sie vergessen hatte.

Maria saß mit geschlossenen Augen zitternd auf dem Stuhl und erlebte jenen Schmerz wie seinerzeit das Kind Maria, seinen Kummer über den eigenen Ungehorsam und die Angst, dass man sie hier oben vergessen könnte.

Und plötzlich tauchte ein anderes Bild auf. Es war wieder Nacht und sie lag in diesem Bett und fror. Verzerrte Schattenbilder huschten über die Wände und flößten ihr Angst ein, die in ihrer Unheimlichkeit aber nicht heranreichten an den Schrecken, den sie soeben erlebt hatte.

Sie entsann sich deutlich, die dünne Bettdecke bis zum Hals herauf gezogen zu haben, aber sie wärmte nicht, denn sie war feucht. Hatte sie sich nass gemacht?

Sicher war das aus Angst geschehen, was ja kein Wunder war nach alledem, was passiert war. Aber was? Was war es gewesen?

Ganz deutlich fühlte Maria die feuchte Kühle des Betttuchs und noch etwas Anderes. Da war noch etwas, dessen sie sich jetzt wieder erinnerte: Sie konnte sich kaum bewegen, sie hatte Schmerzen!

Überall tat es ihr weh, die Wangen, ein Arm, fast der ganze Körper. Man hatte sie geschlagen! Sie war so geschlagen worden, dass sie noch tagelang Flecken davon hatte und nicht in die Schule gehen konnte.

Maria schlug voll Entsetzen an die Erinnerung, die da zum Leben erwacht war, beide Hände vor ihr Gesicht; Tränen quollen zwischen den Fingern hindurch und sie fühlte heißes Mitleid mit dem Kind, das sie damals gewesen war.

Aber warum nur, warum? Maria zermarterte sich das Hirn, was sie nur angestellt haben könnte, um den Ärger der Eltern herauf zu beschwören, so dass man sie so schlagen und hier einsperren musste.

Sie war ja gar nicht mehr so klein gewesen, als das geschehen war, nicht jünger als zehn Jahre.

Was um alles in der Welt hatte sie nur verbrochen? Es musste wirklich etwas Schlimmes gewesen sein!

Kein Wunder, dass sie es vergessen hatte. Wie musste der Vater enttäuscht und wütend gewesen sein!

Aber was konnte denn ein zehnjähriges Kind so Schreckliches anstellen?

Davor hatten sie noch in dem Häuschen in Bad Bernburg gewohnt. Ob auch dort so schreckliche Erinnerungen lauerten?

Noch eine Weile saß Maria in der Dachkammer und langsam wurde sie ruhiger. Es war Vergangenheit, machte sie sich klar.

Es musste sie nicht länger quälen! Es war aus und vorbei! Aber Maria stellte fest, dass es nicht vorbei war, bevor sie nicht wusste, was sie denn so Schreckliches getan hatte?

♦♦♦

Maria fühlte sich matt und wie ausgelaugt, als hätte sie die Vergangenheit noch einmal durchlebt und dieses Erlebnis ihr alle Kraft geraubt. Zugleich wühlte eine nagende Unruhe in ihr, ein Schuldgefühl über alte Untaten, die sie verdrängt hatte.

Sie taumelte die Bodentreppe hinunter und ließ sich erschöpft auf die letzte Stufe sinken. Den Kopf in beide Hände gestützt, kauerte sie dort unbeweglich und atemlos, als sei sie Meile um Meile gerannt.

Im Haus war es vollkommen still. Die Schreckensbilder der Vergangenheit tanzten wie ein Albtraum wild in ihrem fiebernden Kopf.

Lange Zeit saß sie so, unfähig, sich aufzuraffen und aufzustehen. Sie blieb einfach auf den Stufen hocken, matt und kraftlos, mit einem jähen Schmerz in der Brust, als sei sie wieder das geschlagene Kind von einst, das da kauerte und auf jemanden wartete, der da kam, um es zu trösten.

Es war aber genau wie damals: niemand kam und tröstete sie.

Nach einer Weile wurde sie ruhiger. Ich bin nicht mehr das Kind, sagte sie sich. Ich bin erwachsen und kann für mich selbst sorgen!

Und welche Schuld auch immer sie als Kind auf sich geladen haben mochte, es war ein für alle Mal vorbei! Es war geschehen und nicht mehr zu ändern.

Auf einmal erschien es ihr absurd, von einer Schuld zu sprechen. Ich habe als Kind doch keinen Mord begangen, dachte sie ärgerlich, wischte sich das Gesicht und erhob sich endlich.

♦♦♦

Warmer Sonnenschein empfing Maria, als sie aus der Haustür ins Freie trat. Sie blinzelte in die Helligkeit. Still und friedlich lag der blühende Garten in der Nachmittagssonne.

Der Duft von Jasmin und frisch gemähtem Gras lag in der Luft. Am Ende des Gartens erspähte Maria die Tante. Sie hatte einen etwas zerfransten Sonnenhut tief in die Stirn gezogen und wanderte mit einer Gießkanne von Beet zu Beet.

Maria atmete tief den sommerlichen Geruch ein und hielt ihr Gesicht der Sonne entgegen.

Und wie schon einmal vor wenigen Wochen verspürte sie wieder eine große Sehnsucht nach Unbeschwertheit, innerem Frieden und Freude. Am liebsten hätte sie sich geschüttelt, um die bleierne Schwere in ihrem Inneren loszuwerden – wie der Hund die Nässe des Regens aus seinem Fell schüttelt.

Langsam spazierte sie über die Gartenwege zur Tante hin, während ihr Blick auf das Unkraut und die ungepflegten Beete und Sträucher fiel.

Ihr Gewissen regte sich, als sie die wuchernden Rosen musterte, die sich in ihrem ungestörten Wildwuchs allerdings recht wohl zu fühlen schienen und in verschwenderischer Fülle in einem duftenden Blütenmeer strotzten.

Wie lange habe ich mich nicht um den Garten gekümmert, überlegte Maria. Aber dann dachte sie mit leichtem Groll an Mutter und Tante, die so wenig zu tun hatten und weder Haus noch Garten in Ordnung halten konnten.

Marias Gedanken verweilten einen Augenblick bei der Mutter. Seit kurzem arbeitete sie nicht mehr, verbrachte den ganzen Tag im Haus. Angeblich war ihr die Arbeit zu viel geworden, es strenge sie zu sehr an und sie könne sich nicht konzentrieren.

Sie ist doch noch gar nicht so alt, nicht einmal 50 Jahre, grübelte Maria. Was mochte ihr fehlen?

„Hallo, da bist du ja!" ließ Tante Henrike sich vernehmen, schob ihren Hut weit zurück, was ihr ein ungewohnt verwegenes Aussehen verlieh, und lachte Maria fröhlich entgegen.

Mit weitem Schwung ließ sie gewichtig ihre Gießkanne über die Beete gleiten, und der Zerstäuber versprühte seinen schimmernden Regenbogen über die Farbenpracht von Blumen und Unkraut, die in paradiesischer Eintracht vor sich hin wucherten.

Sie warf Maria einen forschenden Blick zu. „Wo ist deine Mutter?"

Maria zuckte die Achseln. „Ich weiß nicht. Ich dachte, sie ist hier bei dir. Ist sie weggegangen?"

„Weggegangen?" wunderte sich die Tante. „Was glaubst du denn! Sie ist seit Tagen nicht aus dem Hause gegangen."

Sie stellte die leere Kanne auf dem Rasen neben der Geißblattlaube nieder, nahm den Strohhut vom Kopf und fächelte sich damit Luft zu, als sei sie von unglaublicher Anstrengung und schwerster Arbeit in gewaltige Hitze geraten. Dann ließ sie sich seufzend auf die morsche Bank in der Laube sinken, während ihre bisher vom Hut zusammen gehaltene zottelige Lockenpracht sich sacht auf ihre Schultern hinabsenkte.

Maria setzte sich neben die Tante, verblüfft und leicht beunruhigt.

„Was meinst du damit: seit Tagen nicht aus dem Hause gegangen?“

Tante Henrike drehte geziert ihren Hut zwischen den Fingern und zog das Kinn ein, auf dem sich neuerdings ein paar einzelne graue Haare ringelten.

„Seit einiger Zeit geht sie nicht mehr fort. Ich muss sie ja förmlich an die Hand nehmen und in den Garten bringen, sonst würde sie gar nicht mehr an die Luft gehen. Warte mal – seit -“

Henrike runzelte grübelnd die Stirn, die ein paar dunkle Schmutzstreifen zierten.

„Ich glaube, seitdem du aus deinem Urlaub zurück bist, ist sie noch nicht einmal ausgegangen.“

Von plötzlicher Unruhe und Sorge erfasst, richtete Maria sich auf.

„Aber warum nicht? Was ist mit ihr? Hat sie über irgend etwas geklagt? Ist sie krank?“

Vor Marias Augen entstand das Bild der Mutter, wie sie diese in den letzten Tagen erlebt hatte.

War sie so mit sich selbst beschäftigt gewesen, dass sie nicht bemerkt hatte, dass es der Mutter schlecht ging?

Wenn sie es recht überlegte, war ihr an der Mutter nicht so sehr viel aufgefallen. Vielleicht war sie stiller als sonst, sprach weniger. Maria sah sie in Gedanken unter dem Stehlämpchen sitzen, während die Dämmerung herein brach, auf dem hochlehnigen Stuhl am Fenster, ganz so wie immer.

Doch nicht ganz so wie immer! Denn die Handarbeit auf ihrem Schoß blieb unbeachtet unter ihren Händen liegen, und ein Buch lag aufgeschlagen auf den Knien, in dem sie nie zu lesen schien. Maria schien es jetzt, als sei sie seltsam abwesend da gesessen, mit einem Blick, der in für sie unsichtbare Gefilde gerichtet zu sein schien.

Als ob sie in Gedanken ganz woanders ist, dachte Maria. Was mag ihr durch den Kopf gehen?

„Habt ihr nicht darüber gesprochen, was ihr fehlt?" Maria wurde ungeduldig.

„Und wo steckt sie denn nun? Etwa die ganze Zeit in ihrem Zimmer?"

Die gleichmütige Gelassenheit der Tante erschreckte sie.

„Sie ist reichlich sonderbar in der letzten Zeit," seufzte die. „Nichts ist mit ihr anzufangen. Sie spricht kaum, antwortet mir oft gar nicht. Wenn du mich fragst, sie hat Depressionen," schloss sie mit wichtiger Miene.

Maria war schon aufgestanden und auf dem Weg ins Haus.

Depressionen? Vielleicht war es das wirklich! Und warum?

Maria klopfte an die Tür zum Schlafzimmer der Mutter. Nichts. Kein Laut drang heraus.

Sie öffnete die Tür einen Spalt und spähte hinein. Das Zimmer lag im Halbdunkel, die Vorhänge waren zugezogen, das Fenster geschlossen. Der Raum wirkte sehr unordentlich. Kleidungsstücke lagen überall herum, zum Teil auf dem Boden. Die Luft war abgestanden und stickig.

Da lag die Mutter auf ihrem Bett, angezogen, den bestickten Überwurf halbwegs über sich gezogen, den Arm über den Augen.

„Mutter, schläfst du?" Maria flüsterte nur, um sie nicht wecken, falls sie schliefe.

Aber Leonore schlief nicht. Sie nahm sofort den Arm von den Augen und blickte zu Maria auf, mit einem seltsam leeren Blick, so dass es Maria ganz

Angst wurde. Maria ging zum Fenster und öffnete es weit, die warme Sommerluft strömte herein.

„Was hast du denn, Mutti? Bist du krank?“ Maria war ans Bett getreten und sah besorgt auf ihre Mutter hinunter.

Leonore antwortete nicht. Maria setzte sich auf die Bettkante und griff nach ihrer Hand. Sie war eiskalt und wie leblos.

„Sag mir doch, was dir fehlt. Hast du Schmerzen?“

Mühsam setzte sich die Mutter halb auf, unbeholfen strich sie sich das Haar aus der Stirn und sah Maria verwirrt an.

„Ach, du bist es, Kind? Was ist denn? Habe ich geschlafen?“

„Bist du krank, Mutti?“

„Nein nein, Maria. Ich bin nicht krank. Bloß neuerdings immer so schlapp und müde. Manchmal kann ich kaum meine Gedanken beieinander halten, sie geraten mir alle durcheinander. Komisch, zeitweise ist mir sogar so, als ob .....aber das wird schon wieder vorüber gehen. Kein Grund zur Beunruhigung.“ Maria war jedoch sehr in Unruhe.

„Was meinst du, wie ist dir manchmal?“ bohrte sie.

„Nichts, nichts, mein Kind. Mach dir keine Sorgen."

„Ich mach mir aber Sorgen. Ich werde einen Termin beim Arzt ausmachen. Wir gehen dann zusammen hin. Deine Erschöpfung und – und dieses Andere ... muss ja eine Ursache haben."

Leonore ließ sich wieder in die Kissen zurücksinken.

„Aber was wolltest du vorhin sagen, Mutti? Wie ist dir manchmal zumute?" Maria drückte ermunternd die kalte Hand der Mutter und strich ihr ein paar wirre Strähnen aus der Stirn.

„Ich weiß nicht, was du meinst. Ich habe es wohl vergessen."

Als habe das Wort „vergessen" irgendetwas in ihr angerührt, fuhr sie mit einem Ruck in die Höhe, um jedoch gleich wieder erschöpft zurück zu sinken. Sie schien angestrengt nach Worten zu suchen für das, was ihr in den Sinn gekommen war, das ihr aber fast schon wieder zu entgleiten drohte.

„Vergisst du immer noch so viel?" stammelte sie schließlich und richtete einen angestrengten, flackernden Blick auf ihre Tochter.

Maria blickte sie verwundert an. „Ich vergesse jetzt nichts mehr, Mutter. Ich habe aber sehr viel aus meiner Kinderzeit vergessen."

„Ach, das ist gut, dass du heute nichts mehr vergisst. Das ist gut. Und früher! Das ist ja ohnehin vorbei, nicht wahr? Manches war ja nicht so schön, da ist es besser, man vergisst es."

Leonore lag jetzt mit geschlossenen Augen da, mit eingefallenen Wangen, das blasse Gesicht ganz entspannt, mit abwesender Miene, als weilten ihre Gedanken bereits wieder woanders.

Maria saß noch immer auf der Bettkante und sah verwundert und beunruhigt auf die Mutter hinunter, deren magere Hände auf der Bettdecke wie suchend hin und her fuhren. Sie hatte gar nicht bemerkt, dass sie soviel Gewicht verloren hatte.

Leonore sprach jetzt wie im Traum, scheinbar ihren eigenen verworrenen Gedankengängen folgend. „Ja, vielleicht habe ich als Mutter versagt. Ich habe aber doch immer für uns alle das Beste gewollt. Vielleicht hätte ich irgend etwas anders machen müssen."

Ihre Stimme war zu einem Flüstern geworden, während Maria mit bangen Blicken an den Lippen der Mutter hing.

„Es ist so schwer, immer alles richtig zu machen. Ich konnte ja nicht viel tun. Was hätte ich denn machen sollen? Ich war eben keine richtige Mutter."

Mit einmal richtete sie sich mit wilden Augen in die Höhe.

„Aber schlagen ist nicht gut! Man sollte seine Kinder nicht schlagen. Tu das nie mit deinem Kind.."

Wieder schien sie in sich zusammen zu fallen, ein hinfälliges Häuflein Mensch, auf einmal um Jahre gealtert.

Maria starrte auf ihre Mutter hinunter, über alle Maßen verblüfft und besorgt. Was sollte da noch alles kommen?

Als Maria schon glaubte, die Mutter sei eingeschlafen, begann sie noch einmal zu sprechen; diesmal in verschwörerischem Flüsterton und mit geschlossenen Augen, als rede sie zu einer nur für sie sichtbaren Person in ihrer Gedankenwelt.

„Was ist mit Henrikes Kind? Wo ist es geblieben, Mutter?"

Maria fuhr wie elektrisiert in die Höhe. Henrikes Kind?

„Was meinst du damit, Mutti? Hat Henrike ein Kind?" Sie schüttelte erregt den Arm der Mutter, aber diese reagierte nicht darauf. Sie weilte in ihrer eigenen Welt, zu der Maria keinen Zugang hatte.

„Oh Gott, mein Liebster! Was ist mit Henrikes Kind?“

Das klang wie ein Aufschrei. Voller Schrecken ergriff Maria beide Hände der Mutter.

„Was sagst du da von Henrikes Kind, Mutti?“

Und dann so leise, dass Maria sich vorbeugen musste, um zu verstehen:

„Es tut mir so leid! Ich hab' es doch gewusst. Verzeih' mir.“

„Was tut dir leid, Mutter? Was ist mit Henrikes Kind?“

Maria drückte beide Hände der Mutter und redete beschwörend auf sie ein. „Sag mir, was du meinst!“

Leonore antwortete ihr nicht, sie wimmerte nur mit geschlossenen Augen vor sich hin.

„Mutter, wach auf, komm zu dir? Was ist denn?“

Leonore öffnete die Augen und blickte verwirrt um sich, als käme sie aus tiefem Schlaf.

„Maria! Du bist da? Ach ja, das ist schön. Aber lass mich nun ein Weilchen hier liegen. Ich bin so erschöpft.“

Maria blieb reglos und unschlüssig auf dem Bettrand sitzen. Sie war ganz aus der Fassung gebracht, konnte sich keinen Reim aus dem Ganzen machen. Da sah sie, wie die Mutter sie mühsam anlächelte.

„Bitte, geh ruhig. Ich – mir geht es ganz gut. Ich brauche nur Ruhe."

Zögernd erhob sich Maria. Sie stand vor dem Bett und sah verstört und beklommen auf die halb zugedeckte Gestalt der Mutter herunter. Jähes Mitleid erfüllte sie und sie bückte sich, um sie auf die Wange zu küssen.

„Dann schlaf gut, Mutti. Soll ich dir helfen beim Ausziehen?"

„Nein, nein! Lass mich nur in Ruhe, mein Kind. Es ist schon alles in Ordnung."

Maria wandte sich ab und ging hinaus.

♦♦♦

Maria konnte nicht schlafen. Es war schon spät. Die Tante war längst zu Bett gegangen. Maria war im Haus herumgewandert, hatte die Fenster zugemacht und alle Türen verschlossen. Dann hatte sie geduscht, ihre Haare gewaschen und sich mit einem Buch hingesetzt. Es war ihr nicht möglich gewesen, sich auf das Lesen zu konzentrieren und so ließ sie es schließlich.

Die Stille im Haus erschien ihr schwer und dicht wie Blei. Sie löschte die Stehlampe und setzte sich ans offene Fenster. Kein Windhauch regte sich. Die Luft war warm und roch nach Sommerblumen, Heu und Erde.

Unvermittelt kam ihr ein anderer Abend in den Sinn, an dem sie auch hier am Fenster gesessen und in die Nacht hinaus gesehen hatte.

Wie lange war das her? Doch nur wenige Wochen, aber es schien ihr so viel länger zu sein.

Was war nur mit der Mutter? Konnte es ein Zufall sein, dass dieser Zustand, ihre Depression oder was es immer sein mochte, gerade jetzt aufgetreten war?

Maria hatte das unbestimmte Gefühl, als hinge es mit ihrer eigenen merkwürdigen Situation zusammen. Hatte sie die Mutter mit ihren Fragen und bei ihrem Forschen nach der Vergangenheit in ihrer Ruhe aufgestört?

In einer wahrhaft trügerischen Ruhe mit einer selbst erschaffenen Vergangenheit mit Glorienschein, wie sie es in Wirklichkeit nie gegeben hatte?

Ein heißer Schreck durchfuhr sie bei einem Gedanken, der ihr plötzlich gekommen war. Trug sie nun auch noch die Schuld an diesem seltsamen Zustand der Mutter? Zweifellos hätte Leonore lieber in ihrer eigenen Welt weiter gelebt, ohne von Maria gewaltsam mit der Nase auf unliebsame und unschöne Dinge in vergangener Zeit gestoßen worden zu sein.

Sie fühlte sich angstvoll und hilflos, wie ein Fisch – hoffnungslos gefangen im Netz des Fischers.

Und dann setzte ein leises Hämmern hinter der Stirn ein. Unwillkürlich fuhr sie sich mit beiden Händen an die Schläfen.

Nicht auch das noch! Sie wollte einen klaren Kopf behalten.

Eine Eule flog über sie hinweg und erschreckte sie, und auf einmal erkannte sie, was sie sich da erneut antat. Das wollte sie nicht! Nie und nimmer!

Auf gar keinen Fall hatte sie Schuld am Zustand der Mutter, was auch immer das sein mochte. Sie würde mit ihr zum Arzt gehen; dann könnte man weitersehen.

Energisch vertrieb sie ihre düsteren Gedanken. Sie wollte sich entspannen und endlich zur Ruhe kommen.

Sie lauschte in die Nacht hinaus. Ringsum war alles still, die Vögel waren verstummt.

Sie dachte an Ronald, flüchtig nur. Er war ihr so fern gerückt. In den ersten Tagen nach ihrem kurzen

Urlaub hatte sie sich bei ihm gemeldet und sie hatten sich verabredet.

Maria liebte ihn nicht, und sie hatte ihn wohl auch nie geliebt. Jetzt wollte sie eine endgültige Trennung. Dieses Gespräch war ihr nicht leicht gefallen. Er war sehr verstört und traurig gewesen, obwohl er es geahnt hatte.

So schwer Maria dieses Gespräch gefallen war, so frei und erleichtert fühlte sie sich, nachdem es vorbei war. Sie wunderte sich insgeheim, dass sie keinerlei Bedauern über diese Trennung empfand. Immerhin hatten sie doch eine schöne Zeit miteinander gehabt.

Und er hatte sie geliebt. Liebte sie immer noch, wie er ihr beteuert hatte.

Sie hatte ihm versichert, wie leid ihr das alles täte, aber in Wahrheit waren ihre Gedanken schon ganz woanders gewesen. Sicher war das recht lieblos und hart, aber sie konnte nicht anders. Zuviel andere Dinge spukten in ihrem Kopf herum. Vielleicht hätte Ronald sogar verstanden, wenn sie ihm alles erzählt hätte.

Aber sie hatte es so eilig gehabt, das Gespräch zu beenden, ihre Beziehung zu beenden! Gar nicht schnell genug war es ihr gegangen! Sie begriff es selbst kaum und machte sich auch nicht länger Gedanken darum. Ronald würde darüber hinweg kommen. Es gab andere Frauen, die auf ihn warteten, gesunde und unkomplizierte Frauen. Sie liebte ihn nicht und wusste, dass sich das nicht ändern würde.

Oder vielleicht eines Tages doch? Jedenfalls jetzt schloss Maria das Kapitel „Ronald“ für sich ab.

Sie hatte Mutter und Tante bisher nichts davon gesagt.

Das würde ein Gezeter geben!

Wie konnte sie so einen prächtigen Mann, so eine „gute Partie“ so einfach mir nichts – dir nichts sausen lassen!

Ihr Blick wanderte durch den stillen, mondbeschienenen Garten, als sie plötzlich eine Bewegung in den Büschen wahrnahm. Sicher nur der Wind in den Blättern.

Aber es war ja gar kein Wind!

Maria setzte sich auf und starrte in die nächtlichen Schatten hinunter. Es schien ihr, als bewege sich eine Gestalt langsam unter den Bäumen. Sie umklammerte mit beiden Händen die Fensterbank, ihr Herz klopfte heftig und laut in der lähmenden Stille, unverwandt starrte sie hinunter, bis ihr alles vor den Augen verschwamm.

Die Nacht erschien ihr wie eine Sinnestäuschung, plötzlich von grellen Lichtern durchzuckt. Schwindel packte sie und erschreckt schloss sie sekundenlang die Augen.

Es ging schnell vorüber. Ein leichtes Rascheln im Gras drang an ihr Ohr und als sie die Augen öffnete und erneut in die mondumhüllten Schatten des Gartens hinunter blickte, sah sie die seltsam vertraute Gestalt eines Mannes auf dem Weg stehen.

Es war ein anderer Weg in einem anderen Garten als der, den Maria vor wenigen Sekunden noch gesehen hatte.

Oder war es nicht anderer Garten, sondern eine andere Nacht in einer anderen Zeit?

Der Mann dort unten sah zu ihr hinauf, hob die Hand und winkte ihr zu. Da geschah etwas Unglaubliches! Etwas so Bizarres und Unheimliches, dass sie später immer nur glauben konnte, sie müsste sich in einem Traum befunden haben. Sie bemerkte plötzlich, dass sie auf dem Stuhl kniete, auf dem sie soeben noch gesessen hatte, und wunderte sich sekundenlang darüber. Sie stand auf und sah an sich hinunter auf ihre Füße.

Es waren Kinderfüße in roten Kinderschuhen!

Es waren ihre eigenen Füße in den roten Kinderschuhen und sie war wieder ein Kind.

Und dort unten – das war der Vater! Er winkte und rief nach ihr mit ganz leiser Stimme! Sie sollte zu ihm in den Garten kommen. Er war von seiner Reise zurück und hatte ihr etwas besonders Schönes mitgebracht.

Aber da war auch etwas Merkwürdiges! War das überhaupt der Vater? Nein, das war doch ein fremder Mann!

Das Kind Maria starrte zitternd hinunter auf die Gestalt und Angst kroch in ihr hoch.

Auf einmal stieg ihr von irgendwoher der Geruch nach alten Kleidern, verbrauchter Luft und Staub in die Nase, blitzartig war da ein Lichtstreifen, der durch einen geschlossenen Vorhang fiel, eine Melodie, die von weither an ihr Ohr drang, traurig und voller Sehnsucht zugleich.

Jene Melodie, der sie seit einiger Zeit zuweilen nachjagte!

Und plötzlich das Knallen einer Tür unten im Haus, Stimmen wie aus einem Albtraum an ihren Ohren, hart und erbarmungslos.

Ein wirrer Reigen von Geräuschen, Gerüchen und Bildern!

Wind kam auf, Wolkenfetzen schoben sich vor den Mond; sein trügerisches Spiel schnitt verzerrte Schatten aus dem Dunkel, veränderte die Umrisse und der Garten verwandelte sich zurück von einem Garten der Vergangenheit in einen Garten der Gegenwart.

Und dann war alles vorbei.

Maria fand sich mit einem Schock in der Gegenwart wieder.

Unbeweglich saß sie da, das Hirn wie in verschwommenen, grauen Nebel gehüllt, die harte Stuhllehne drückte sich gegen ihre Wirbelsäule und es fröstelte sie in der plötzlichen Kühle der Nacht.

Eine völlige Stille war um sie her.

Sie erhob sich, tappte wie eine Schlafwandlerin zu ihrem Bett und ließ sich hineinfallen.

Bevor sie in die bleierne Schwere ihres Schlafes sank, erschien ihr sekundenlang das Gesicht des Vaters, zornig und voller Verachtung für sie, für seine kleine Marie, die wieder einmal böse gewesen war!

Kummer und Schmerz folgten ihr bis in den Schlaf.

♦♦♦

Winter 1969 (Dezember)

Diese Geheimnisse! Nun hatte sie noch eines mit sich herum zu schleppen! Wie viele Geheimnisse hatte er – und wie viele die Andere?

♦♦♦

Maria wanderte in einer unbekannten, friedlichen Landschaft dahin. Ein blanker blauer Himmel spannte sich über das hügelige Land. Am Horizont zog sich ein blaugrüner Tannenstreifen entlang, der sich in einem rauchigen Dunst verlor. Die Abhänge schimmerten im Blau und Gelb eines wilden Blumenteppichs, unter das sich wie auf einem Schachbrett rotes Heidekraut und dunkelgrünes Gesträuch mischten.

In der Ferne schmiegte sich ein Häuschen an einen sonnenüberfluteten Abhang, einladend und wie eine Zuflucht für sie. Sie wusste, das war ihr Ziel und sie musste es vor Dunkelheit erreichen.

Noch schien die Sonne warm und golden auf sie herunter, aber bald würde die Dämmerung hereinbrechen.

Es konnte nicht mehr lange dauern! Sie musste sich beeilen und beschloss zu laufen, da stellte sie voller Staunen fest: sie war nicht allein. Plötzlich klammerte sich eine Kinderhand an die ihre und eine ängstliche Kinderstimme bat: „Warte auf mich. Lass mich nicht allein."

Maria wandte ihren Blick zu dem Kind an ihrer Seite, aber sie konnte sein Gesicht nicht erkennen. Es war noch klein, vielleicht vier oder fünf Jahre alt. Sie packte die kleine Hand ganz fest und zog sie mit sich.

„Komm, wir müssen uns beeilen," ermunterte sie die Kleine.

Das Kind begann zu weinen und angstvoll zu wimmern.

„Ich kann nicht so schnell. Warte auf mich."

Kurzerhand nahm Maria das Kind auf den Arm. Es war schwer und klammerte sich ängstlich an sie; es behinderte sie beim Laufen und nahm ihr die Sicht.

Sie schob es auf ihrem Arm hin und her, um sehen zu können, wohin sie rannte. Plötzlich erkannte sie, dass die Landschaft sich verändert hatte. Vor ihr lag ein Labyrinth aus hohem Gras, dornigen Sträuchern und wuchernden Rankengewächsen, die sich wie Fußangeln über ihren Weg legten.

Kriechpflanzen und Farnkraut überwucherten umgestürzte Bäume, denen Maria nur unter Mühen ausweichen konnte. Zweige zerkratzten ihr Gesicht, Dornenranken griffen nach ihrer Kleidung.

Plötzlich hörte sie seltsame Geräusche hinter sich, schwere, dumpfe Schritte, ein Keuchen und Stöhnen.

Wurden sie verfolgt? Sie nahm sich nicht die Zeit sich umzublicken. Sie fühlte sich so schwach, dass sie sich kaum noch auf den Beinen halten konnte.

Am Himmel waren schwere Wolken aufgezogen, ein böiger Wind war aufgekommen. Maria kam mit dem wimmernden Kind auf dem Arm nur mühsam voran.

Angst kroch ihr den Nacken herauf. Was wäre, wenn sie nicht rechtzeitig ans Ziel käme! Sie hielt angestrengt nach der Hütte am Abhang Ausschau. Sie lag halb in Schatten und Dunkelheit, nur ein Lichtschein aus einem der Fenster drang hoffnungsvoll winkend bis zu ihr heraus.

Sie lief und keuchte voran, die Luft wollte ihr ausgehen, und doch schien sie nicht vorwärts zu kommen. Immer noch war die Hütte so fern!

Ein letztes Mal raffte sie all ihren Mut, all ihre Kraft zusammen und mit eisernem Willen und eiskalter Entschlossenheit schoss sie voran, das weinende Kind an sich gedrückt. Sie wollte das Kind und sich selbst in Sicherheit bringen, um jeden Preis!

Und auf einmal schienen ihre Füße fast wie von selbst ihren Weg zu finden, all das höllische Dornengestrüpp wich unter ihr zurück. Es war, als liefen ihre Füße über einen dichten Teppich aus Tannennadeln, weich und elastisch. Und dann hatte sie es geschafft!

Da lag das Haus vor ihr!

Aber kein Lichtschein drang aus den fensterlosen Höhlen bis zu ihr hin! Die Hütte hatte kein Dach mehr! Dornige Ranken eines Brombeerstrauches ragten über das halb zerfallene Gemäuer hinweg, überwuchert von wildem Efeu und Schlehengestrüpp.

Maria stoppte ihren Lauf. Es war alles umsonst gewesen! Sie war am Ende ihrer Kraft, ließ sich vor der dachlosen Hütte in die Knie sinken und erkannte, dass ihre und des Kindes Zuflucht vor der Nacht, dem Unwetter und jenem Bedrohlichen, das sie verfolgte, keine mehr war. Vor ihr lag nur noch eine halb zugewachsene Ruine, durch deren leere Fensterhöhlen der Mond schien.

Sie kauerte mit dem Kind, das sich schutzsuchend an sie schmiegte, am Boden und schluchzte vor Erschöpfung und Verzweiflung. All ihre Mühen und Anstrengungen sollten vergeblich gewesen sein?

Das war nicht möglich. Das konnte sie nicht zulassen! Sie wollte es einfach nicht! Sie hatte doch gerade in ihrem wilden Lauf festgestellt, welche ungeahnten Kräfte und Reserven in ihr steckten!

Mochte auch ihre scheinbare Zuflucht nur eine dachlose Ruine sein – in ihr steckten genügend Möglichkeiten, um auch andere Ziele zu erreichen!

Plötzlich sah Maria, dass am Horizont die Sonne aufging. Die Nacht war dem neuen Tag gewichen!

Sie blickte ihren Weg zurück. Ein ganz normaler Weg inmitten einer hügeligen, bewaldeten und mit Blumen und Büschen bewachsenen Landschaft.

Sie erhob sich, nahm das Kind bei der Hand und ganz langsam gingen sie dem Sonnenaufgang entgegen.

Als Maria erwachte, war es noch Nacht.

Mondlicht lag auf dem Boden wie ein leuchtender Teppich. Langsam öffnete sie die Augen und starrte zur Decke. Sie fühlte sich wie benommen. Was war geschehen?

Ein Gewirr von Eindrücken, Bildern und schemenhaften Gesichtern geisterten durch ihr Hirn. Mühsam kämpfte sie sich ins Bewusstsein und suchte diese nächtlichen Schimären und Phantome irgendwie zu ordnen. Sie hatte geträumt, das war ihr klar. Ein Traum, in dem sie mit einem Kind durch eine fremde Landschaft lief.

Bild für Bild rief sie sich vor Augen, tastete sich durch das ganze wunderliche Geschehen dieses Traumerlebnisses hindurch, um schließlich deutlich die Botschaft ihres eigenen Unbewussten an ihr waches Selbst zu begreifen.

Und ganz klar erkannte sie sich selbst als Erwachsene und dann das Kind Maria, das in ihr immer noch da war, und für das sie Sorge zu tragen hatte.

Aber das Andere – was war das gewesen? War auch das ein Traum?

Sie rief sich das Erlebnis des späten Abends wieder ins Gedächtnis. Sie hatte am Fenster gestanden, wie so oft, hatte in den Garten hinaus gesehen.

Maria sprang auf und lief auf bloßen Füßen ans Fenster. Sie schaute in die sternenklare Nacht hinaus, ließ ihren Blick über Bäume und Büsche schweifen. Dort auf dem Gartenweg hatte er gestanden.

Ihr Vater oder dieser Fremde, der ihr Angst einflößte? Und wie ein Blitz aus heiterem Himmel fiel ihr die gespenstische Szene wieder ein, als sie feststellen musste, dass sie ein Kind war.

Sie rieb sich bestürzt die Augen. Unmöglich!

Das musste auch ein Traum gewesen sein. Oder nein – vielleicht eine Erinnerung. Denn sie entsann sich deutlich ihrer Gefühle, die sie als dieses Kind empfunden hatte. Und sie kamen ihr irgendwie bekannt und real vor, als hätte sie einmal wirklich so gefühlt, vor sehr langer Zeit. War es nun Erinnerung oder Traum, Maria wusste es nicht.

Sie würde es vielleicht nie herausfinden.

Sie war zu verwirrt und aufgewühlt, um noch an Schlaf zu denken. Sie blieb am Fenster sitzen und ließ die Gedanken kreisen. Sie dachte Ronald.

Dann landeten ihre Gedanken bei der Mutter. Was war mit ihr geschehen?

Und dann das Kind, Henrikes Kind? Gab es das wirklich? Und wenn, wo war es geblieben? So viele

Fragen, und da sagte der Großvater: es gibt keine Geheimnisse.

Lange saß Maria so in Gedanken versunken. Die ersten Vögel begannen zu singen und kündigten die Morgendämmerung an. Und dann ein ganzes Vogelkonzert unter der klaren Kuppel des morgenhellen Himmels, als würde ihr tausendfaches Echo von seinem Dach zurück geworfen.

Und plötzlich geisterten Melodienfetzen durch ihren Sinn. Das Lied der Spieluhr! Sie versuchte, die ganze Melodie nachzuvollziehen, aber es gelang ihr nicht.

Es war, als spülten die wenigen wehmütigen Töne eine Art Schmerz an sie heran, dem jeden Augenblick etwas Anderes, Schreckliches folgen würde, wenn sie es nur zuließe. Als läge da etwas auf der Lauer, das es besser zu vermeiden galt.

Aber Maria wollte nichts vermeiden. Sie saß ganz still und abwartend da, horchte zitternd in sich hinein, Panik drohte sich in ihr auszubreiten, ihr Herz hämmerte gegen die Rippen.

Was hatte das zu bedeuten? Die Melodie schwoll an in ihrem Kopf, schien ihr ganzes Inneres zu erfüllen, führte sie an Bilder der Vergangenheit heran. Schreckensbilder, verzerrte Gesichter, jemand der ein Kind packt – sie selbst -, es würgt und zu Boden drückt – das Kind Maria wimmernd im grauroten Morgenlicht.

Doch noch bevor ihr Kopf diese Bilder zusammen setzen und ordnen konnte, entglitten sie ihr und mit ihnen die Melodie. All das verblasste, löste sich auf und ließ sie fassungslos und voller Schrecken zurück.

Es war, als wolle ihr Gedächtnis nur nach und nach und in Bruchstücken seine Geheimnisse preisgeben, die Maria ihm so gern mit einem Schlag entrissen hätte.

♦♦♦

Henrike - Mai 1996

Sie blickte auf ihre Hände hinunter, die in ihrem Schoß lagen. Fältchen zeichneten sich darauf ab. Auch sie waren einmal jung, fest und faltenlos gewesen, so wie ihr Gesicht. Sie tastete nach ihrem Haar, noch war es voll, aber von Grau durchzogen, auch nicht mehr weich wie damals, sondern wie Stroh!

Ich bin alt geworden, dachte sie erschrocken. Und dann aufbegehrend: Aber noch nicht so alt! Ich habe noch ein gutes Stück Weges vor mir! Vielleicht sollte ich mehr auf mein Äußeres achten!

Sie schloss die Augen, legte die Hände über die Lider und versuchte sich die kalte, windige, sternklare Nacht vorstellen, in der er sie verlassen hatte. Der einzige Mann, den sie außer dem Vater geliebt und den sie nicht zu halten vermocht hatte!

Sie sah sein Gesicht, lebendig und nah wie seit Jahren nicht mehr. Sie hatten nur eine so kurze Zeit miteinander gehabt, und das war ihre Schuld gewesen! Sie hatte so viele Fehler gemacht, das erkannte sie jetzt. Vielleicht hatte sie es schon früher gewusst, aber nie wahrhaben wollen.

Bilder der Vergangenheit stiegen vor ihr auf. Sie sah ihn und sich am Meer auf einem langen Küstenstreifen aus goldenem Sand dahin spazieren und Dünen dahinter mit hohen Gräsern, die im warmen Wind schwankten.

Da war ein Frühlingstag mit blauem Himmel und Fliederduft und sie beide Hand in Hand und so verliebt. Und ein Wintertag mit viel Schnee und einer Schlittenfahrt im Schneegestöber.

Ein Spaziergang im Regen auf einer blanken, nassen Straße in einer Stadt. Und sie stellten sich an eine Hauswand, um sich zu schützen, aber aus der übervollen Dachrinne, die unter dem wilden Geplätscher aufstöhnte, ergoss sich ein wahrer Sturzbach auf das Pflaster und auf sie beide, so dass sie klatschnass wurden und lachend unter ihrem halb zerrissenen Schirm davon rannten.

Sie hatte auf einmal ein lähmendes, beklemmendes Gefühl, als sie sei in einen ewigen Regentag hineingeraten, in eine graue Zeit ohne Licht, nur von Bildern aus der Vergangenheit erhellt.

Dies also war die Bilanz ihres Lebens! Überdeutlich und glasklar sah sie sich plötzlich konfrontiert mit ihrem Versagen auf der ganzen Linie! Diese Erkenntnis verschlug ihr sekundenlang den Atem und stieß sie in eine Hölle von Schmerz und Trauer.

♦♦♦

Die Mutter saß in ihrem Schlafzimmer auf einem Stuhl, fertig angezogen für den Besuch beim Arzt. Es war ein schwieriges Unterfangen gewesen, sie dafür zu gewinnen. Maria hatte lang und breit reden müssen.

Und dann das Ankleiden! In der ganzen letzten Zeit hatte Leonore ihr Äußeres vernachlässigt,, sich zwar gewaschen, aber auf die Kleidung gar keinen Wert mehr gelegt.

Täglich der gleiche Rock, hin und wieder eine andere Bluse oder ein sauberer Pullover – das war's dann schon. Sicher hatte sie auch nicht täglich ihre Unterwäsche gewechselt. Und meistens nur unter geduldigem Zureden von Henrike.

All das erfuhr Maria nun erst bis in alle Einzelheiten. Die beiden Frauen hatten doch so ihr eigenes Leben, ihren eigenen Tagesrhythmus, von dem Maria ja nie viel mitbekommen hatte.

Für diesen Arztbesuch nun hatte sich Maria bereit erklärt, die Mutter vorzubereiten. Es war nicht so, dass diese es nicht allein gekonnt hätte, aber mitten in einem Vorhaben vergaß sie, was sie wollte, oder sie verlor Lust und Interesse daran, setzte sich auf den nächsten Stuhl und blieb da dumpf brütend hocken, bis irgend etwas von außen sie aufstörte.

Worüber sie in ihrem Brüten so nachgrübelte, was da in ihrem Kopf vorging, wusste niemand. Vielleicht kam Henrike dem noch am nächsten, wenn sie sagte, sie begebe sich mehr und mehr in die Vergangenheit zurück. Das mochte stimmen, denn ihre kargen Äußerungen, oft zusammenhanglos und unverständlich, drehten sich stets um vergangene Dinge.

Nun saß sie also fast fertig auf dem Stuhl in ihrem Zimmer und hatte sich in den Kopf gesetzt, einen Hut zu nehmen, und zwar einen bestimmten, der längst aus der Mode war.

Maria kroch auf der Suche nach ihm in den Schränken herum und entdeckte dabei so allerlei, von dem sie geglaubt hatte, es existiere gar nicht mehr. Kleider und Perücken aus alten Zeiten, sogar noch vereinzelte Kleidungsstücke vom Vater und ein Bündel vergilbter Briefe, mit einem Seidenband zu einem Päckchen zusammen gebunden.

Das entriss die Mutter ihr allerdings sofort mit unvermuteter Energie und Heftigkeit, um es in die nächstbeste Schieblade zu stopfen.

Maria konnte den Hut nicht finden. Schließlich stieg sie auf einen Stuhl, um in die obersten Fächer des Kleiderschrankes zu schauen, in denen nur alte Decken aufbewahrt wurden.

Sie schob die Decken hin und her, um dahinter zu spähen. Und da entdeckte Maria sie plötzlich! Ganz hinten an der Wand stand sie, kaum verstaubt und

Maria sofort in allen Einzelheiten vertraut, als hätte sie sie nie vergessen!

„Oh Gott, die Spieldose!" rief sie aufgeregt und reckte den Arm, um sie hervor zu ziehen.

„Hier oben ist sie ja, Mutter, meine alte Spieldose!" Sie wandte sich zur Mutter um, die nur mäßig interessiert nach oben blickte.

„Ach, da ist sie also," sagte diese matt und ohne allzu großes Interesse.

„Und ich dachte schon .." Bevor sie den Satz zu Ende bringen konnte, vergaß sie ihn.

Maria stand auf dem Stuhl und hielt die Spieldose in den Händen. Sie wollte das Spielwerk betätigen, aber es ging nicht.

Langsam stieg sie vom Stuhl herab und trug ihre Entdeckung zum Tischchen am Fenster.

„Warum spielt sie denn nicht, Mutter?"

Gleichmütig zuckte die Mutter mit den Schultern.

„Sie ist wohl nicht mehr in Ordnung," meinte sie, stand sogar auf, um sie aus der Nähe zu betrachten. „Ich dachte, sie ist oben in der Kammer." Sie strich gedankenverloren mit einem Finger über den weiten Rock der Ballerina.

„Du dachtest, sie ist oben in der Kammer?" rief Maria aufgebracht.

„Davon hast du nichts gesagt, als ich dich danach fragte." Vorwurfsvoll blickte sie die Mutter an. Leonore duckte sich erschrocken. Sie runzelte die Stirn und fuhrt sich mit den Händen an die Stirn, als müsse sie ihre Gedanken klären.

Maria erkannte, dass sie von der Mutter keine klaren Antworten, geschweige denn Erklärungen erwarten konnte. Sie drehte die Spieluhr hin und her, als wolle sie jedes Detail neu entdecken, als sollte sie ihr Aufschluss geben über Dinge aus der Vergangenheit, die sie vergessen hatte. Aber nichts geschah. Gar nichts! Nicht die winzigste Kleinigkeit fiel ihr beim Anblick der kleinen Ballerina mit ihrem Puppengesicht ein.

Hatte der Vater vielleicht gesagt „für meine kleine Marie", als er sie ihr schenkte?

Hatte er sie vielleicht von einer seiner Reisen mitgebracht und gesagt: „Sieh nur, was ich Schönes für dich ausgesucht habe?"

Sie horchte in sich hinein, aber da war gar nichts.

Plötzlich gab die Mutter einen erstickten Laut von sich, so dass Maria erschrocken herum fuhr.

Da saß Leonore auf dem Stuhl, starr und gerade wie ein Stock, beide Fäuste vor den Mund gepresst und merkwürdig heisere Laute kamen aus ihrer Kehle, wie ein unterdrücktes hartes Schluchzen.

„Mutter, was ist mit dir?" Maria war sofort bei ihr und legte den Arm um ihre gebeugten Schultern.

„Ach, die Spieldose hat mich so sehr an deinen Vater erinnert," flüsterte sie.

„Weißt du noch, wann das war, Mutter? Und bei welcher Gelegenheit? Ist es dir wieder eingefallen?" drang Maria aufgeregt in die Mutter.

Leonore hob abwehrend beide Hände und schüttelte heftig den Kopf.

„Nein, das weiß ich nicht mehr. Es ist doch auch ganz gleich! Quäl mich doch nicht dauernd mit der verflixten Spieldose! Wo ist denn nun mein Hut?" Mit plötzlichem Ärger funkelte sie Maria an, fuhr sich mit zittrigen Fingern über die Augen und zupfte nervös an ihrem Haar. Maria gab es auf.

„Ich kann den Hut nicht finden. Dann muss es eben so gehen," sagte sie kurz angebunden und warf einen Blick auf ihre Armbanduhr.

„Wir müssen fahren, Mutter. Es wird höchste Zeit."

Sie nahm die Mutter am Arm und führte sie aus dem Zimmer.

Henrike sah ihnen aus dem Fenster nach, wie sie nebeneinander zum Auto gingen.

Leonore gebeugt und so hinfällig, als wäre sie in den letzten Tagen oder Wochen um viele Jahre gealtert, der Mantel schien sie zu umschlottern, als hätte sie Unmengen an Gewicht verloren, ohne Hut auf dem Kopfe, wie sie es eigentlich hatte haben wollen.

Und Maria, groß, schlank und gerade, mit ihrem schwarzen, straff zurückgenommenen Haar, voller Fürsorge einen Arm um die Mutter gelegt; fast so, als wolle sie diese tragen.

Bei diesem Anblick krampfte sich Henrikes Herz zusammen. Ihr war zumute, als müsste sie weinen, aber sie hatte schon seit so vielen Jahren nicht mehr geweint; dass sie es ganz verlernt hatte.

Und sie sah ein anderes Bild vor sich: Sie und Leonore, jung und hübsch und voller Hoffnungen. Was war aus ihnen geworden! Sie hatten ihr Leben vergeudet, alle beide! Alles hätte anders kommen können. Schlagartig erkannte Henrike, wie gründlich sie doch ihr Leben vertan hatten. Als hätten sie nicht nur das eine gehabt! Aber nun war es zu spät.

Eine Woge von Furcht überflutete sie. War das nun alles? Kam jetzt nur noch der Tod? Und davor eine Zeit voller Einsamkeit, Krankheit und Trübsinn?

Für Maria noch nicht, dachte sie mit plötzlich aufwallender Zuneigung. In einer seltenen Anwandlung von Selbstlosigkeit und Kampfgeist beschloss sie dafür zu sorgen, dass Marias Leben nicht in so einer grässlichen Sackgasse enden sollte wie das ihre und Leonores.

♦♦♦

Maria zog ihren Morgenrock an, ging auf den Treppenabsatz hinaus und beugte sich über das Geländer. Irgendein Geräusch hatte sie geweckt.

Sie stand und lauschte im Halbdunkel des Treppenflurs, aber außer dem Wind, der hin und wieder einen lockeren Zweig an die Hauswand schlug, hörte sie nichts. Im Haus war alles still.

Sie huschte zur Zimmertür der Mutter, öffnete sie vorsichtig und schlüpfte hinein. Eine Fensterklappe war geöffnet, die Vorhänge aufgezogen, so dass der Mond ungehindert hereinscheinen konnte.

Maria sah das Gesicht der Mutter auf dem Kissen, bleich und hager, aber entspannt. Sie trat an ihr Bett und blickte schweren Herzens auf sie herunter.

Wie sollte es weitergehen? Sie sorgte sich sehr um sie und um ihrer aller Zukunft.

„So etwas habe ich vermutet," hatte Tante Henrike gesagt und Maria hatte sich über ihren erstaunlichen Scharfblick gewundert.

Sie hatten gemeinsam die erschöpfte und verwirrte Leonore ins Bett gebracht. Henrike hatte Maria dadurch in Erstaunen versetzt, dass sie sich plötzlich als besonnene und umsichtige Krankenpflegerin erwies. Flink und geschickt schälte sie ihre Schwester aus den Kleidern, wusch sie und half ihr in das Nachthemd.

Leonore fügte sich ohne Widerspruch in alles, was mit ihr geschah, schluckte gehorsam ihre Medikamente, ließ teilnahmslos alles über sich ergehen, als ob ihr Geist in anderen Regionen weilte.

Leonore war physisch ganz gesund. Ihr fehlte nichts.

„Ich habe mir schon gedacht, dass es nicht ihr Körper, sondern ihre Seele ist."

Das war Henrikes kurzer Kommentar, nachdem Maria alles über den Arztbesuch berichtet hatte.

Dann fragte sie sachlich: „Und wie geht es weiter?"

„Es ist eine Art von Depression. Sie ist verstört und seelisch erschöpft. Der Arzt sprach von einer Therapie durch einen Psychologen. Er schien sich nicht allzu viel davon zu versprechen. Er meint, wir sollten erst einmal abwarten. Sie ist durch irgend etwas aus dem Gleichgewicht geraten. Vielleicht fängt sie sich mit Hilfe der Medikamente wieder. Wenn nicht, wäre eine stationäre Beobachtung vielleicht angebracht."

„Es ist ja nur ihr Hausarzt! Was weiß denn der schon," schnaubte Henrike verächtlich. „Sie müsste zu einem Psychiater."

Maria war eigentlich der gleichen Meinung. Sie beschlossen, ein paar Tage abzuwarten.

„Tante Henrike, wird es dir nicht zu viel, wenn du sie am Tage allein versorgen musst?"

„Aber Kind, wo denkst du hin. Sie ist ja nicht pflegebedürftig. Das bisschen Betreuung macht mir nichts aus. Im Gegenteil, ich tu es gern. Darum musst du dich gar nicht sorgen!"

Sie drehte sich zu Maria um und drückte liebevoll deren Arm.

Dann sagte sie mit Nachdruck und unvermutetem Verständnis:

„Mach dir keine Gedanken um die Versorgung deiner Mutter. Binde dich nicht noch mehr ans Haus als bisher. Ich bin ja auch noch da."

Maria sah die Tante verblüfft an. Sie schien ihr so verändert.

♦♦♦

Winter 1969 (Dezember)

Es war spät, als sie ihn verließ. Der Schnee knirschte unter ihren Schritten, der Mond schien hell und beleuchtete ihren einsamen Weg. Sie sehnte sich danach, mit ihm gemeinsam und hoch erhobenen Hauptes hinaus zu gehen ins Tageslicht – dorthin, wo die Menschen waren.

♦♦♦

Der Nachmittag ging zur Neige.

Eine Amsel zwitscherte aufgeregt, flatterte ganz nah am Boden quer durch den Garten. Ein kaum wahrnehmbarer Dunst hing unter den Bäumen. Die Sonne war am Untergehen. Gelbgraue Wölkchen zogen vor sie hin und verbargen ihren roten Schein.

Marias Blick wanderte über die verkrauteten Gartenwege, aber sie war zu müde, um sich darüber aufzuregen. Gänseblümchen und die gelben Blüten des Hahnenklees sprenkelten das Grün des Rasens, kleine Kleefelder hatten das Gras stellenweise beiseite gedrängt und dichte Mooskissen machten sich in seinem ungemähten Halmgewirr breit. Sie blickte kritisch darüber hin und konnte doch nicht umhin, es ganz einfach schön zu finden.

Die Hintertür zur Waschküche knarrte heftig und fiel mit Wucht wieder ins Schloss.

Maria richtete sich in ihrem Liegestuhl auf und blickte Henrike entgegen, die mit einem kleinen Tablett auf die Terrasse getrippelt kam.

„Oh, Kaffee! Wie lieb von dir." Maria nahm ihr das Tablett aus der Hand und setzte es auf dem Tisch ab.

Die Tante griff nach der Kanne und füllte die Tassen.

„Sie ist eingeschlafen," sagte sie. „Oh, es ist so kühl geworden." Sie zog sich ihre Jacke bis ans Kinn. „Wir hätten doch hinein gehen sollen."

„Ach bitte, lass uns noch ein wenig hier draußen bleiben," bat Maria, streckte behaglich ihre jeansbehosten Beine von sich und rührte Zucker in ihren Kaffee.

„Es ist doch noch so schön."

„Und wie geht es dir?“ erkundigte sich Henrike und blickte aufmerksam in das Gesicht ihrer Nichte.

„Ach, es geht mir ganz gut,“ war die vage Antwort.

Henrike sah zu ihr hinüber und war beruhigt. Maria wirkte zufrieden und ausgeglichener als seit langer Zeit.

Maria hatte arbeitsreiche Tage hinter sich, viel Stress im Gesundheitsamt. Es war oft sehr spät geworden, bis sie endlich Feierabend machen konnte, aber irgendwie tat die Arbeit ihr auch gut. Und die Kopfschmerzen, die sie manchmal überfielen, hatten nur noch wenig Ähnlichkeit mit den Migräneanfällen, die sie kannte und fürchtete. Sie gingen meistens schnell vorbei, Maria ließ sich nicht von ihnen in Panik versetzen.

Und dann war da Martin Scheffler. Sie wollte ihre Gefühle für ihn nicht analysieren. Sie wollte gar keine Gefühle dieser Art! Sie vergrub sich in die Arbeit, hatte den Kopf meistens voll mit den Dingen zu Hause und mit ihren eigenen Problemen.

Aber Maria hatte Martin unmöglich ständig ausweichen können. Also war ein klärendes Gespräch notwendig geworden. Sie hatte sich gewappnet, so gut sie konnte, hatte Zeit und Ort für diese Aussprache so gewählt, dass sie sich einigermaßen sicher vor einer körperlichen Annäherung sein konnte. Sie waren beide allein im Büro, aber jeden Moment konnte der Chef oder jemand anders hereinplatzen.

Es passte Martin gar nicht, er durchschaute Marias Absicht und wollte sie unbedingt durchkreuzen.

Sie standen einander gegenüber, Marias Schreibtisch zwischen ihnen.

Kühl, fast unbeteiligt sah sie ihn an, als sie ihm sagte, was sie sich vorgenommen hatte. Sie wolle keinerlei wie auch immer geartete Beziehung. Ein paar ihrer Gründe schickte sie hinterher. Sie habe häusliche Probleme, eigene ja auch zur Genüge und einiges mehr.

Er sah sie schweigend an, während seine schwarzen Brauen sich mehr und mehr zusammen zogen. Seine Miene wurde finster, als sei ein Gewitter im Anzug.

Nur das jetzt nicht! Jeden Moment könnte jemand kommen!

Maria verdoppelte ihre Anstrengung in Bezug auf ihre Überzeugungsarbeit, aber in ihren eigenen Ohren klangen alle Einwände und Gründe inzwischen so lahm und an den Haaren herbei gezogen, dass sie schließlich verstummte.

Martin hatte das vage Gefühl, dass sie selbst nicht recht wusste, was sie fühlte und was sie wollte. Und sie glaubte an ihre Gründe, das erschien ihm offensichtlich. Jedenfalls im Augenblick.

Was wirklich dahinter steckte, das mochte der Himmel wissen.

Er kämpfte mit seiner Ungeduld und dem Verlangen, sie gegen ihren Willen an sich zu reißen. Dass er es nicht tat, verdankte Maria den flotten Schritten des Chefs, der die Treppe hinauf stürmte.

Zorn loderte in ihm auf, zum einen auf den Chef, der gerade jetzt im Anmarsch war, wo er doch viele Male sonst stundenlang auf sich warten ließ, zum anderen auf Maria, die ihnen beiden so unnötige Hindernisse in den Weg legte.

Und schließlich auch auf seine eigene Hilflosigkeit, die ihn in diesem Moment lähmte und zur Untätigkeit zwang.

Er machte Anstalten, um den Schreibtisch herumzugehen, Maria am Arm zu nehmen und in sein Zimmer zu schieben, aber da ging bereits die Tür auf und Dr. Sydon stürmte ins Zimmer.

So sahen sie einander nur an, und auf einmal stand jener erste verlorene Kuss zwischen ihnen, als sei er durch eine magische unsichtbare Macht heraufbeschworen worden.

Maria wandte sich hastig ab, sie konnte seinen Blick nicht mehr ertragen.

Wenn Maria gegen Abend heimkam, empfing die Tante sie meistens allein. Die Mutter war in ihrem Zimmer und wenn Maria nach ihr fragte, erhielt sie oft die Auskunft, sie sei gerade eingeschlafen oder ruhe sich aus.

Maria war anfangs als erstes besorgt zur Mutter geeilt, um nach ihr zu sehen.

Sie fand Leonore meistens auf dem Bett liegend oder sie saß am Fenster, zufrieden und freundlich.

Sie freute sich immer, Maria zu sehen, fragte wohl auch nach ihrem Tag und wie es ihr ergangen sei. Sie kam Maria einigermaßen klar und sehr ruhig vor. Sie sprachen miteinander, meistens über alltägliche Dinge, den Garten, das Wetter, die Arbeit.

Maria wagte nicht, anderes zu sagen oder zu fragen – aus Angst, diese neu gewonnene Ruhe der Mutter aufzustören und zu erschüttern. Bei alledem jedoch wirkte Leonore stets so, als würde gar nichts sie so recht erreichen oder berühren.

Alles schien sich auf der Oberfläche abzuspielen, als sei ihre Seele ganz woanders; als sei sie bestrebt, ein bestimmtes Ritual zu absolvieren, das von ihr erwartet wurde, aber gar nicht bis in ihr Innerstes vordrang, um dann endlich gedanklich an den Ort zurückkehren zu können, an dem ihr eigentliches Leben stattfand.

Das war natürlich die Wirkung der Tabletten; sie stellten Leonore ruhig und schirmten sie künstlich ab von allen Aufregungen.

Maria war immer so müde und erschöpft und im Grunde sehr erleichtert, dass Henrike sich der Mutter annahm.

Sie hatte auf einmal das ungewohnte Gefühl, sie habe unerwartet viel Freizeit und Raum für sich, so als sei sie ganz plötzlich und unvorhergesehen in eine Freiheit entlassen worden, mit der sie nichts anzufangen wusste, und die sie als ganz unverdient empfand. Ein Gefühl von Ausgeschlossensein und Leere wollte sich einstellen.

Diese beiden Frauen – ein seltsames Gespann diese beiden! Es war, als täten sie sich zusammen und ließen sie – so ganz nebenbei – auf der Strecke!

Was trieben sie so den ganzen Tag, wenn sie nicht da war? Gruben sie in alten Erinnerungen, ließen alte Zeiten neu aufleben und sprachen über all die Dinge, die Maria so gern erfahren hätte – und die sie vielleicht nicht erfahren sollte? Oder litt sie, Maria, schon an Verfolgungswahn? Gab es da gar nichts, das man vor ihr verschwieg?

Wieder und wieder ertappte sich Maria dabei, dass sie über die seltsame Beziehung der beiden Schwester nachgrübelte.

Maria und Henrike saßen einander schweigend gegenüber und blickten in den Garten.

Maria musterte Henrike unauffällig von der Seite.

Zwar hing ihr das wirre Gelock ihres Haares wie immer über Stirn und Wangen, aber es hatte eine gewisse Ordnung bekommen, fast so etwas wie einen eigenen, besonderen Stil.

Es war, als hätte sie beim Kämmen eine bestimmte Frisur geplant, sich dann auch redlich und nach Kräften darum bemüht, sie auf ihrem Kopfe in aller Pracht erstehen zu lassen, sich dann jedoch eines anderen besonnen, um schließlich eine eigene, höchst eigenwillige Kreation daraus zu machen.

Irgendwie hatte auch ihre Kleidung sich verändert. Maria konnte gar nicht sagen, woran es lang, aber sie wirkte sportlicher und flotter. Seitdem die Mutter so verwirrt und hinfällig geworden war, hatte sich die Tante zu einer praktischen, resoluten und erstaunlich einfühlsamen Person gemausert.

Maria überdachte diese seltsame Wandlung. War das schon früher so gewesen? Je hilfsbedürftiger die eine wurde, desto tüchtiger, umsichtiger –ja verjüngter – wirkte die andere?

Alle kleinen Misshelligkeiten zwischen den Schwestern waren vergessen; die öde Langeweile, die beide Frauen stets mit sich herumzuschleppen schienen, diese übertriebene und aufgesetzte Sorge um Maria und deren Leben, all das hatte sich in Luft aufgelöst.

Eine neue Duldsamkeit und Fürsorge war bei Henrike zutage getreten, die Maria seltsam berührte. Als hätten sie einander in einer fernen Vergangenheit das Versprechen gegeben, in trüben Zeiten füreinander da zu sein, koste es, was es wolle. Der Zustand der Mutter hatte aus beiden Schwestern ein liebevolles, seltsam dem Alltag entrücktes Gespann gemacht, das die meiste Zeit in seiner eigenen Welt lebte. Auf wunderliche Weise hatte sich die Verantwortung, die Maria stets für beide Frauen empfunden hatte, verlagert.

Nicht länger war Maria Dreh- und Angelpunkt für Mutter und Tante. Nicht sie war es mehr, auf die sie so fixiert waren, die sie belauerten und umschwirrten.

Nun waren beide eine Einheit, auf eigentümliche Weise zusammen geschweißt, und Maria war die Außenseiterin.

Vielleicht doch nicht so eigentümlich, wenn man es recht bedenkt, dachte Marie staunend.

Tante Henrikes Leben hat wieder einen Sinn! Die Schwester brauchte sie!

Und dann: Wie traurig, dass es auf diese Weise geschehen musste.

Und eigentlich auf Kosten der Mutter, fuhr es ihr durch den Kopf. Aber sie rief sich sogleich zur Ordnung. Sicher war es nicht so, dass es Henrike auf Kosten der Mutter gut ging, oder? War es vielleicht bei diesen beiden ihr Leben lang so gewesen? Ging es der einen immer auf Kosten der anderen gut? Oder fühlte die eine sich immer wohl, wenn es der anderen schlecht ging? Oder ging es einer schlecht, wenn es der anderen gut ging?

Und was hieß es überhaupt „auf Kosten der anderen". Das klang in Ohren unmenschlich und grausam. Wie kam sie überhaupt auf so einen Gedanken!

Maria ertappte sich dabei, wie sie über diesen Begriff nachgrübelte, ihn von allen Seiten beleuchtete, ihn wieder und wieder zerpflückte, ihm den richtigen Sinn zu geben versuchte, bis er ihr zum Schluss völlig ohne Sinn erschien.

Ist es nicht manchmal so mit Begriffen und Worten?

Sagt man sie lange genug vor sich hin, verlieren sie jeden Sinn!

Und dabei sah sie im Geist diese beiden Frauen vor sich, wie sie in der Vergangenheit gewesen sein mochten. Sie hörte wieder die Worte des Großvaters: Miteinander hatten sie so ihre Probleme, ohne einander aber auch.

Maria hielt sich den Kopf. Diese ewigen Grübeleien wollte sie gar nicht; sie waren ihr von Herzen zuwider und konnte sie doch nicht abstellen, hatte sie einmal damit begonnen.

„Der Rasen müsste schon wieder gemäht werden," ließ sich Henrike vernehmen, und schnell -

bevor Maria etwas dazu sagen konnte, fügte sie hinzu: „Ich werde es morgen früh gleich machen."

Sie sah Maria von der Seite an. Maria hatte sie gar nicht gehört. Ihre Gedanken waren bei anderen Dingen gelandet.

„Tante Henrike, vor ein paar Tagen hat Mutter so etwas Seltsames gesagt, das mir nicht aus dem Kopf will. Vielleicht hab ich sie auch nicht richtig verstanden, sie war so durcheinander an dem Tag. Aber .. jedenfalls – ich fand es sehr merkwürdig und kann mir keinen Reim darauf machen."

„Was war es denn, Maria.? "

Ihre Blicke begegneten sich. Maria suchte nach Worten. Sie war verlegen und spürte eigenartigerweise so etwas wie eine Scheu, als würde sie unaufgefordert in die Privatsphäre der Tante eindringen wollen.

„Sie sprach von dir."

Die Tante sah sie ermunternd an.

„Von mir? Was war es denn?"

„Sie sprach von einem Kind. Henrikes Kind, sagte sie – wo ist Henrikes Kind - oder so ähnlich. Hattest du denn ein Kind, Tante Henrike?"

Maria warf der Tante einen schnellen Seitenblick zu.

„Sie mir nicht böse, wenn dir die Frage ungehörig vorkommt."

Die Tante saß unbeweglich auf ihrem Stuhl, die Kaffeetasse mit beiden Händen umklammernd. Ein Schatten verdunkelte ihre Augen, so dass Maria sie nicht erkennen konnte.

Sie seufzte tief auf und stellte mit einem Ruck ihre Tasse ab. Dann erhob sie sich schwerfällig, verschränkte die Hände auf dem Rücken und ging mit bedächtigen Schritten vor Maria auf und ab, den Blick auf die von Kraut gesäumten Steinplatten unter ihren Füßen gerichtet. Als sie endlich sprach, klang ihre Stimme ruhig und gefasst.

„Bernhard hatte sich immer so sehr ein Kind gewünscht," sagte sie.

„Ich habe immer gemeint, es sei noch so viel Zeit dafür. Ich wollte meine Jugend genießen – unbeschwert genießen, ohne für ein Kind sorgen zu müssen. Und dann war es zu spät."

Sie ließ sich wieder auf ihren Stuhl sinken, faltete die Hände im Schoß und sah auf sie hinunter.

„Das war ein Fehler, weißt du. Wir hätten nicht warten sollen. Ich hab mir in all den Jahren so viele Vorwürfe deswegen gemacht."

Sie lehnte sich in ihrem Stuhl zurück und schloss die Augen.

Maria beugte sich vor und kreuzte die Arme. Plötzlich war ihr kalt geworden. Sie musterte die schmale Gestalt der Tante voller Mitgefühl, ihr Gesicht sah im fahlen Licht der hereinbrechenden Dämmerung plötzlich weiß und gequält aus.

Sie war in Schweigen versunken und Maria wagte nicht, sie mit weiteren Fragen zu bedrängen.

„Es tut mir so leid," brachte sie schließlich hervor.

„Es ist vorbei," sagte Henrike. „Was sollen die Vorwürfe und all das Grübeln."

„Hast du einmal wieder etwas von deinem Mann gehört?" Maria dachte an Bernhard Sarnow, den sie auch gekannt hatte, zwar flüchtig nur, aber immerhin war er ihr Patenonkel und einige Male während ihrer Kinderzeit war er zu Besuch gekommen. Sie hatte wenig Erinnerungen an ihn.

„Nein, ich habe seit langer Zeit nichts von ihm gehört. Er soll ja wieder in Deutschland leben."

Zum ersten Mal spürte Maria nicht nur Groll und Hass in den Worten der Tante. Da war auch Schmerz, eine Verletztheit und ein großes Bedauern. Merkwürdig, dachte Maria. Sie hatte die Tante stets nur schimpfen gehört, auf die Männer im allgemeinen, und auf den ihren und den ihrer Schwester im Besonderen.

Sie setzte sich auf und forschte in Henrikes Gesicht. Spontan ließ sie alle Zurückhaltung fahren.

„Liebst du ihn noch?“ fragte sie gespannt.

Die Tante fuhr zusammen, als hätte man sie bei etwas Unerlaubtem ertappt.

„Unsinn,“ sagte sie und kniff die Lippen zusammen, dass sie wie ein gerader Strich wirkten.

Sie schwieg, aber Maria sah, wie es hinter ihrer Stirn arbeitete.

Dann sagte sie langsam: „Weißt du, ich glaube, ich habe nie zu schätzen gewusst, was ich an ihm hatte. Wenn ich so zurückdenke, kommt es mir vor, als wäre ich ein dummes, verzogenes Gör gewesen, egoistisch und selbstsüchtig.“

Sie erhob sich mit einem Ruck und blickte auf Maria hinunter.

„Lassen wir doch die alten Zeiten, Maria. Das macht uns nur traurig! Du weißt doch, wie schlecht es einem bekommt, wenn man in der Vergangenheit herumkramt.

Wir haben doch mit der Gegenwart genug zu tun, meinst du nicht?“

Mit fahrigen Bewegungen räumte sie das Geschirr auf dem Tablett zurecht und schickte sich an, ins Haus zu gehen.

„Komm, mein Mädchen. Es wird Zeit. Du musst morgen auch wieder früh raus."

Sie ging ins Haus. Maria folgte ihr und hatte das vage Gefühl, von all dem Gerede nicht klüger geworden zu sein.

Maria fühlte sich plötzlich wie eingebunden in ein merkwürdiges, ja mysteriöses Geschehen, das sich irgendwie weiter und weiter abspulte – von der „Spule Zeit" - und unaufhaltsam seinen Fortgang nahm auf ein unbekanntes Ziel zu, ohne ihr Zutun, und doch so, als sei sie Ursache und Mittelpunkt all dessen, was da geschah – und sie konnte nichts aufhalten und es nicht ändern.

Das nennt man Schicksal, dachte sie ironisch. Außerdem – bin ich nicht auch aktiv daran beteiligt? Mit Sicherheit! Und ich kann auch manches ändern! Denn ich habe mich schon verändert und werde es weiter tun!

♦♦♦

Der Mai ging zu Ende. Langsam und fast unmerklich für ihre Umwelt veränderte sich Maria.

Nach außen hin war nahezu alles wie es immer gewesen war. Nur sie selbst lebte und fühlte sich anders. Hin und wieder hatte sie die Fotoalben in die Hand genommen, sich in die alten Bilder vertieft. Wer weiß, vielleicht half auch das!

Manchmal stellten sich Erinnerungen ein; wie ein Blitz aus heiterem Himmel. Es waren mehr Erinnerungsfetzen und Bilder, die vor ihren Augen auftauchten, als würde man ein Fotoalbum schnell durchblättern. Dann gelang es Maria zuweilen, einige dieser Bilder in ihrem Kopf festzuhalten, sie näher zu betrachten, und zu den Bildern gesellten sich Geräusche, Gerüche. Und oft sogar Worte, Sätze mit mehr oder weniger Sinn wie Teile eines Geschehens.

Mitunter war das, was da in ihrem Geist erwachte, beunruhigend, manchmal aber waren es ganz einfach harmlose, normale Kindheitserinnerungen.

Sie sah in der Erinnerung eine kleine Maria, wie sie voll Zorn mit dem Fuß auf den Boden stampfte und schrie, sie wolle die verflixten, kratzigen Strümpfe nicht anziehen. Und dann eine große Hand, die sie energisch am Arm packte und ihr einen Klaps auf den Hosenboden verabreichte.

Und sie sah sich mit einem Eis in der Hand in glühender Sonnenhitze. Sie hockte im Gras, Schmetterlinge umtanzten sie und das Eis schmolz in ihren Fingern, noch bevor sie es essen konnte. Ihr Kleidchen war von oben bis unten bekleckert, aber die Großmutter schalt sie nicht. Wo war die Mutter da gewesen?

Sie entsann sich mancher Nachmittage im Winter, wenn es früh dunkelte, und sie mit einem Buch im Dämmerlicht am Fenster saß. „Lies nicht mehr, Marie. Du verdirbst dir die Augen.“ Wer hatte das gesagt. War es die Stimme der Mutter? Nein, eher die der Großmutter in jungen Jahren.

Und dort hinten stand der Vater am Ende des Gartenweges – oder nein, das war doch gar nicht der Vater! Es war ein fremder Mann und er breitete die Arme aus und rief: „Komm, kleine Marie!“

Und sie lief mitten hinein in die ausgestreckten Arme, wurde herum geschwenkt und lachte und jauchzte. Das war sehr lange her, sie war noch ein ganz kleines Mädchen gewesen. Es war, als denke sie an jemand Fremdes, an ein fremdes Kind, das da in die Arme dieses fremden Mannes stolperte und glücklich war.

Wer war denn dieser Mann gewesen? War es Onkel Bernhard? Maria wusste es nicht. Sein Gesicht blieb im Schatten.

Irgendwann hatte es einen strahlend blauen Morgen voll Vogelgezwitscher und Glockenläuten gegeben. Es war Sonntag. Maria wurde fein gemacht und man ging in die Kirche. Wo war das gewesen? In Mühltal?

Ein Fest an einem lauen Sommerabend. Ein Garten voll Menschen und Musik. Und das rötliche und blaue Licht der Laternen in den Bäumen brach durch die dicht belaubten Zweige und verwandelte den Garten der Großeltern in einen Zauberwald. Und durch diesen Zauberwald wanderte die kleine Marie und fühlte sich wie eine Gestalt aus einem Märchen.

Sie sah sich an der Hand des Großvaters über ein braunes Feld wandern, bemüht, ihre Schritte denen des Großvaters anzugleichen.

Ganz deutlich sah sie seine lachenden Augen über dem Schnurrbart, den er damals trug, seine gestrickte Weste, an der eine riesige Uhrkette hing, die alte, abgeschabte Cordhose. Sie schaute zu ihm auf und er lachte zu ihr herunter.

Auch aus der Schulzeit fielen ihr nach und nach kleine Erlebnisse ein. Gesichter von Schulfreundinnen, Kameradinnen ihrer Kinderzeit tauchten in ihrem Geist auf.

Die stille goldene Schönheit eines Sommertags am Meer. Spazieren gehen mit einer Freundin am Strand, der sich wie eine Fläche aus dunklem Ocker weithin vor ihnen erstreckte. Dünen erhoben sich dahinter, deren heller weicher Sand sich warm anfühlte, wenn man ihn langsam durch die Finger rieseln ließ.

Die Sonnenstrahlen glitten über das Wasser, ließen es silbern aufblitzen und am Horizont trafen sich Himmel und Meer in flirrender Unschärfe. Da war Maria schon älter gewesen, fünfzehn Jahre vielleicht. Nah und deutlich sah sie das Gesicht dieser Freundin vor sich, Gefährtin ihrer Jugendjahre und vieler alter Träume.

Welche Träume hatte ich damals? Maria wusste es nicht mehr.

Und hin und wieder Erinnerungsfetzen, in denen der Vater dabei war. Maria saß dick eingemummt auf einem Schlitten, den der Vater zog.

„Schneller, Papa, schneller!“

Und der Vater drehte sich zu ihr um. Sein lachendes Gesicht unter der Wollmütze war ganz rot vor Kälte und er rief: „Halt dich gut fest, Marie! Jetzt geht's bergab!"

Und Maria hielt sich ganz fest mit kleinen Händen in dicken, bunten Fausthandschuhen und der Schnee stob auf vor den Kufen des Schlittens und sprühte ihr kalt ins Gesicht.

Ein Bild tauchte wieder und wieder in ihrem Kopf auf.

Es war ein Sommerabend. Sie saß an einem Tisch im Halbdunkel, in einem Zimmer, das ihr fremd und doch vertraut war, irgendein Spiel oder Bilderbuch vor sich. Auf dem Tisch stand eine brennende Lampe mit einer Glasglocke.

Mücken kamen aus dem Dunkel des Gartens durch das offene Fenster herein, angelockt vom Lichtschein der Lampe. Sie stießen in ihrem Tanz gegen die Glasglocke, taumelten einen Augenblick im Kreise und sanken verbrannt ins Nichts.

Sie hatte unvermittelt zu weinen begonnen darüber, dass der verheißungsvolle Schein des Lichts, der sie angelockt hatte, zur tödlichen Falle für die kleinen Nachtschwärmer geworden war.

Weinend hatte sie die Mutter gesucht, sie aber nicht gefunden. Sie war nicht da. Der Vater hatte gar kein Verständnis für den Kummer des Kindes gehabt. Er war gereizt und ärgerlich geworden über ihre Spinnerei und es hatte heftige Klapse gegeben.

Es war der Kleinen ganz unverständlich gewesen, warum es geschlagen wurde, denn in diesem Fall war sie ganz sicher, nichts Böses getan zu haben. Sie hatte sehr brav am Tisch gesessen und nur über die armen Mücken geweint. Der Vater war ihr ungerecht und hart und böse erschienen wie noch nie zuvor.

Vor ihren Augen sah sie wieder seinen erbosten, wütenden Blick, mit dem er sie musterte. Da war nicht nur Zorn, auch Unverständnis und Hohn über ihre „verrückte Spinnerei“.

Diese Erinnerung ließ Maria lange nicht los, passte sie doch zu dem Bild, das sie mittlerweile vom Vater gewonnen hatte. Maria konnte damals nicht älter als 5 gewesen sein. Es war in der alten Wohnung in Bad Bernburg gewesen.

Maria entsann sich auch der Mutter, wie sie mitunter traurig am Fenster stand und Maria gar nicht sah. Dem Kind schien es dann, als habe die Mutter geweint. Sie verneinte das aber jedes Mal, wenn

Maria sie fragte. Sie tat dann besonders fröhlich, aber sie konnte ihr Kind nicht täuschen. Maria hatte sich dabei immer so einsam und voller Angst gefühlt. Was war da Schlimmes, das die Mutter zum Weinen brachte? War es vielleicht ihretwegen?

All diese Erinnerungen, die schönen und die weniger schönen, tröpfelten nach und nach in Marias Bewusstsein und sie sammelte und hortete sie allesamt dankbar und freudig wie Schätze in einer Schatztruhe. Niemals wieder wollte sie etwas vergessen!

Manchmal fügten sich Bruchstücke und Teile eines Erlebnisses erst nach und nach zueinander, wie ein Puzzle, das man ein paar Tage unfertig liegen lässt und zu dem man zurück kehrt, wenn wieder ein neues Puzzleteilchen aufgetaucht ist - bis es schließlich zu einem Ganzen wird.

♦♦♦

Der Mai war vorbei gegangen, der Juni kam mit heißen, trockenen Tagen.

Tante Henrike zog an jedem Abend mit ihrer Gießkanne durch den Garten, den zerbeulten Strohhut auf dem Kopfe oder tief im Nacken, das

Gesicht unter der breiten Hutkrempe braun gebrannt und verjüngt. Sie hatte sich in letzter Zeit sehr des Gartens angenommen, um Maria zu entlasten. Auch im Haus kümmerte sie sich mehr denn je um alles, was getan werden musste. Immer schien sie fröhlich und nichts wurde ihr zu viel.

Leonore war gar nicht in der Lage, sich mit irgend einer Arbeit zu befassen. Sie lebte mehr denn je in ihrer eigenen Welt, von ihr selbst erschaffen aus Medikamenten, Träumen und Bruchstücken der Vergangenheit, durchwoben mit Elementen der Gegenwart, die irgendwie sehr fantasievoll hineingepasst wurden.

Sie fühlte sich anscheinend wohl in diesem sonderbaren Zustand. Nur manchmal schienen wirkliche, realistische Erinnerungen sie einzuholen und zu bedrängen, die sie in Angst, fast in Panik, versetzten. So in ihrer trügerischen Ruhe aufgestört, begann sie auf der Suche nach Henrike weinend durchs Haus zu irren, als sei ihr etwas auf den Fersen, dem sie entkommen wollte. Nur Henrike wollte sie dann um sich haben, nur sie konnte sie wieder zur Ruhe bringen.

Maria war da keine große Hilfe. Wenn sie versuchte, beruhigend auf die Mutter einzureden, sie zu trösten oder in ihr Zimmer zu bringen, blickte Leonore sie an wie eine Fremde und stieß sie fort. Oder es konnte geschehen, dass sie beim Anblick Marias erschrocken zusammen fuhr, sich wimmernd von ihr abwandte und nach Henrike rief. Maria war hilflos und traurig darüber. Sie war aber auch froh und erleichtert, dass Henrike und die Mutter so gut miteinander zurecht kamen.

An manchen Tagen lebte Leonore auf, sah ihre Umwelt klarer. Sie nahm mehr Anteil am normalen Tagesgeschehen, wünschte mit der Tochter im Garten spazieren zu gehen und erkundigte sich nach Marias Arbeit. Auch nach Ronald fragte sie mitunter. Sie hatte bisher nicht begriffen oder wollte es gar nicht, dass er nicht mehr kam und dass diese Sache zu Ende war. Tante Henrike hatte Marias Trennung von Ronald erstaunlich gelassen entgegen genommen. Zwar tat es ihr leid darum, aber Maria wirkte in dem Punkt sehr entschlossen.

Wenn Maria über ihr jetziges Leben nachdachte, kam es ihr vor, als sei sie auf der Durchreise, als befände sie sich auf dem Weg zu einem Ziel, das selbst ihr nicht in allen Einzelheiten bekannt war, das sie aber mit unverminderter Energie und

Entschlossenheit anstrebte. Sie wusste nur, ihr Ziel war ein neues Leben in Gesundheit und wirklich empfundener Freude. Wie es aussehen würde, ob sie es überhaupt je erreichen könnte, und was bis dahin geschehen würde – all das stand in den Sternen.

Die Tage gingen so hin, es gab gute und weniger gute.

Ihre Arbeit im Gesundheitsamt machte sie zwar gewissenhaft, aber mit wenig Freude daran. Sie war nicht mehr so mit dem Herzen dabei wie früher und oft fiel es ihr schwer sich zu konzentrieren.

Ihre Aufmerksamkeit war auf eine ganze neue Weise auf sich selbst gerichtet. Sie hatte mit dem Versuch begonnen, ihr ganzes Fühlen, Denken und Handeln zu analysieren. Sie träumte viel. Die gelegentlichen Erinnerungsfetzen, das Zulassen von Gefühlen, auch wenn es schmerzhaft war, ihre neue Wahrnehmung der Umwelt und ihres eigenen Ichs, nahmen den größten Teil ihrer Aufmerksamkeit in Anspruch. Sie tastete sich mühsam voran und erfuhr sehr viel über sich selbst. Es war fast so, als würde sich ihre Vergangenheit, ihr Selbstbild, ihr ganzes Leben, neu zusammen setzen.

Oft war es schwer, Erinnerungen und Träume auseinander zu halten. Auf eine seltsame Weise schienen sie ineinander über zu gehen. Aber Maria war dahinter gekommen, dass das eigentlich auch nicht so wichtig war. Auch die Träume waren die ihren, sie machte sie selbst, wenn auch unbewusst.

Mitunter quälte sie sich durch den Tag. Sie ließ sich nicht beirren, wenn Schwindel oder Kopfschmerzen und Übelkeit sie zu überwältigen drohten. Schmerzmittel gab es für sie nicht mehr. Alles, was noch an Vorrat da gewesen war, hatte sie weggeschafft. Es war oft schwer, aber es ging.

♦♦♦

Winter 1969 (Dezember)

Die Hütte lag in Dunkelheit, nur die Sterne funkelten durch die Zweige der Bäume. Ein dichter Nebel hing um ihre Stämme und über ihrem verschneiten Weg, und sein weißer, wogender Dunst erschwerte ihre Sicht.

Ihre ganze Zukunft erschien ihr wie dieser Nebel. Könnte man doch die Zeit zurückdrehen! Aber die Vergangenheit ließ sich nicht zurückholen.

♦♦♦

An diesem Morgen war Maria mit Kopfschmerzen erwacht.

Es versprach wieder ein heißer Tag zu werden. Die Welt schien seit Tagen unter den Hitzewellen leise zu zittern. Kein Lüftchen regte sich. Die Sonne schien ins Zimmer und warf goldene Bahnen auf den Boden.

Die Hitze machte Maria im allgemeinen wenig aus. Aber an diesem Morgen fiel es ihr schwer, den Kopf klar zu bekommen. Irgendein wunderlicher Traum hatte sie in den schwülen Morgenstunden heimgesucht, und Bruchstücke davon verfolgten sie noch.

Sie setzte sich im Bett auf und hielt sich den schmerzenden Kopf. Sie spürte den Schweiß an ihren Haarwurzeln und auf der Oberlippe. Mit geschlossenen Augen hockte sie auf der Bettkante und versuchte mühsam die Traumbilder festzuhalten, die noch durch ihren Kopf geisterten.

Da war eine nächtliche Straße im Herbst, die sich unter dem zitternden Licht einer Bogenlampe ins Endlose zu dehnen schien. Es war eine schaurige Nacht und Maria ging allein diese Straße entlang. Es war kalt und windig, Laub tanzte in wilden Wirbeln vor sie hin. Vom tiefdunklen Himmel schienen tote Sterne auf sie herab zu blicken.

Marias Schritt hallte auf der Straße weithin mit einem Echo, als liefe sie durch einen leeren, langen Gang.

Maria wusste, sie war auf der Suche nach dem Vater. Bei Tageslicht war ihr die Straße vertraut gewesen, aber jetzt in dieser stürmischen Nacht schien sie ihr ganz fremd und verändert.

Am Ende der Straße würde der Vater an einem vertrauten Platz auf sie warten, aber sie schien dieses Ende nie zu erreichen.

Sie rief laut nach ihm, aber das Heulen des Sturms riss ihr die Worte aus dem Mund und fegte sie fort.

Maria lief und lief gegen den noch zunehmenden Sturm, und sein Brausen verwandelte sich in ihren Ohren zu einer Melodie, die sie kannte und deren Töne beängstigend anschwollen, bis ihr Kopf zu platzen drohte.

Und plötzlich stiegen aus dem Dunkel Gesichter empor. Eines davon war das des Vaters. Maria lief und keuchte voran, rief nach ihm und die Gesichter verschwammen vor ihren Augen.

Es waren zwei, nein mehr noch. Welches war denn nun das des Vaters?

Sie taumelte nach vorn und streckte Hilfe suchend die Arme aus. Und die Gesichter waren alle die des Vaters, gute und böse, liebevolle und böse verzerrte Fratzen.

Sie tanzten vor ihren Augen in der Dunkelheit und die Melodie brauste in Marias Ohren, in ihrem Kopf, durch ihre ganze Seele.

Dann war sie aufgewacht.

Maria hockte immer noch regungslos auf der Bettkante. Stück für Stück war der Traum zurück gekommen, nur die Melodie hatte sich wieder verflüchtigt.

Mühsam raffte sie sich auf und schleppte sich unter die Dusche. Mein Gott, war es heiß! Und diese Kopfschmerzen! Wie sollte sie diesen Tag überstehen!

Lange stand sie unter dem kalten Wasserstrahl und versuchte sich zu entspannen.

Die verschiedenen Gesichter des Vaters geisterten immer noch durch ihren Kopf. Der Traum erschien ihr nicht weiter rätselhaft. Aber warum entschwand ihr die Melodie immer wieder aus dem Bewusstsein. Kaum glaubte sie, Bruchstücke davon erhascht zu haben, entglitten sie ihr wieder.

Als sie zum Frühstücken nach unten ging, war ihr etwas wohler. Die Kopfschmerzen waren nicht mehr ganz so schrecklich. In der Küche war es um diese Morgenstunde angenehm kühl.

Das Frühstück stand, liebevoll von Tante Henrike vorbereitet, auf dem Tisch. Sie selbst erschien nur kurz, um sich von Maria zu verabschieden.

Dann verschwand sie im Obergeschoss, um die Mutter zu versorgen und Maria machte sich auf den Weg.

♦♦♦

Marias Arbeitstag lief besser, als sie geglaubt hatte. Es gab nicht allzu viel Arbeit. Sie war die meiste Zeit mit Martin Scheffler allein.

So ergab es sich, dass sie gemeinsam in Marias Büro ein zweites Frühstück einnahmen, das aus Obst, Kaffee und Eis bestand, das Maria aus der nahegelegenen Eisdiele geholt hatte.

Maria war es sehr daran gelegen, ein unbefangenes neutrales Verhältnis zu Martin herzustellen. Es fiel ihr schwer, aber sie bemühte sich sehr darum.

Oft hatte sie das Gefühl, als beobachtete er sie. Wenn sie sich unversehens umwandte, ertappte sie ihn dabei, wie er sie ansah mit einem forschenden, lauernden Blick.

Wartete er darauf, dass sie ihr Meinung änderte? Was glaubte oder hoffte er zu sehen, wenn er sie mitunter so ernsthaft musterte? Maria wusste es nicht.

Sie wollte auch nicht mehr daran denken! Sie hatte Angst, wenn sie ihren Gedanken freien Lauf ließe, kämen wieder Wünsche und Hoffnungen in ihr hoch, die sie sich verboten hatte. Sie war froh, dass die Sache mit Ronald zu Ende war. Und nun sollte kein anderer Mann seinen Platz einnehmen. Sie wollte ihren mühsam erworbenen Frieden nicht wieder aufs Spiel setzten!

Martin ließ sie in Ruhe. Er hatte nicht wieder versucht, Maria umzustimmen oder sich ihr zu nähern. Aber das war nur eine Frage der Zeit. Er war nicht gewillt, Maria aufzugeben.

Scheinbar gelassen arbeitete er mir ihr, litt unter ihrer abweisenden Kühle und bezwang mit Mühe seine Ungeduld. Ihre Anwesenheit im Nebenzimmer störte seine Ruhe. Ihr nahe zu sein, ohne sie berühren zu dürfen, machte ihm zu schaffen.

Nun also saßen sie scheinbar gemütlich beieinander, redeten belangloses Zeug und aßen.

Am Morgen war sie sehr blass und erschöpft im Büro erschienen und er hatte sie gleich darauf angesprochen. Daraufhin hatte Maria von einer schlechten Nacht und Kopfschmerzen gesprochen und er hatte dieses gemeinsame Frühstück vorgeschlagen.

War es nun Marias lädierter, erschöpfter Zustand oder seine ruhige, verständnisvolle Bereitschaft, auf sie einzugehen – oder beides – jedenfalls geriet Maria unversehens mehr und mehr ins Erzählen. Das hatte sie gar nicht gewollt, aber es ergab sich einfach so. Sie brauchte so nötig jemanden, zu dem sie Vertrauen hatte!

Sie sprach von der Migräne und wie sie neuerdings damit umging. Dann berichtete sie von der Mutter und deren Verwirrtheit, schließlich erwähnte sie auch ihr Forschen nach der Vergangenheit, ihre Lücken in der Erinnerung. Sie redete und redete und konnte gar nicht mehr aufhören. Sogar von ihrem Vater sprach sie, dass er sie und die Mutter geschlagen hatte, als sie Kind war.

Es tat so gut, sich einmal auszusprechen und einen so verständnisvollen Zuhörer zu haben. Das sagte sie ihm schließlich auch. Dann schwieg sie erschrocken, als ihr bewusst wurde, dass sie wie ein Wasserfall geredet und all das vor ihm ausgebreitet hatte, was sie bewegte.

Mit Schrecken war ihr aufgegangen, mit wem sie da redete, und jener erste Kuss stand ihr wieder vor Augen.

Was würde er tun? Sie jetzt wieder in den Arm nehmen, da sie ihm so vertrauensvoll ihr Herz ausgeschüttet hatte?

Aber das tat er nicht. Er sprach nur zu ihr wie ein guter Freund, versuchte ermutigend und tröstend auf sie einzugehen, legte höchstens einmal seine Hand beruhigend auf ihren Arm. Ansonsten hielt er Abstand.

Während er sprach, entdeckte Maria etwas Seltsames, Unvorhergesehenes, das sie aus der Fassung brachte. Sie saß da und war sich seiner körperlichen Nähe überaus deutlich bewusst. Musste er das nicht spüren? Sie musterte ihn aus den Augenwinkeln und begriff nicht, wie er so kühl da sitzen konnte, ohne sich ihr zu nähern.

Martin saß durchaus nicht so kühl da. Ihm erging es nicht viel anders als ihr. Er hoffte jedoch, sie auf diese Weise dazu zu bringen, sich über ihre eigenen Gefühle ihm gegenüber klar zu werden. Er wollte ihr nicht zu nahe kommen, ohne dass sie ihm eindeutig gezeigt hatte, dass sie es auch wollte. Es kostete ihn all seine Geduld und Kraft, aber er hielt sich zurück.

Na also, dachte Maria teils trotzig und erleichtert, teils traurig. Dann hat sich diese Angelegenheit ja erledigt. Das wollte ich ja eigentlich auch!

Aber sie spürte einen seltsam ziehenden Schmerz im Herzen und sie musste die Tränen zurückhalten.

Am Nachmittag war es stickig heiß in Marias Büro. Die Sonne schien herein und hatte den Raum in einen luftlosen Brutkasten verwandelt. Selbst die geöffneten Türen brachten keine Kühlung.

Nach einer Stunde angestrengten Konzentrierens auf ihre Arbeit stellten sich die Kopfschmerzen wieder ein. Es hämmerte hinter ihren Schläfen und vor ihren Augen tanzten bunte Schlieren.

Ihr war irrsinnig heiß und sie hatte auf einmal Angst ohnmächtig zu werden. Sie taumelte in den Waschraum, stützte sich schwer auf ein Waschbecken und drehte den Hahn auf. Kaltes Wasser lief über ihre Arme. Sie hielt ihr Gesicht unter den kalten Wasserstrahl und allmählich wurde es besser.

Als sie ins Büro zurück kam, wartete Martin Scheffler auf sie. Er stand mit dem Rücken zum

Fenster, beide Hände in die Taschen seines Arztkittels vergraben, wie es seine übliche Haltung war.

„Mein Gott, was ist los? Maria, du siehst aus wie ein Geist. Diese Hitze ist aber auch unerträglich hier drin. In meinem Zimmer ist es nicht so schlimm. Willst du nicht für heute Feierabend machen? Unter diesen Umständen ist ein Arbeiten ja gar nicht möglich."

Maria ließ sich auf ihren Stuhl sinken. Sie fühlte sich erschöpft und ausgelaugt.

„Ich glaube, ich bin auch gar nicht mehr fähig dazu," sagte sie matt und sah ihn entschuldigend an.

„Mach Schluss für heute. Es ist ohnehin nicht viel zu tun," sagte er munter, trat einen Schritt auf Maria zu und strich ihr eine Haarsträhne aus dem Gesicht. Maria fuhr unter seiner Berührung zusammen.

„Oh, ich muss schrecklich aussehen," stammelte sie und fuhr sich mit beiden Händen an den Kopf, um die gelockerten Haarsträhnen zu ordnen.

Martin sah ihr lange ernst und forschend ins Gesicht, als suche er nach etwas Bestimmtem in ihren Augen.

„Im Gegenteil," meinte er schließlich. „Zwar etwas zerzaust und blass, und das ist recht ungewöhnlich für dich – ich meine, das Zerzauste - aber es steht dir," sagte er.

Er stand nah vor ihr, beide Hände in die Taschen seines Arztkittels vergraben, einen finsteren Blick auf sie gerichtet.

„Nun?" sagte er nur.

Maria sah verwirrt zu ihm auf.

Sie versuchte ein unbefangenes Lächeln, aber es gelang ihr nur mühsam und verkrampft. Ihr war bereits wieder schwindlig zumute.

Sie musste schnellstens aus der Hitze dieses Raumes hinaus, an die Luft! Und weg von ihm!

Hastig erhob sie sich von ihrem Stuhl. Dabei geriet sie ins Taumeln und wäre gefallen, wenn er sie nicht aufgefangen hätte.

Plötzlich fand sie sich in seinen Armen, ihr Kopf an seiner Brust, er hielt sie fest an sich gedrückt. Ein schwacher Hauch von Rasierwasser umwehte sie und einen Augenblick lang hatte sie das Bedürfnis, sich ganz fallen zu lassen. Sekundenlang standen sie so, aber es kam ihr viel länger vor. Ihr Herz schlug dumpf und schwer. All ihre Nerven schienen gespannt wie die Saiten eines Violinbogens.

Dann schob sie ihn mit einem Ruck von sich. Er ließ sie sofort los.

Sie blickte in sein Gesicht und erschrak vor dem Ausdruck in seinen braunen Augen, die ganz dunkel geworden waren. Alles, was er für sie empfand, las sie darin.

Maria tastete nach der Lehne ihres Stuhls, die sie mit beiden Händen umklammerte. Mit weichen Knien ließ sie sich auf den Stuhl sinken, hob den Kopf und sah ihm in die Augen. Er hatte sich wieder gefasst. Seine Züge wirkten jetzt ausdruckslos in ihrer Beherrschtheit.

„Es tut mir leid, Maria," brachte er schließlich hervor. „Ich wollte dich nur vor dem Sturz bewahren. Ich werde dich nicht bedrängen, wenn du es nicht willst."

Mit zusammengezogenen Brauen sah er auf sie hinunter und sie blickte mit flatternden Lidern zu ihm auf.

Sie starrten sich eine Weile schweigend an.

Spürte er nicht, dass sie wartete! Nein er merkte wohl nichts! Ihr wurde ganz elend vor Kummer! Warum tat er nichts. Er sagte nicht einmal etwas.

Aber wie konnte er auch, wenn sie ihn fortwährend von sich stieß! Maria war voller Zorn auf sich selbst.

Er stand immer noch da, lässig an die Wand gelehnt, einen finsteren Blick auf sie gerichtet. Plötzlich sah sie auf seine Hände, die er wie üblich in die Taschen seines Kittels vergraben hatte. Und sie erkannte, dass er sie zu Fäusten geballt hatte.

Da machte sie einen Schritt auf ihn zu, hob ihre Arme und wollte sie um seinen Nacken legen, da hatte er sie schon umfasst, als habe er nur auf das kleinste Zeichen von ihr gewartet.

Mit einem harten Griff zog er sie an sich.

„Oh Gott, Maria! Endlich!" murmelte er. „Mach das nicht wieder mit mir! Welche Geduldsproben zwingst du mir auf! Lange hätte ich das nicht mehr mitgemacht!"

Er griff in ihr Haar und Maria hob ihre Hand, um die Nadeln heraus zu ziehen.

Als Maria im Auto saß, fühlte sie sich ganz wohl. Die Kopfschmerzen schwelten nur noch leise im Hintergrund, das Schwindelgefühl war wie weg geblasen.

Vielleicht sollte ich mich öfter von einem Mann umarmen lassen, dachte sie und horchte in sich hinein.

War da nicht so etwas wie ein Hauch von Glück? Fühlte sich so Glück an? Sie kurbelte ihre Fensterscheibe herunter, um Luft herein zu lassen. Die brütende Hitze hatte ein wenig nachgelassen.

Kurz entschlossen lenkte sie ihr Auto in die Straße ihrer Kindheit, zu dem Haus, in dem sie bis zu ihrem 10. Lebensjahr gewohnt hatte.

Das hatte sie doch längst wieder einmal tun wollen. Sie hatte sogar den beiden alten Leutchen versprochen, sie bald wieder zu besuchen. Aber ihr war immer etwas dazwischen gekommen.

Energisch verbannte sie das Erlebnis im Büro. Nun war doch das eingetreten, was sie nie mehr gewollt hatte!

Aber sie wollte jetzt nicht ihre Gefühle für Martin Scheffler analysieren. Sie wollte sich auf ihren Besuch bei dem Ehepaar Winkelmann konzentrieren.

Vor einem Delikatessenladen hielt sie an. Musste sie nicht irgend etwas mitbringen? Blumen hatten sie selbst in ihrem Garten.

Sie stieg aus und betrat das Geschäft. Unschlüssig spazierte sie zwischen den Regalen herum. Schließlich entschied sie sich für eine Flasche guten Rotweins, etwas Feingebäck und Käse. Vielleicht könnten sie auf der Terrasse ein Stündchen gemütlich beisammen sitzen.

Sie parkte auf dem gleichen Platz, den sie auch beim ersten Besuch genommen hatte. Sie stieg aus dem Wagen und blickte zum Haus hinüber. Niemand war zu sehen.

Sie nahm ihre Einkäufe vom Rücksitz, schloss den Wagen ab und ging langsam über die Straße. Die Lupinen im Vorgarten waren verblüht, der Jasmin blühte noch, der Rasen wucherte üppig und hätte eines Schnittes bedurft.

Maria betrachtete das alte Haus. Langsam tastete ihr Blick es ab, dieses rote Backsteingebäude, kastenförmig und hässlich. In ihrer Kindheit war diese Hauswand von Efeu berankt gewesen. Sie konnte sich nicht daran erinnern, aber sie erinnerte sich den Tag, als sie dort oben am Giebelfenster das Kind gesehen hatte – sich selbst im Alter von 4 Jahren.

Jetzt waren alle Jalousien und Vorhänge geschlossen, wohl um die Hitze des Tages draußen zu lassen.

Maria stand an der Gartenpforte, unschlüssig, ob sie hinein gehen sollte. Inzwischen hatte sie keinerlei Lust mehr, die Leute zu besuchen. Auch der hämmernde Schmerz in den Schläfen hatte wieder eingesetzt. Vielleicht waren die beiden Alten froh, wenn sie, Maria, sie in Ruhe ließe in ihrem Alltag. Schon wollte sie sich abwenden und den Rückzug antreten, da machte sie eine eigenartige Entdeckung. Während sie noch schwankte in ihrem Entschluss, spürte sie eine Übelkeit, ein verstärktes Klopfen in ihrem Kopf, sobald sie aber dem Haus den Rücken kehren wollte, ließ es nach.

Und da begriff sie! Wie einfach war es doch, den leichteren Weg zu wählen, auch wenn er falsch war! Sie wusste plötzlich, es war Angst, die sie davon abhielt, das Haus zu betreten, nicht etwa falsche Rücksicht den Alten gegenüber, die vielleicht ihren Besuch nicht wollten.

Kurzerhand drückte sie auf die Klingel, klopfte sogar noch mit der Hand an die Tür und rief munter: „Hallo, ist jemand zu Hause?“

Sekundenlang nahm sie das Zittern ihrer Hand und ein Flimmern vor den Augen wahr, dann wurde bereits von drinnen die Tür aufgerissen. Der Alte stand in der Tür, blinzelte ins Sonnenlicht, erkannte Maria und streckte ihr beide Arme entgegen.

„Ach, wie schön, dass Sie gekommen sind! Wir haben schon so auf Sie gewartet!" Er zog sie ins kühle Innere des dunklen Flurs.

„Wir wissen ja, Sie haben Arbeit und viel anderes zu tun. Und trotzdem haben Sie die Zeit gefunden, uns zu besuchen. Wir freuen uns so! Nicht wahr, Hedwig?"

Er sah sich nach seiner Frau um, die hinter ihm erschienen war. Maria trat ins Haus und begrüßte beide, ganz gerührt über das herzliche Willkommen und die Freude der beiden alten Leute.

Später saßen sie im Garten hinterm Haus unter alten Obstbäumen auf dem Rasen. Auf dem Gartentisch stand die geöffnete Flasche Rotwein, selbst gebackener Kuchen von Frau Winkelmann daneben.

Es wurde über dieses und jenes geplaudert, über Marias Arbeit, über den Alltag der Eheleute und schließlich kam auch das Gespräch auf den toten Sohn. Herr Winkelmann sorgte dafür, dass es nicht zu trübsinnig wurde, lenkte seine Frau geschickt ab, wenn sie ins Jammern und Klagen verfiel.

Und irgendwann kam man auch auf Marias ursprünglichen Wunsch zurück, das Haus zu besichtigen.

Maria hatte gar nicht allein davon angefangen. Im Gegenteil, ihr war recht beklommen zumute bei dem Gedanken, durch die Räume ihrer Kindheit zu gehen. Als es ihr aber dann so freundlich angeboten wurde, konnte sie kaum ablehnen.

Außerdem wollte sie es ja auch, selbst wenn ihr inzwischen richtig Angst davor geworden war. Eine eigenartige Mischung aus Neugier, Angst und Spannung hatte sich in ihr ausgebreitet. Da sie nun einmal hier war, wollte sie jedoch auch keinen Rückzieher machen.

„Also, Maria," begann der Alte, „machen Sie doch jetzt Ihren Rundgang. Wir werden Sie nicht dabei stören. Sie können hier unten anfangen und dann nach oben gehen. Wir beide bleiben hier im Garten Lassen Sie sich nur Zeit."

Maria griff hastig nach ihrem halb vollen Weinglas und trank es mit einem Zug leer. Dann erhob sie sich entschlossen.

„Ja, das will ich tun, da Sie ja so nett sind, es mir anzubieten. Dann werd' ich also ein paar meiner

Kindheitserinnerungen auffrischen," schloss sie munter.

Die alte Frau Winkelmann nickte freundlich und verständnisvoll. „Gehen Sie nur, Maria. Sie kennen sich ja aus. Es hat sich nicht viel verändert."

Maria begann ihre Besichtigung in der Küche, andere Möbel, ein anderer Herd, ein hoher, summender Kühlschrank. Den hatte es früher nicht gegeben. Sie öffnete die Tür zum Schlafzimmer nur einen Spalt breit und schaute hinein. Die Betten standen genau dort, wo auch die Betten der Eltern einst gewesen waren. Eine alte Frisierkommode in der Ecke, ähnlich jener, die ihre Eltern gehabt hatten.

Es war alles fremd und doch irgendwie vertraut. Ein paar Erinnerungen tauchten in ihrem Kopf auf, nichts Besonderes, und doch hatte sie vieles davon vergessen gehabt.

Aber ein ganz normales Vergessen, dachte sie; so wie man Dinge in seinem Gedächtnis speichert, die dann dort schlummern, aber doch abrufbereit sind, wenn die Gelegenheit sich ergibt.

Die ehemalige Waschküche war in ein Badezimmer umgebaut worden, inzwischen allerdings auch schon veraltet und nicht sehr komfortabel. Maria warf noch einen Blick in zwei weitere Räume im Erdgeschoss, vollgestellt mit Möbeln und Hausrat. Dann schloss sie erleichtert die letzte Tür hinter sich. Keinerlei Schreckensbilder aus der Vergangenheit waren ihr begegnet.

Zögernd stand sie vor der Treppe ins Obergeschoss und blickte hinauf. Sie wäre lieber nicht nach oben gegangen, aber dann tat sie es doch. Zaghaft berührte sie das braune Geländer, das alte Holz fühlte sich glatt und seidig an unter ihrer Hand. Es schien ihr, als habe es noch die gleiche braune Farbe von einst, als sei es inzwischen nie gestrichen worden. Aber das war sicher Unsinn!

Langsam stieg sie hinauf, setzte bedächtig einen Fuß vor den anderen, musterte den abgetretenen Treppenläufer, das verblichene Muster der düsteren Tapete. Auch damals war alles düster gewesen, fuhr es ihr durch den Sinn. Das schummrige Licht im Treppenhaus wurde von plötzlichem Flimmern vor ihren Augen durchzuckt und leichter Schwindel packte sie.

Mit beiden Händen umfasste sie das Geländer und machte auf der Stufe Halt, um nicht zu stürzen. Ihr Herz begann schwer und dumpf zu schlagen, fast im gleichen Rhythmus mit dem Hämmern, das erneut hinter ihren Schläfen eingesetzt hatte. Sie schloss die Augen und ließ sich vorsichtig auf die nächste Stufe sinken.

Dort kauerte sie eine lange Weile mit geschlossenen Augen und wartete, dass der Schwindel vorbei gehen möge.

Und dann ging er vorbei, das Hämmern im Kopf auch, aber ihr war ganz sonderbar zumute. Sie hatte Angst! Wo war die Mutter? Und wo war der Mann? Ringsum war alles still, eine unheimliche, beklemmende Stille.

Maria hielt den Atem an und öffnete ängstlich die Augen. Es war fast dunkel auf der Treppe. Von unten drang ein schwacher Lichtschein zu ihr herauf, die Tür zur Küche stand wohl offen.

Es roch nach Kohl, den es zum Abendessen gegeben hatte und den das Kind Marie verabscheute. Sie begann zu zittern und ihr Magen begann in nervösen Wellen zu schlingern, wenn sie an den entsetzlichen Kohl dachte, den sie heruntergeschluckt und dann wieder heraus gewürgt hatte.

Sie schüttelte sich vor Ekel. Der Vater hatte darauf bestanden, dass sie den Teller leer aß. Er stand daneben und passte auf, dass es auch ja geschah.

Das Kind hatte sich so bemüht, aber es war doch alles wieder herausgekommen.

Sie schluchzte auf und suchte nach ihrem Taschentuch. Sie wusste, sie durfte nicht schniefen und hochziehen. Aber da war kein Tuch, das Nachthemd hatte ja keine Taschen, und so wischte sie mit den Händen über das Gesicht. Sie fror, es war kühl auf der Treppe.

Wo war nur die Mutter? Sie hatte nicht einschlafen können, war aufgestanden, um die Mutter zu suchen. Aber auf der Treppe war sie hocken geblieben. Dort unten war jemand, vielleicht war es der Mann. Dann wollte sie lieber nicht hinunter gehen.

Das Kind erhob sich so leise es ihm möglich war, um zurück in sein Zimmer zu schleichen. Aber es war wohl doch nicht leise genug gewesen. Der Mann dort unten hatte es gehört. Sein riesiger Schatten erschien im Flur. Er machte Licht. Ach Gott, es war der Vater!

Maria atmete erleichtert auf. Er musterte sie mit durchdringendem Blick, dann wurde sein Gesicht ganz freundlich. Ach, er war nicht mehr böse auf sie. Er hatte den blöden Kohl vergessen! Er streckte ihr seine Arme entgegen und lachte sie an.

„Kann meine Kleine nicht schlafen? Möchtest du in mein Bett kommen? Da ist es schön warm, meine kleine Marie. Die Mama kommt auch bald."

Maria streckte die Hände nach ihm aus und stolperte ein paar Stufen hinunter. Da erlosch auf einmal das Licht. Verwirrt blieb sie stehen. Wer hatte es ausgemacht? Und wo war der Vater geblieben? Er war verschwunden; hatte sie nicht eine Tür schlagen hören?

Er hatte sie allein gelassen und ein Fremder war von draußen herein gekommen! Sie konnte ihn in dem Schummerlicht dort unten undeutlich sehen. Es war jener böse fremde Mann. Wo war er nur hergekommen? Warum beschützte der Vater sie nicht?

Es war ganz dunkel und kalt und Marie schlug das Herz bis zum Halse. Sie ließ sich wieder auf eine Stufe niedersinken und schloss beide Augen ganz fest, als könne sie sich dadurch hinweg wünschen, irgendwohin, wo es warm und hell war. Und die Mutter – immer war sie fort, wenn Marie nach ihr rief ......

Wieder schlug eine Tür im Erdgeschoss, Maria saß schluchzend auf den Stufen, die Augen so fest zugekniffen, dass farbige Blitze hinter ihren Lidern tanzten und sich alles in ihrem Kopfe drehte, als säße sie in einem Karussell.

Vielleicht saß sie ja auch in einem Karussell und gar nicht in dem dunklen Flur, denn sie spürte das Licht hinter den geschlossenen Lidern, und es war auf einmal auch nicht mehr kalt.

Nur die Angst spürte sie noch, aber die brauchte sie ja nicht mehr zu haben, denn es war Sommer und sie saß in einem Karussell...... und sicher war sie auch nicht mehr allein........Irgendwo musste ja die Mutter sein!

Maria öffnete die Augen. Da saß sie auf einer der oberen Treppenstufen, ihre feuchte Hand umklammerte das hölzerne Geländer, die andere lag geballt in ihrem Schoß. Sie sah voll ungläubigen Staunens an sich herunter. Hatte sie nicht eben ein Nachthemd angehabt – und es war Nacht gewesen? Sie warf einen schnellen Blick auf die Tapete, die keine Blumen und Ranken mehr trug, sondern irgendein skurriles, verblichenes Muster.

Aber nein, Gott sei Dank nein! Es war wirklich Sommer und sie, Maria, war kein Kind mehr, das voller Angst in der Dunkelheit auf den Stufen saß und irgendwelchen - Kräften? – Menschen? – ausgeliefert war und sich nicht wehren konnte!

Sie atmete tief ein und fühlte sich wie erlöst. Gott sei Dank, sie war wieder hier, in der Gegenwart!

Aber dort, in der Vergangenheit, hatte sie ein vor Angst zitterndes Kind zurück gelassen, das sie einmal gewesen war! Das brennende Mitleid, das sie empfand, galt ihr selbst!

Sie legte den Kopf auf ihre Knie und Tränen strömten ihr übers Gesicht, unaufhaltsam und – wie ihr schien – in ganzen Fluten, und sie konnte nichts dagegen tun. Ihre Hände zitterten, ihr ganzer Körper bebte, ihr war über alle Maßen wunderlich zumute!

Schmerz, Angst und Kummer - die Gefühle, die sie damals als Kind empfunden hatte - schüttelten sie dermaßen, waren ihr so gegenwärtig, als habe das Erlebte soeben erst stattgefunden.

Und so ist es ja! Ich habe es ja soeben auch erlebt, dachte Maria. Zum zweiten Mal erlebt! Und all das hatte ich vergessen!

Sie wollte sich von den Stufen erheben und nach oben gehen. Vielleicht würde der alte Mann aus dem Garten herein kommen, um nach ihr zu sehen, und auf keinen Fall wollte Maria hier weinend und schluchzend von ihm gefunden werden.

Mühsam kam sie auf die Füße und tastete sich mit zitternden Knien die letzten Stufen hinauf.

Dort war ihr Zimmer! Sie öffnete die Tür und es war, als trete sie in die Vergangenheit ein. Die bunten Vorhänge waren zugezogen und tauchten den Raum in ein grünlich-schummriges Licht.

Der Raum war sparsam möbliert, aber das war er auch damals gewesen. Ein Bett, ein schmaler Kleiderschrank, ein Tisch und drei Stühle. Fast hätte es ihr Zimmer vor 20 Jahren sein können! Ihr Kinderstühlchen, ein kleines Tischchen, ein paar Spielsachen – diese Dinge hätten die Illusion perfekt gemacht!

Maria fühlte sich so schwach, dass sie sich kaum auf den Beinen halten konnte.

Sie trat ans Fenster, zerrte mit steifen Fingern den Vorhang zurück und stieß mühsam einen Fensterflügel auf. Heiße Sommerluft und der Duft von Linden strömten herein.

Sie ließ sich auf einen Stuhl fallen und blickte hinaus. Hier hatte vor wenigen Wochen das Kind Marie gestanden und nach unten geblickt. Sie sah sich um, als wolle sie Spuren des Kindes entdecken, das hier einmal gewohnt hatte. Ihre eigenen Spuren!

Steif und verkrampft saß sie auf dem Stuhl und mühte sich, das soeben Erlebte zu erfassen. Und wieder hatte sie das Gefühl, als sei sie in mehrere Wesen gespalten. In ihrem fiebernden Kopf drehten sich neue und alte Bilder, Erinnerungsfetzen, Geräusche und Gerüche durchzitterten ihren Geist und ihre Seele. Sie gab es auf, Gedanken und Gefühle zu ordnen, saß nur still da und ließ all das über sich hinweg brausen, was da auf sie eingestürmt war.

Irgendwann klärte sich ihr Kopf, das verflochtene Gewirr von Eindrücken in ihr lichtete sich ein wenig, immerhin soviel, dass sie klar denken und nachvollziehen konnte, was geschehen und was an verschütteten Erinnerungen wieder aufgetaucht war.

Es ist mir nicht gut gegangen als Kind, dachte sie erschüttert.

Das Erlebnis vorhin war nur ein winziger Teil meiner Kinderzeit, nur ein paar Stunden davon! Sicher, auch schöne Dinge waren ihr in den letzten Wochen wieder und wieder eingefallen, aber sie machten doch nicht diese Ängste und den Kummer wett, dem sie bisher auf die Spur gekommen war!

Maria ließ ihren Blick trübe durch den Raum schweifen, ein ungemütliches, kahles Zimmerchen.

Ja, so war es auch damals gewesen. Sie sah es verschwommen im Geiste vor sich. Nur hatte es ihr vielleicht nichts ausgemacht als Kind. Sie wusste es nicht mehr. Sie sah sich als Kind spielend am Boden hocken, auf einem bunten Flickenläuferchen - nicht älter als vier Jahre alt.

Urplötzlich war ihr ein Puppengesicht in der Erinnerung aufgestiegen und mit ihm eine Welle von Furcht, die sie überflutete. Und sie erinnerte sich dieser Puppe, ein simples, hässliches Stoffding mit einem aufgestickten Gesicht.

Maria kniff erschrocken und verwirrt die Augen zu, als könne sie die Bilder verscheuchen, die da hervor brechen wollten, aber das Puppengesicht mit dem gestickten Mund und den blassen Augen wollte nicht weichen.

Das war aber eine andere Puppe gewesen, erkannte sie auf einmal deutlich, nicht diese, mit der sie in diesem Zimmer gespielt und die ihre treue Gefährtin einsamer Kindertage gewesen war.

Jene andere Puppe mit dem hässlichen Stoffgesicht – was war denn mit der gewesen? Hatte sie die nicht auch geliebt wie ein kleines Mädchen alle seine Puppenkinder liebt?

Und dann hatte sie plötzlich beide Puppen vor Augen, die hübsche mit dem Porzellankopf, den roten Wangen und dem runden Blütenmund, dem echten Blondhaar und dem feinen Kleidchen – und diese andere, die hässliche mit dem Stoffgesicht!

Und fast war es ihr, als habe sie die mehr geliebt, als habe sie Trost immer nur bei der gefunden. Trost in den allerschlimmsten Stunden der Einsamkeit, wenn sie nur weinte und nach der Mutter schrie.

Unwillkürlich hatte Maria beide Hände vors Gesicht geschlagen, als wollte sie die Bilder verdrängen, die jetzt auf sie eindrangen. Sie sank gegen die Fensterbank und stöhnte.

Sie sah das Kind Maria wieder auf dem Bett in der Bodenkammer sitzen, die Puppe auf dem Schoß, und das traurige Lied der Kleinen ertönte in ihrem Kopf.

Und eine andere Melodie gesellte sich tückisch wie eine Bedrohung aus dem Nichts dazu, vermischte sich mit dem Kinderlied zu schrillen Tönen, schwoll an, dröhnte durch ihren Kopf – und dann, so unvermutet schnell wie es gekommen war, verstummte das grausige Melodienszenario!

Leer und still wurde es in ihr, nur ein dumpfer Schmerz blieb zurück und eine nagende Ungewissheit: Wo war die Mutter immer gewesen? Hatte sie ihr Kind, Maria, verlassen für eine längere Zeit, als sie klein gewesen war? Wohin war sie gegangen?

Viele kleine Erinnerungen kamen ihr in den Sinn, wo die Mutter hätte dabei sein müssen, es aber nicht war. Zufall? Oder hatte das einen Grund?

Maria brütete vor sich hin. Sie kam nicht weiter in ihren Grübeleien. Oder doch?

Waren dies alles nicht Teilchen eines Puzzles, aus dem sich ihre Vergangenheit neu zusammenzusetzen begann?

Eines schien doch recht sicher zu sein: die Mutter war eine Zeit lang fort gewesen. Das mussten Henrike oder die Großeltern ihr doch bestätigen können. Wenn es denn so war. Warum wollte man ihr so etwas verschweigen?

Maria sah die Mutter vor sich, wie sie jetzt durch ihre Tage ging, verwirrt und gefangen in einer Psychose oder was immer das war. War es damals schon einmal so gewesen? War sie krank gewesen und fort zu einem stationären Klinikaufenthalt? Etwa auch in einer Psychiatrie? Und wollte man Maria davon nichts sagen, weil sie selbst so labil und angeknackst in ihrer Psyche war?

Maria schwirrte der Kopf. Es tauchten immer neue Fragen auf.

Sie riss sich zusammen. Es hatte keinen Sinn, neuen Spekulationen nachzujagen. Sie wollte fragen, und wenn man es ihr nicht sagen wollte – nun, dann würde sie sich weiterhin allein durchwurschteln. Sie würde schon noch dahinter kommen, was man ihr verschwieg!

Entschlossen erhob sie sich. Sie wollte nicht in diesem unseligen Zimmer hocken bleiben und weitere Schreckensbilder herauf beschwören! Sie konnte keine mehr ertragen! Vielleicht würde sie wiederkommen, wenn sie dazu in der Lage war.

Sie schloss das Fenster und zog die Vorhänge zu. Das grüne Dämmerlicht hüllte sie ein.

Sie wandte sich eilig zur Tür, als sei ein Geist hinter ihr her, riss sie zitternd und voller Panik auf, bevor dieser sie im Nacken fassen konnte und schlug sie mit einem lauten Knall hinter sich zu. Sie war sich ganz sicher, dass da irgend etwas mit ihr im Raum gewesen war, etwas Schreckliches, Unheimliches. Jene grausige Macht, die sie schon als Kind in den Fängen gehalten hatte!

Eine halbe Dunkelheit wie in einer mondhellen Nacht empfing sie auf dem Treppenflur. Maria starrte in den Flur hinunter. Das war doch nicht möglich! Soeben war es heller Tag gewesen und jetzt schien der Mond draußen! War sie Stunden und Stunden in dem Zimmer dort oben gewesen?

Plötzliches Begreifen durchblitzte ihren Geist. Ich bin wieder in der Vergangenheit! Und dort unten ist jemand! Sie sah an sich hinunter. Nein, sie war kein Kind! Sie war die erwachsene Maria. Aber dort unten auf den letzten Treppenstufen – dort befand sich ein Kind.

Es hielt die Arme weit von sich gestreckt, trug ein helles, langes Nachthemd, das schwarze Haar hing bis zur Taille herab.

Das bin ich, durchfuhr es Maria in staunendem Schrecken.

Mit offenem Mund stand sie da und beobachtete das Kind, wie es sehr langsam die Treppe hinabstieg, mit ausgestreckten Armen den Flur durchwanderte bis hin zur Küchentür und zurück. Das Mondlicht lag auf dem Fliesenboden wie ein leuchtender Teppich und Maria konnte das Gesicht des Kindes sehen.

Und dann hörte sie eine Tür im Erdgeschoss klappen. Eine Frau erschien neben dem Kind. Sie stand da und rührte sich nicht, blickte nur stumm hinter der Kleinen her, wie sie in einem Kreis den Flur durchschritt und sich dann anschickte, die Treppe wieder nach oben zu gehen.

Die Frau trat ein paar Schritte nach vorn, als wollte sie das Kind auffangen, sollte es bei seinem Aufstieg stürzen. Ihr Gesicht lag jetzt im hellen Mondlicht und Maria erkannte die Großmutter, so wie sie vor Jahren ausgesehen haben musste, als das Haar noch schwarz und die Züge faltenlos gewesen waren.

Ich war Schlafwandlerin, dachte Maria. Das wusste ich auch nicht mehr.

Sie wollte in die Schatten zurücktreten, um dem Kind – sich selbst – nicht zu begegnen. Was würde dann geschehen?

Sie kam nicht dazu, darüber nachzusinnen, denn im gleichen Augenblick schwankte der alte Holzboden unter ihr, die Szene im Mondlicht verschwamm vor ihren Augen in weißlichem Nebel. Es war, als würde der Tag anbrechen nach einer Nacht mit Mondlicht und Nebelschwaden.

Das sanfte, warme Licht eines Sommertages am Spätnachmittag erwartete Maria, als sie die Haustür hinter sich schloss. Sie trat auf die Terrasse hinaus, wo das

Ehepaar Winkelmann immer noch beieinander saß und ihr erwartungsvoll entgegen sah.

Es schien Maria, als sei sie Jahre fort gewesen. Sie musste sich sehr überwinden, freundlich und gelassen zu erscheinen.

Noch zitterten ihre Knie, als hätte sie einen Kilometerlauf hinter sich. Aufatmend ließ sie sich auf einem Gartenstuhl nieder und begann irgend ein Zeug zu plappern, kaum dass sie recht wusste, was sie da redete. Es waren wohl ganz normale Allerweltsdinge, die ihren Mund verließen, denn sie sah an den Mienen der beiden Alten, dass ihnen alles gut und richtig vorkam.

Ihre eigene Stimme klang von weither an ihr Ohr, und endlich dann auch bis in ihren Kopf.

„Es war für mich ein schönes Erlebnis, einmal wieder durch das Heim meiner Kinderzeit gehen zu dürfen," und so weiter, und so weiter – das und Ähnliches hörte sie sich faseln und wünschte sich bereits weit weg. Sie sehnte sich danach allein zu sein.

Endlich stand sie auf der Straße, stieg in ihren Wagen, der aufgeheizt war von der Hitze des Nachmittags, und trat ihren Heimweg an.

Ende Band 1

Hannelore Dill

wurde 1941 in Pommern geboren. Nach der Flucht landete sie im Kreis Segeberg, wo sie auch heute noch mit ihrem Mann lebt. Sie hat drei erwachsene Kinder und vier Enkelkinder, die auch bereits erwachsen sind. Sie alle leben in der Nähe.

Zwanzig Jahre lang hat sie in der Erziehungs- und Lebensberatungsstelle der Diakonie Bad Segeberg gearbeitet. Dieser Beruf hat sie ständig mit Menschen zusammen gebracht, deren Schicksale und Probleme ihr viele Anregungen für ihre Romane gegeben haben. Nach ihrem Eintritt in den Ruhestand hat sie mit dem Schreiben begonnen. Inzwischen entstanden 17 Manuskripte.

Alle im AAVAA Verlag erschienenen Bücher sind in den Formaten Taschenbuch, Mini-Taschenbuch, Taschenbuch mit extra großer Schrift sowie als eBook erhältlich.

Bestellen Sie bequem und deutschlandweit versandkostenfrei über unsere Website:

www.aavaa.de

Wir freuen uns auf Ihren Besuch und informieren Sie gern über unser ständig wachsendes Sortiment.

Berna Kleinberg
Keine
Ehe
nicht

Elsa Rieger
Ein Mann
wie
Papa

Sigrid Lenz
Kimberleys
Weihnacht
... und dieses
Jahr wird's
richtig schlimm.

Michael Klemm
Schatten der Seele
Roman

Michael Kusserow
Das goldene Mädchen
Ein surrealistisches Großstadtmärchen

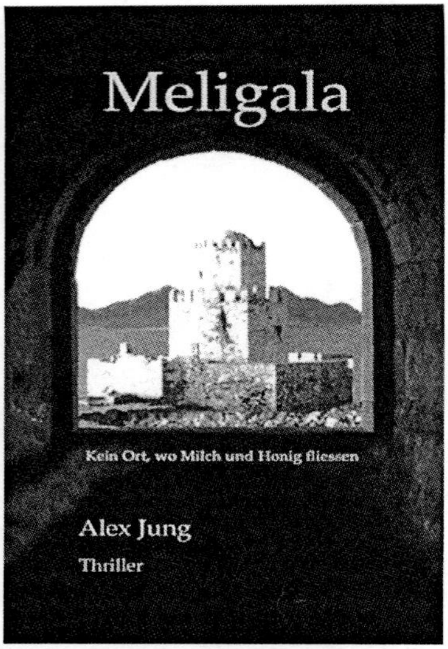
Meligala
Kein Ort, wo Milch und Honig fliessen
Alex Jung
Thriller

Der Purpurschnitter
Gloria Frost
Thriller

Herbstblatt
ISKA
edition freie
Roman